Emile Edouard Charles Antoine Zola, geboren am 2. April 1840 in Paris, ist am 29. September 1902 ebenda gestorben.

Es ist dies die Geschichte um eine junge Frau – Thérèse Raquin – und ihren Liebhaber, die gemeinsam den Ehemann ermorden und dann durch dieses Verbrechen aneinandergekettet sind und schließlich Selbstmord begehen.

Der Erstausgabe von 1867 hatte Zola die Worte von Taine vorangestellt, daß Laster und Tugend genauso Produkte, chemische Wirkstoffe, seien wie Vitriol oder Zucker. Thérèse und ihr Liebhaber sind als Wesen konzipiert, die keine Moralbegriffe haben und deren Handlungen, Gefühle und Reaktionen daher nur von ihrem Körper bestimmt werden. Der Roman will analysieren – nach Zola das einzige seiner Zeit angemessene Verfahren beim Schreiben –, wie sich Temperamente verhalten und welchen Veränderungen sie unterliegen, wenn sie dem Druck von Milieu und Umständen ausgesetzt sind.

insel taschenbuch 1146

Emile Zola

Thérèse Raquin

Emile Zola
Thérèse Raquin

Roman

Aus dem Französischen
übertragen
von Ernst Hardt

Insel Verlag

insel taschenbuch 1146
Erste Auflage 1989

Hinweise zu dieser Ausgabe am Schluß des Bandes
Vertrieb durch den Suhrkamp Taschenbuch Verlag
Umschlag nach Entwürfen von Willy Fleckhaus
Satz: LibroSatz, Kriftel
Druck: Nomos Verlagsgesellschaft, Baden-Baden
Printed in Germany

1 2 3 4 5 6 – 94 93 92 91 90 89

Thérèse Raquin

Vorrede zur zweiten Auflage 1868

Ich bin harmlos genug gewesen, zu glauben, dieser Roman könne einer Vorrede entbehren. Da ich die Gewohnheit habe, meine Gedanken sehr deutlich auszusprechen, ja, sogar die geringsten Einzelheiten in meinen Schriften mit Nachdruck zu betonen, so hatte ich gehofft, auch ohne vorangehende Erklärung verstanden und beurteilt zu werden. Ich habe mich anscheinend getäuscht.

Die Kritik hat dieses Buch mit grober und entrüsteter Stimme aufgenommen. Gewisse tugendhafte Leute haben in nicht weniger tugendhaften Zeitungen mit einem Gesicht voller Abscheu das Buch mit der Zange angefaßt, um es ins Feuer zu werfen. Sogar die kleinen literarischen Blättchen, jene Blättchen, die allabendlich die letzten Neuigkeiten aus Schlafstuben und chambres séparées auftischen, haben sich die Nase zugehalten und von Schmutz und Gestank gesprochen. Ich beklage mich nicht im geringsten über diese Aufnahme, im Gegenteil, ich bin erfreut, feststellen zu können, daß meine Berufsgenossen die empfindlichen Nerven junger Mädchen haben. Ohne Frage gehört mein Werk meinen Richtern: sie dürfen es ekelerregend finden, ohne daß ich ein Recht hätte, dagegen Einspruch zu erheben. Ich beklage mich nur darüber, daß nicht ein einziger der so schamvollen Tagesschriftsteller, welche beim Lesen der ›Thérèse Raquin‹ errötet sind, diesen Roman verstanden zu haben scheint. Vielleicht wären sie alle noch tiefer errötet, wenn sie ihn verstanden hätten, ich aber würde dann wenigstens die innige Genugtuung genießen, ihnen mit vollem Recht Übelkeit erregt zu haben. Nichts ist ärgerlicher, als ehrbare Schriftsteller über Verderbtheit zetern zu hören, wenn man tief davon überzeugt ist, daß sie zetern, ohne recht zu wissen, warum.

Ich muß mein Werk meinen Richtern also selber vorstellen. Ich werde es in wenigen Zeilen tun, und zwar einzig und allein, um in Zukunft jedes Mißverständnis zu vermeiden.

Ich habe in ›Thérèse Raquin‹ Temperamente studieren wollen und nicht Charaktere. Darauf beruht das ganze Buch. Ich habe Gestalten gewählt, die allmächtig von ihren Nerven und ihrem Blute beherrscht werden, keinen freien Willen besitzen und zu einer jeden Handlung ihres Lebens von dem Verhängnis ihres Leibes gezwungen werden. Thérèse und Lorenz sind menschliche Tiere, nichts weiter. Ich habe in diesen Tieren Schritt für Schritt das dumpfe Wirken der Leidenschaften, das Drängen des Naturtriebes und die infolge einer Nervenkrisis eingetretenen Verwirrungen des Gehirns zu verfolgen versucht. Die Liebe meiner beiden Helden ist Befriedigung eines Bedürfnisses, der Mord, den sie begehen, ist eine Folge ihres Ehebruchs, eine Folge, die sie auf sich nehmen wie die Wölfe den Mord der Hammel, und was ich schließlich ihre Gewissensbisse habe nennen müssen, ist lediglich eine Verwirrung des Organismus, ein Aufruhr des bis zum Reißen gespannten Nervensystems. Eine Seele fehlt vollständig; ich kann das leicht zugeben, da ich es so gewollt habe.

Ich hoffe, man versteht allmählich, daß mein Ziel vor allem ein wissenschaftliches gewesen ist. Nachdem meine beiden Gestalten, Thérèse und Lorenz, geschaffen worden waren, habe ich daran Gefallen gefunden, mir bestimmte Probleme zu stellen und sie zu lösen. So habe ich versucht, die seltsame Verbindung zu erklären, die sich zwischen zwei verschiedenen Temperamenten herstellen kann, und ich habe die tiefen Erschütterungen einer schwerblütigen in ihrer Berührung mit einer nervösen Natur aufgezeigt. Man möge den Roman aufmerksam lesen, und man wird sehen, daß jedes Kapitel die Erforschung eines merkwürdigen Falles der Psychologie bedeutet. Mit einem Wort, ich habe nur einen Wunsch gehabt: in einem kraftvollen Mann und einer unbefriedigten Frau, die mir gegeben waren, das Tier zu suchen, sogar nichts weiter als das Tier zu sehen, sie in ein gewaltiges Drama zu stoßen und nun ängstlich genau die Empfindungen und Handlungen dieser Wesen aufzuzeichnen. Ich habe einfach an zwei lebenden Körpern die zergliedernde Arbeit vorgenommen, welche Chirurgen an Leichen vornehmen.

Wenn man, noch ganz erfüllt von der ernsten Freude, die in der Erforschung der Wahrheit liegt, von einer derartigen Arbeit herkommt, so ist es hart, wie man mir zugeben wird, die Anklage zu hören, man habe als einziges Ziel gehabt, unzüchtige Bilder zu malen. Ich bin in der Lage jener Maler gewesen, welche, ohne daß je ein Begehren sie streifte, nackte Gestalten malen und die dann tief erstaunt sind, wenn ein Kritiker an den lebensvollen Leibern ihres Werkes Ärgernis nimmt. Während ich ›Thérèse Raquin‹ schrieb, hatte ich die Welt vergessen. Ich hatte mich in eine ängstlich genaue Abschilderung des Lebens verloren und mich ganz der Zergliederung des menschlichen Mechanismus hingegeben, und ich versichere, daß Lorenzens und Thérèsens grausame Liebe für mich nichts Unsittliches hatte, nichts, was zu schlechten Leidenschaften verleiten könnte. Die Menschlichkeit der Modelle hörte auf, wie sie für die Augen des Künstlers aufhört, der eine nackte Frau vor sich hingestreckt sieht und einzig und allein daran denkt, diese Frau in der vollen Wahrheit ihrer Formen und ihrer Farben auf seine Leinwand zu bringen. So ist meine Überraschung auch groß gewesen, als ich mein Werk eine Schmutz- und Blutpfütze, eine Kloake, einen Kehrichthaufen und – was weiß ich! – sonst noch nennen hörte. Ich kenne das allerliebste Spiel »Kritik«, ich habe es selbst gespielt, aber ich muß doch gestehen, daß die Gesamtheit der Angriffe mich ein wenig aus der Fassung gebracht hat. Wie! Unter meinen Berufsgenossen fand sich nicht ein einziger, der mein Buch, wenn auch nicht verteidigt, so doch wenigstens erklärt hätte? In dem Chor der Stimmen, die schrien: »Der Verfasser der ›Thérèse Raquin‹ ist ein jämmerlicher Hysteriker, der sich darin gefällt, Zoten auszubreiten«, habe ich umsonst eine Stimme erwartet, die geantwortet hätte: »Ach nein, dieser Schriftsteller ist ein einfacher Analytiker, der sich vielleicht allzu gründlich mit menschlicher Fäulnis befaßt hat, der es aber nicht anders getan als jeder Arzt im Seziersaal.«

Man beachte, daß ich keineswegs die Sympathie der Presse für ein Werk fordere, das, wie sie behauptet, auf ihre zarten Sinne abstoßend wirkt. So viel Ehrgeiz besitze ich nicht. Ich staune nur, daß meine Berufsgenossen aus mir eine Art literarischen Kloakenreinigers gemacht haben, sie, deren geübte Augen aus wenigen Seiten die Absichten eines Romanschriftstellers hätten entnehmen müssen, und ich bescheide mich damit, sie ergebenst zu bitten, mich freundlichst in Zukunft als den sehen und besprechen zu wollen, der ich bin.

Und dennoch wäre es leicht gewesen, ›Thérèse Raquin‹ zu verstehen, sich auf den Boden der Beobachtung und der Zergliederung zu stellen und mir dort meine wahren Fehler nachzuweisen, anstatt eine Handvoll Schmutz aufzuraffen und ihn mir im Namen der Sittlichkeit ins Gesicht zu werfen. Allerdings hätte das ein wenig Verstand und einige wirklich kritische Grundideen erfordert. Im Bereich der Wissenschaft bedeutet der Vorwurf der Unsittlichkeit gar nichts. Ich weiß nicht, ob mein Roman unsittlich ist, ich gestehe, daß ich mich nie darum bemüht habe, ihn mehr oder weniger keusch zu machen. Ich weiß nur eins: daß ich auch nicht einen Augenblick lang daran gedacht habe, die Schmutzereien hineinzubringen, welche jene Sittenwächter darin entdeckt haben, daß ich jeden Auftritt darin, auch den fieberheißesten, allein mit der Wißbegier des Gelehrten geschrieben habe, und daß ich meine Richter auffordere, auch nur eine einzige, wirklich unsittliche Seite darin zu finden, die etwa für die Leser jener kleinen rosa Bücher geschrieben sein könnte, die angefüllt sind mit Indiskretionen aus Kulissen und Boudoirs, welche eine Auflage von zehntausend Exemplaren erleben und die auf das wärmste gerade von den Zeitungen empfohlen werden, welchen die Wahrheiten der ›Thérèse Raquin‹ Brechreiz verursacht haben.

Ein paar Beschimpfungen und viele Albernheiten, das ist alles, was ich bis auf den heutigen Tag über mein Werk gelesen habe. Ich sage das hier ebenso ruhig, wie ich es zu einem Freund sagen würde, der mich im Vertrauen gefragt hätte, was ich über die Haltung der Kritik mir gegenüber dächte? Ein Schriftsteller von großem Talent, bei dem ich mich über die geringe Sympathie beklagte, die man mir entgegenbringt, gab mir diese treffende Antwort: »Sie haben einen ungeheuren Fehler, der Ihnen alle Türen verschließen wird: Sie können nicht zwei Minuten lang mit einem Dummkopf sprechen, ohne ihn empfinden zu lassen, daß er ein Dummkopf ist.« Das mag sein; ich fühle den Schaden, den ich mir der Kritik gegenüber zufüge, wenn ich sie der Verständnislosigkeit zeihe, aber ich kann dennoch nicht umhin, die Verachtung auszusprechen, die ich für ihren beschränkten Horizont empfinde und für die Urteile, die sie blindlings ohne jeden methodischen Geist fällt. Wohlgemerkt, ich spreche von der landläufigen Kritik, die mit allen literarischen Vorurteilen der Dummen urteilt und sich nicht auf einen wirklich menschlichen Standpunkt zu stellen vermag, von dem aus ein menschliches Werk allein verstanden werden kann. Niemals bisher ist mir eine derartige Ungeschicklichkeit begegnet. Die paar Faustschläge, welche die kleine Kritik mir bei Gelegenheit der ›Thérèse Raquin‹ hat versetzen wollen, sind – wie stets – ins Leere gefahren. Es ist ihr Wesen, immer daneben zu hauen. Sie beklatscht die Luftsprünge einer gepuderten Tänzerin und schreit dann über die Unsittlichkeit anläßlich einer psychologischen Studie. Sie versteht nichts, will nichts verstehen und schlägt nur immer um sich, so, als ob ihre von Schrecken ergriffene Dummheit ihr riete, wenigstens um sich zu schlagen. Aber es ist empörend, für ein Vergehen geschlagen zu werden, dessen man sich nicht schuldig gemacht hat. Manchmal bedaure ich, keine Unanständigkeiten geschrieben zu haben. Mir ist, als würde es mich glücklich machen, inmitten dieses Hagels von Schlägen, die dumm auf meinen Kopf niederfallen wie Ziegel, ohne daß ich wüßte, warum, auch einen wohlverdienten Rippenstoß zu erhalten.

In unseren Tagen gibt es kaum zwei oder drei Menschen, welche ein Buch lesen, verstehen und beurteilen können. Von ihnen wollte ich mich gerne belehren lassen, in der Überzeugung, daß sie nicht sprechen würden, ohne in meine Absichten eingedrungen zu sein und die Ergebnisse meiner Bemühungen gewürdigt zu haben. Sie würden sich wohl hüten, die großen, leeren Worte von literarischer Scham und Sittlichkeit auszusprechen, sondern sie würden mir in dieser Zeit der Freiheit der Kunst das Recht zubilligen, meine Vorwürfe zu wählen, wo immer es mir gut scheint, und würden nur eines von mir verlangen: gewissenhafte Werke, und sie würden wissen, daß Dummheit allein der Würde des Schrifttums Abbruch tut. Die wissenschaftliche Analyse, die ich in ›Thérèse Raquin‹ anzuwenden versucht habe, würde sie sicher nicht überraschen. Sie würden darin die moderne Methode wiederfinden, das allgemein gehandhabte Forschungswerkzeug, dessen sich das ganze Jahrhundert mit so fiebrigem Eifer bedient, um die Zukunft zu entdecken. Zu welchem Schlusse sie auch kommen sollten, sie würden jedenfalls meinen Ausgangspunkt billigen: die Erforschung des Temperamentes und der tiefgreifenden Veränderungen des Organismus unter dem Druck der Umwelt und der Verhältnisse. Ich würde mich wirklichen Richtern gegenüber befinden, Menschen, welche ehrlich die Wahrheit suchen, ohne kindliches Gehabe und falsche Scham und welche es nicht für nötig erachten würden, sich vor nackten, lebendigen Anatomieszenen seekrank zu stellen. Ehrliche Forschung läutert alles wie das Feuer. Gewiß, vor diesem Gerichtshof, von dem ich eben träume, wäre mein Werk recht bescheiden, ich würde die ganze Strenge der Kritik darauf herabrufen und wünschte mir, es möchte schwarz von Strichen und Besserungen daraus hervorgehen. Ich würde dann aber wenigstens die tiefe Freude gehabt haben, mich für das kritisiert zu sehen, was ich zu machen versucht, und nicht für das, was ich nicht gemacht habe.

Mir ist, als hörte ich heute schon den Spruch der großen Kritik, der methodischen, naturalistischen Kritik, welche die Wissenschaften, die Geschichte und die Literatur erneuert hat: »›Thérèse Raquin‹ ist die Studie eines allzu besonderen Falles. Das Drama des modernen Lebens ist vielfältiger, weniger in Grauen und Wahnsinn verkapselt. Derartige Fälle gehören in den Hintergrund eines Werkes. Der Wunsch, von seinen Beobachtungen nichts zu verlieren, hat den Verfasser dazu getrieben, jede Einzelheit allzusehr hervorzuheben, was das Werk im ganzen noch gedrängter und herber gemacht hat. Andererseits hat der Stil nicht jene Einfachheit, die ein analytischer Roman erfordert. Alles in allem genommen, müßte der Schriftsteller, um jetzt einen guten Roman zu schaffen, die Gesellschaft mit einem weiteren Blick umspannen und sie in ihren mannigfachen und zahlreichen Äußerungen schildern, und vor allem müßte er sich einer klaren und natürlichen Sprache befleißigen.«

Ich habe in einigen wenigen Zeilen auf Angriffe antworten wollen, die durch ihre kindliche Unehrlichkeit ärgerlich waren, und ich gewahre nun, daß ich angefangen habe, mich mit mir selbst zu unterhalten, wie mir das immer geht, wenn ich allzulange eine Feder in der Hand behalte. Ich höre auf, weil ich weiß, daß der Leser das nicht liebt. Hätte ich Lust und Muße gehabt, ein Manifest zu schreiben, vielleicht hätte ich dann versucht, das zu verteidigen, was ein Tagesschriftsteller, von ›Thérèse Raquin‹ sprechend, »die jauchige Literatur« genannt hat. Aber wozu schließlich? Die Schar naturalistischer Schriftsteller, zu denen zu gehören ich die Ehre habe, besitzt genug Mut und Tatkraft, kraftvolle Werke zu schaffen, welche ihre Verteidigung in sich selbst tragen. Es bedarf der ganzen absichtlichen Blindheit einer gewissen Kritik, um einen Romanschriftsteller dahin zu bringen, daß er eine Vorrede schreibt. Da ich aus Liebe zur Klarheit den Fehler begangen habe, eine zu schreiben, erbitte ich die Verzeihung der verständigen Menschen, welche, um klar zu sehen, nicht nötig haben, daß man ihnen am hellichten Tage eine Laterne ansteckt.

15. April 1868 *Emile Zola*

I

Wenn man von den Seineufern aus die Guénégaud-Straße hinuntergeht, so stößt man auf die Brücken-Passage, eine Art engen, dunklen Häuserflurs, der von der Mazarine-Straße nach der Seine-Straße führt. Dieser Durchgang ist dreißig Schritte lang und höchstens zwei Schritte breit; er ist gepflastert mit gelblichen, abgetretenen, losgekitteten Fliesen, welche unaufhörlich eine scharf dünstende Nässe ausschwitzen. Die rechtwinklig geschnittenen Glasscheiben, die den Gang überdachen, starren vor Schmutz.

Wenn an schönen Sommertagen brütende Sonne die Straßen sengt, so fällt durch die schmutzigen Dachscheiben eine fahle Helligkeit und sickert jämmerlich in den Durchgang hinab. An häßlichen Wintertagen, an Nebelmorgen, werfen die Scheiben nur Finsternis auf die schmutzigen Fliesen. Eine besudelte, ekle Finsternis.

Zur Linken höhlen sich dunkle, niedrige, verfallene Kaufläden, aus denen ein kalter Kellerhauch aufsteigt. Es hausen dort Buchtrödler, Spielwarenhändler, Papparbeiter, deren grau verstaubte Auslagen verschwommen im Dunkel schlummern. Die aus kleinen Glasvierecken zusammengerahmten Schaufenster sprenkeln seltsam die Waren mit grünlichem Widerschein; dahinter, hinter den Auslagen, gähnen in ihrer Finsternis die Läden wie unheimliche Höhlen, in denen absonderliche Formen brauen und schwanken.

Zur Rechten, in der ganzen Länge des Durchgangs, dehnt sich eine Mauer, an welche die Händler der gegenüberliegenden Seite flache Schauschränke gestellt haben. Namenlose Gegenstände, seit zwanzig Jahren hier vergessene Waren, breiten sich darin auf schmalen, mit einer fürchterlichen braunen Farbe getünchten Brettern. In einem dieser Schauschränke hat sich eine Händlerin niedergelassen, die mit falschem Schmuck handelt. Sie bietet dort Ringe für fünfzehn Groschen feil, Ringe, welche zart auf einem blauen Samtbette in einer Mahagonischachtel ruhen.

Über den Glaswänden steigt schwarz, wie mit Aussatz bedeckt und von Pockennarben durchfurcht, die roh mit Mörtel beworfene Mauer empor.

Die Brücken-Passage ist kein Ort zum Lustwandeln. Man benutzt sie, um einen Umweg zu vermeiden, um ein paar Minuten zu ersparen. Sie wird durchschritten von abgehetzten Menschen, deren einzige Sorge darin besteht, schnell und geradeaus zu gehen. Man sieht dort Lehrlinge in ihren Werkelschürzen, Nähterinnen, welche ihre Arbeit austragen, Männer und Frauen mit Paketen unter den Armen, und man sieht auch Greise darin, die sich müde durch das trübe Dämmerlicht schleppen, das die Scheiben herabwerfen, und Scharen kleiner Kinder sieht man, die nach Schulschluß eigens hierher eilen, um beim Durchlaufen der Passage einen klappernden Höllenlärm mit ihren Holzschuhen auf den Fliesen zu machen. Den ganzen Tag über erfüllt den Durchgang das harte und eilige Geräusch der Tritte, die mit einer aufreizenden Unregelmäßigkeit von den Steinen widerhallen. Niemand spricht, niemand bleibt stehen, jedermann läuft seinen Geschäften nach, mit gesenktem Kopf, hastend, ohne auch nur einen einzigen Blick auf die Läden zu werfen. Beunruhigt starren die Händler die Vorübergehenden an, welche etwa wie durch ein Wunder vor ihren Auslagen stehenbleiben!

Abends erleuchten den Durchgang drei in schwere, viereckige Laternen geschlossene Gasflammen. Diese vom gläsernen Dache herabhängenden Gasflammen werfen fahlrote Lichtflecken auf die Scheiben hinauf, und in die Luft rings schicken sie bläulich leuchtende, schwankende Kreise, welche von Zeit zu Zeit zu verlöschen scheinen. Der Durchgang bekommt dann das unheimliche Aussehen einer wahren Mördergrube. Große Schatten wachsen über die Fliesen, und feuchter Hauch schwillt von der Straße herein: man könnte von einer Katakombe sprechen, welche von drei Begräbnislampen verschwommen erhellt wird. Die Händler begnügen sich, als einzige Beleuchtung, mit dem fahlen Schein, den die Gasflammen in ihre Schaufenster werfen. In den Läden selber zünden sie nur eine einzige, mit einem Schirm abgeblendete Lampe an. Sie stellen sie auf ihre Schreibpulte, und nun erst können die Vorübergehenden erkennen, was in der Tiefe dieser Höhlen west, in denen tagsüber die Nacht wohnt. In der dunklen Flucht der Schaufenster erstrahlen allein die Scheiben eines Pappwarenhändlers: zwei Schieferspatlampen zerreißen hier mit ihren gelben Flammen das Dunkel. Auf der gegenüberliegenden Seite steht eine Kerze in einem Windglas und streut kleine Lichtsterne in die Kästen mit dem falschen Schmuck. Im Hintergrund ihres Schauschrankes, die Hände unter dem Umschlagetuch verborgen, kauert schlaftrunken die Besitzerin.

Dieser Händlerin gegenüber befand sich vor einigen Jahren ein Laden, dessen flaschengrünes Holzwerk aus allen seinen Fugen Feuchtigkeit schwitzte. Ein langes schmales Brett trug in schwarzen Lettern die Aufschrift: SCHNITTWAREN, und auf einer der Scheiben in der Tür stand mit roten Buchstaben ein Frauenname geschrieben: THÉRÈSE RAQUIN. Rechts und links sprangen tiefe, mit blauem Papier ausgeschlagene Schaufenster zurück.

Tagsüber konnte das Auge im gedämpften Halbdunkel nur die Auslagen erkennen.

In dem einen Schaufenster waren ein paar Weißwaren zu sehen, gefältelte Tüllhauben, für zwei und drei Mark das Stück, Ärmelkrausen und Kragen aus Musselin, ferner Strickwaren, Strümpfe, Socken, Hosenträger. Jeder einzelne dieser vergilbten und zerknitterten Gegenstände hing kläglich an einem Drahthaken. Dergestalt war das Schaufenster von oben bis unten mit weißlichen Lumpenfetzen angefüllt, die in der dämmerigen Dunkelheit ein unheimliches Aussehen annahmen. Die neuen Hauben bildeten mit ihrem leuchtenderen Weiß grelle Flecke auf dem blauen Papier, mit dem die Bretter beklebt waren. Die farbigen, an einer Stange nebeneinander aufgereihten Socken malten dunkle Töne in die fahle, verschwimmende Verblichenheit der Musseline.

In dem anderen, schmaleren Schaufenster waren große, grüne Wollknäuel aufgebaut, schwarze, auf weiße Pappen genähte Knöpfe, Schachteln in allen Farben und in allen Größen, Hauben aus Stahlperlen, gestülpt über bläuliche Papierwülste, Stricknadelbündel, Stickmuster, Bandrollen – ein Haufen verwelkter, verblichener Gegenstände, die sicherlich an diesem Orte schon seit fünf oder sechs Jahren schliefen. Alle Farben waren in diesem, in Staub und Feuchte modernden Schaukasten zu schmutzigem Grau verdämmert.

Wenn im Sommer zur Mittagszeit die Sonne Plätze und Straßen mit rötlichen Strahlen übergoß, konnte man hinter den Hauben des anderen Fensters das bleiche und ernste Profil einer jungen Frau erkennen. Dieses Profil tauchte unbestimmt aus den Schatten auf, die den Laden erfüllten. An die niedrige, harte Stirn hängte sich eine lange, schmale, zugespitzte Nase, die Lippen bestanden aus zwei dünnen, blaßrosa Strichen, und das kurze, kräftige Kinn verlief in einer weich und voll sich schmiegenden Linie zum Halse.

Den Körper, der sich im Dunkel verlor, konnte man nicht erkennen, einzig das Profil tauchte auf in matter, von dem einen schwarzen, groß geöffneten Auge durchbrochener und vom dichten, dunklen Haar gewissermaßen erdrückter Weiße. Still und unbeweglich stand es stundenlang zwischen zwei Hauben, in welche die feuchten Leisten rostige Streifen gefressen hatten.

Abends, wenn die Lampe brannte, konnte man das Innere des Ladens übersehen. Er war breiter als tief, an einem der Enden befand sich ein kleiner Ladentisch, am anderen Ende führte eine Wendeltreppe in die Stuben des ersten Stockwerkes. Gegen die Wände waren Schaukästen, Schränke und Reihen grüner Pappschachteln gestellt. Vier Stühle und ein Tisch vervollständigten die Ausstattung. Der Raum erschien kahl, frostig, die verpackten, in allen Winkeln eng verstauten Waren lagen nirgends mit einem fröhlichen Farbendurcheinander umher.

Gewöhnlich saßen zwei Frauen hinter dem Ladentisch: die junge Frau mit dem ernsten Profil und eine alte Frau, welche im Schlummer lächelte. Diese mochte ungefähr sechzig Jahre alt sein, ihr fettes, sanftes Gesicht leuchtete weiß im Lampenschirm. Ein großer gefleckter Kater kauerte auf einer Ecke des Ladentisches und beobachtete ihren Schlaf.

Weiter hinten saß ein Mann von ungefähr dreißig Jahren auf einem Stuhl und las oder sprach leise mit der jungen Frau. Er war klein, schmächtig und sah kränklich aus. Mit seinem flachsig-blonden Haar, seinem dünnen Bart, seinem von Sommersprossen bedeckten Gesicht glich er einem kranken, verzogenen Kinde.

Kurz vor zehn Uhr pflegte die alte Frau zu erwachen. Man schloß den Laden, und die ganze Familie begab sich zum Schlafen hinauf. Der gefleckte Kater folgte schnurrend seinen Herren und rieb seinen Kopf an jeder Stange des Treppengeländers.

Die Wohnung oben bestand aus drei Zimmern. Die Treppe mündete in ein Eßzimmer, das zugleich als Wohnraum diente. Links stand in einer Vertiefung ein Kachelofen, gegenüber ragte eine Anrichte, dann standen Stühle die Wand entlang, und ein runder, ganz leerer Tisch nahm die Mitte der Stube ein. Im Hintergrund, hinter einem Verschlag mit Fenstern, befand sich eine dunkle Küche. Zu beiden Seiten des Eßzimmers lag je eine Schlafstube.

Nachdem die alte Frau ihren Sohn und ihre Schwiegertochter geküßt, zog sie sich in ihre Stube zurück. Der Kater schlief auf einem Stuhl in der Küche. Die Ehegatten betraten ihr Zimmer. Dieses Zimmer hatte eine zweite Tür nach einer Treppe, die durch einen engen, finsteren Flur in die Passage mündete.

Der Gatte, der stets fröstelte, legte sich zu Bett, und während dieser Zeit öffnete die junge Frau die Fenster, um die Sommerläden herabzulassen. Sie blieb dort ein paar Minuten lang vor der großen, schwarzen, roh verputzten Mauer stehen, welche hinter den Schauschränken emporstieg und hoch hinaufragte. Über diese Mauer ließ sie ihre leeren Blicke gleiten und stumm, mit verächtlicher Gleichgültigkeit legte sie sich dann ihrerseits zu Bett.

2

Frau Raquin war eine alte Schnittwarenhändlerin aus Vernon. Nahezu fünfundzwanzig Jahre lang hatte sie in ihrem kleinen Laden in dieser Stadt gelebt. Einige Jahre nach dem Tode ihres Mannes befiel sie eine große Mattigkeit, und sie verkaufte ihr Geschäft. Ihre Ersparnisse, zusammen mit dem Erlös aus diesem Verkauf, brachten ein Kapital von vierzigtausend Franken in ihre Hand, das sie anlegte und das ihr zweitausend Franken Zinsen brachte. Mit dieser Summe konnte sie reichlich auskommen. Sie führte das Leben einer Klausnerin und wußte nichts von den bohrenden Sorgen und Freuden dieser Welt, sie hatte sich ein Leben aus friedlichem, ruhigem Glück gezimmert.

Mit vierhundert Franken mietete sie ein kleines Haus, dessen Garten bis an das Ufer der Seine herabreichte. Es war ein bescheidener, abgelegener Wohnsitz, dem ein klösterlicher Hauch anhaftete. Nur ein schmaler Fußpfad führte zu diesem, inmitten weiter Wiesen gelegenen Schlupfwinkel. Die Fenster des Hauses gingen auf den Fluß und auf die kahlen Hügel des anderen Ufers. Die gute Frau, welche die Fünfzig überschritten hatte, verkapselte sich in diese Einsiedelei und verlebte zwischen ihrem Sohn Kamill und ihrer Nichte Thérèse heitere, ungetrübte Tage.

Kamill zählte damals zwanzig Jahre. Seine Mutter verwöhnte ihn noch wie einen kleinen Knaben. Sie vergötterte ihn, weil sie ihn eine lange, kränkliche Kindheit hindurch dem Tode abgerungen hatte. Das Kind hatte nacheinander alle Fieberseuchen, alle nur erdenklichen Krankheiten gehabt. Frau Raquin führte einen fünfzehnjährigen Kampf gegen alle diese schrecklichen Übel, welche hintereinander aufmarschierten, um ihr ihren Sohn zu entreißen. Sie besiegte sie alle durch ihre Geduld, durch ihre Sorgfalt und durch ihre Liebe.

Der erwachsene, vom Tode errettete Kamill behielt von all diesen wiederholten, schmerzvollen Krankheiten ein Zittern und Frösteln in seinem Leibe zurück. In seinem Wachstum aufgehalten, blieb er klein und schwächlich. Seine schmächtigen Gliedmaßen machten nur langsame, müde Bewegungen. Um dieser Schwäche willen, die ihn bedrückte, liebte seine Mutter ihn nur noch mehr. Sie blickte mit triumphierender Zärtlichkeit in sein armes, kleines, wächsernes Gesicht, und es war ihr, als habe sie ihm mehr denn zehnmal das Leben gegeben.

Während der seltenen Ruhepausen, in welchen die Krankheiten den Knaben verschonten, besuchte er den Unterricht einer Handelsschule in Vernon. Er lernte dort Rechtschreibung und Rechnen. Seine Wissenschaft beschränkte sich auf die vier Spezies und auf eine sehr oberflächliche Kenntnis der Grammatik. Später nahm der Knabe Unterricht in kaufmännischer Schrift und Buchführung. Wenn jemand Frau Raquin riet, ihren Sohn auf ein städtisches Gymnasium zu schicken, so erbebte sie; sie wußte, daß er, von ihr getrennt, sterben würde. Die Bücher würden ihn töten, sagte sie. Kamill blieb also unwissend, und seine Unwissenheit war wie eine Schwäche mehr in seinem Wesen.

Als er sich, ein Müßiggänger von achtzehn Jahren, in der lauen Luft, mit der die Liebe seiner Mutter ihn umgab, zum Sterben zu langweilen anfing, trat er als Bürogehilfe bei einem Leinwandhändler ein. Er verdiente sechzig Franken im Monat. Er besaß einen unruhigen Geist, der ihm Untätigkeit unerträglich machte. In dieser Tretmühle, dieser stumpfsinnigen Gehilfenarbeit, die ihn den ganzen Tag lang über Rechnungen beugte, über endlose Additionen, deren einzelne Zahlen er geduldig und mühselig entzifferte, fühlte er sich weit ruhiger, weit gesünder. Wenn er abends müde, mit leerem Kopf nach Hause kam, fand er in dieser dummen und dumpfen Abgespanntheit unendlichen Genuß. – Um bei dem Leinwandhändler eintreten zu dürfen, hatte er mit seiner Mutter einen langen Streit durchfechten müssen, sie wollte ihn stets zwischen weichen Decken dicht neben sich behalten, fern von allen Zufällen des Lebens.

Aber der junge Mann hatte als Herr gesprochen. Er verlangte nach Arbeit, wie andere Kinder nach Spielzeug verlangen, nicht aus Pflichtgefühl, sondern aus Instinkt, aus natürlichem Bedürfnis. Die Zärtlichkeit und Hingabe seiner Mutter hatte eine wilde Ichsucht großgezogen. Er glaubte die zu lieben, die ihn bedauerten und verwöhnten, in Wirklichkeit aber lebte er abgesondert tief in sich selbst, liebte nichts außer seinem Wohlbefinden und trachtete mit allen erdenklichen Mitteln nur danach, seinen Lebensgenuß zu erhöhen. Als Frau Raquins bekümmerte Zärtlichkeit ihm lästig zu werden angefangen, stürzte er sich mit Wonne in eine stumpfsinnige Tätigkeit, die ihn vor allen Tees und Tränken rettete, und abends, nach der Rückkehr aus dem Büro, ging er dann mit seiner Base Thérèse ans Ufer der Seine.

Thérèse stand dicht vor ihrem achtzehnten Lebensjahr. Sechzehn Jahre früher, als Frau Raquin noch ihr Schnittwarengeschäft besaß, hatte ihr eines schönen Tages ihr Bruder, der Schiffskapitän Degans, in seinen Armen ein kleines Mädchen zugetragen. Er kam aus Algier.

»Hier ein Kind, dessen Tante du bist«, hatte er mit einem Lächeln zu ihr gesagt. »Seine Mutter ist tot. – Ich meinerseits weiß nicht, was ich mit ihm anfangen soll. Ich schenke es dir.«

Die Schnittwarenhändlerin nahm das Kind, lächelte es an und küßte seine rosigen Bäckchen. Degans blieb acht Tage in Vernon. Seine Schwester befragte ihn kaum über das kleine Mädchen, das er ihr gebracht hatte. Sie wußte ungefähr, daß die liebe Kleine in Oran geboren worden und eine Eingeborene von außerordentlicher Schönheit zur Mutter gehabt hatte. Eine Stunde vor seiner Abreise händigte er ihr eine Geburtsurkunde aus, in welcher Thérèse, von ihm als Kind anerkannt, seinen Namen trug, reiste ab – und man sah ihn niemals wieder. Einige Jahre später wurde er in Afrika getötet.

Thérèse wuchs, in einem Bett mit Kamill, unter den warmen Zärtlichkeiten ihrer Tante heran. Sie besaß eine eiserne Gesundheit – und wurde gepflegt wie ein kränkliches Kind: sie bekam ihren Teil ab von den Arzneien, die der Vetter einnahm, und wurde in der heißen Luft des gleichen Zimmers aufgezogen, das der kleine Kranke bewohnte. Stundenlang kauerte sie versonnen vor dem Feuer und schaute, ohne die Lider zu bewegen, in die Flammen. Dieses erzwungene Krankendasein scheuchte sie in sich selbst zurück. Sie nahm die Gewohnheit an, mit leiser Stimme zu sprechen, lautlos zu gehen und stumm und reglos mit offenen, blickleeren Augen auf einem Stuhl dazusitzen. Und, wenn sie dann einen Arm erhob, wenn sie einen Fuß vorsetzte, spürte man an ihr eine katzenartige Geschmeidigkeit, starke, straffe Muskeln, Fülle an Kraft und Leidenschaft, die in ihrem betäubten Fleische schlummerten. Als eines Tages ihr Vetter in einem Schwächeanfall umgesunken war, hatte sie ihn mit ungestümer Gebärde aufgehoben und fortgetragen, und diese Kraftentfaltung hatte große, glühende Flecken auf ihr Gesicht gemalt. Das eingeschlossene Dasein, das sie führte, die ungesunde Lebensweise, der sie unterworfen war, vermochten ihren hageren, widerstandskräftigen Körper nicht zu schwächen, nur ihr Gesicht nahm eine blasse, leicht gelbliche Farbe an, so daß sie im Dunkeln fast häßlich aussah. Bisweilen trat sie ans Fenster und schaute auf die gegenüberliegenden Häuser, welche die Sonne mit goldenen Strahlennetzen überzog.

Als Frau Raquin ihr Geschäft verkaufte und sich in das kleine Haus am Wasser zurückzog, wurde Thérèse von heimlichen Freudenschauern übermannt. Ihre Tante hatte ihr so oft wiederholt: »Mach' keinen Lärm, verhalte dich ruhig«, daß sie alle Wallungen ihrer Natur sorgsam tief in sich verborgen hielt. Sie besaß eine äußerste Kaltblütigkeit, eine scheinbare Ruhe, welche die furchtbarsten Erregungen verbergen konnte. Stets glaubte sie sich in dem Zimmer ihres Vetters, an der Seite eines todkranken Kindes, und hatte so die gedämpften Bewegungen, die Schweigsamkeit, die Sanftheit und die zögernde Sprechweise alter Frauen angenommen. Als sie den Garten, den hellen Fluß, die weiten grünen Hügelreihen erblickte, die bis zum Himmelsrande hinschaukelten, überkam sie eine wilde Lust zu laufen und zu schreien: sie fühlte ihr Herz mit heftigen Schlägen gegen ihre Brust klopfen, aber nicht ein Muskel in ihrem Gesicht bewegte sich, und als ihre Tante sie fragte, ob diese neue Wohnung ihr gefalle, begnügte sie sich damit, zu lächeln.

Von nun an wurde das Leben besser für sie. Sie behielt ihr sanftes Benehmen, ihr stilles gleichmütiges Gesicht, sie blieb das im Bett eines Kranken aufgezogene Kind, aber innerlich lebte sie ein glühendes, hingerissenes Dasein. Wenn sie draußen allein war, im Gras, am Wasser, dann legte sie sich wie ein Tier auf den Boden nieder, die Augen schwarz und weit geöffnet und den Leib gespannt, zum Sprung bereit. Und so blieb sie ganze Stunden lang im Sonnenbrand liegen, gedankenlos, glücklich, ihre Finger in die Erde zu graben. Sie gab sich tollen Träumereien hin, mißtrauisch blickte sie den leise dröhnenden Fluß an, sie bildete sich ein, die Wasser würden sich erheben und über sie stürzen und sie angreifen, und dann spannte sie ihre Muskeln, zur Verteidigung bereit, und fragte sich zornig, wie sie es anstellen sollte, die Fluten zu besiegen.

Abends saß Thérèse still und besänftigt mit einer Handarbeit neben ihrer Tante. In dem Licht, das weich unter dem

Lampenschirm hervorquoll, schien ihr Gesicht zu schlummern. Kamill, schlaff in einen Stuhl niedergesunken, dachte an seine Additionen. Nur ein mit leiser Stimme gesprochenes Wort unterbrach bisweilen den Frieden dieser schlummernden Stube.

Frau Raquin blickte mit heiterer Güte auf ihre Kinder. Sie hatte beschlossen, sie miteinander zu verheiraten. Sie behandelte ihren Sohn stets als Todkranken und zitterte bei dem Gedanken, sie könne eines Tages sterben und ihn allein und leidend zurücklassen. Und dann rechnete sie auf Thérèse, sie sagte sich, daß dieses junge Mädchen eine wachsame Wärterin für Kamill abgeben würde. Ihre Nichte flößte ihr mit ihrer ruhigen Art und ihrer stummen Ergebenheit ein grenzenloses Vertrauen ein. Sie hatte sie gewissermaßen am Werke gesehen und wollte sie wie einen Schutzengel neben ihren Sohn stellen. Diese Heirat stellte sich ihr als eine sicher vorauszuberechnende Lösung aller Schwierigkeiten dar.

Die Kinder wußten seit langem, daß sie einander eines Tages heiraten sollten. Sie waren in diesem Gedanken aufgewachsen, so daß er ihnen ganz vertraut und natürlich vorkam. Man sprach von dieser Verbindung in der Familie wie von einem selbstverständlichen Schicksal. Frau Raquin hatte gesagt: »Wir wollen warten, bis Thérèse einundzwanzig Jahre alt ist.« Und sie warteten geduldig, ohne Wallung, ohne Erröten.

Kamill, dessen Blut Krankheit geschwächt hatte, kannte nichts von den heißen Begierden der Jugend. Er war seiner Base gegenüber ein kleiner Knabe geblieben, er umarmte und küßte sie, wie er seine Mutter umarmte und küßte, aus Gewohnheit, ohne etwas von seinem selbstsüchtigen Gleichmut zu verlieren. Er sah in ihr einen gefälligen Kameraden, der ihn davor bewahrte, sich allzusehr zu langweilen, und der ihm gelegentlich seinen Kräutertee aufgoß. Wenn er mit ihr spielte und sie in seinen Armen hielt, glaubte er einen Knaben zu halten, seinen Leib durchfuhr kein Schauer. Und niemals war ihm in solchen Augenblicken der Gedanke gekommen, die heißen Lippen Thérèsens zu küssen, welche sich ihm mit nervösem Lachen zu entwinden suchte.

Auch das junge Mädchen ihrerseits schien kühl und gleichgültig zu bleiben. Manchmal ließ sie ihre großen Augen auf Kamill ruhen und sah ihn mehrere Minuten lang mit der Festigkeit unbeirrbarster Gemütsruhe an. Ihre Lippen allein zuckten kaum merklich dabei. Auf ihrem verschlossenen Antlitz, das ein unbeugsamer Wille stets sanft und bedacht erhielt, konnte man keine Regung lesen. Wenn man von ihrer Heirat sprach, wurde Thérèse ernst und beschränkte sich darauf, mit einer leichten Kopfbewegung allem zuzustimmen, was Frau Raquin vorbrachte. Kamill schlief währenddessen ein.

Abends im Sommer entwichen die beiden jungen Leute ans Wasser. Kamill quälte die unaufhörliche Sorgsamkeit seiner Mutter, er lehnte sich innerlich dagegen auf, er wollte laufen, sich krank machen, irgendwie dem ewigen Nichtstun, das ihn anwiderte, entfliehen. Dann lief er mit Thérèse zusammen fort und forderte sie heraus, mit ihm zu ringen und sich im Grase zu wälzen. Eines Tages stieß er seine Base, so daß sie hinfiel. Mit der Wildheit eines Tieres fuhr das Mädchen in einem Satz in die Höhe und stürzte sich mit glühendem Gesicht, roten Augen und erhobenen Armen über ihn. Kamill warf sich gutwillig zu Boden. Er hatte Angst.

Die Monate, die Jahre vergingen. Der für die Heirat bestimmte Tag kam heran. Frau Raquin nahm Thérèse beiseite, sprach ihr von ihrem Vater, von ihrer Mutter und erzählte ihr die Geschichte ihrer Geburt. Das Mädchen hörte seiner Tante zu, und dann umarmte es sie, ohne ein Wort zu äußern.

Abends ging Thérèse anstatt in ihr Zimmer, das links von der Treppe lag, in das zur Rechten gelegene Zimmer ihres Vetters. Das war die ganze Veränderung, welche an jenem Tage für ihr Leben eintrat. Und als am andern Morgen die jungen Eheleute die Treppe herunterstiegen, hatte Kamill noch immer seine kränkelnde Schlaffheit, seine heilige Egoistenruhe, und Thérèse ihren sanftesten Gleichmut, ihr beherrschtes, in seiner Stille erschreckliches Antlitz.

3

Acht Tage nach seiner Heirat erklärte Kamill seiner Mutter rund und bündig, daß er beschlossen habe, Vernon zu verlassen und nach Paris überzusiedeln. Außer sich erhob Frau Raquin Einspruch: sie hatte sich ihr Dasein nach ihrem Gefallen gezimmert und wollte daran nicht einen einzigen Zug ändern. Ihr Sohn bekam einen Nervenanfall und drohte ihr, krank zu werden, falls sie nicht nachgäbe.

»Ich habe dir in deinen Plänen niemals widersprochen«, sagte er zu ihr, »ich habe meine Base geheiratet und stets alle Arzneien genommen, die du mir verabreichtest. Heute ist es das mindeste, daß auch ich endlich einen Willen haben darf und daß du dich meiner Meinung fügst ... Wir werden Ende des Monats übersiedeln.«

Frau Raquin schlief in dieser Nacht nicht. Kamills Beschluß warf ihr Leben um, und sie versuchte verzweifelt, sich ein neues Dasein auszudenken. Allmählich beruhigte sie sich. Sie überlegte, daß die junge Ehe Kinder haben könnte und daß dann ihr kleines Vermögen nicht mehr ausreichen würde. Es galt also, mehr Geld zu verdienen, den Handel wieder aufzunehmen und für Thérèse eine einträgliche Beschäftigung zu finden. Am nächsten Morgen hatte sie sich an den Gedanken der Übersiedlung gewöhnt und den Plan zu einem neuen Leben entworfen.

Beim Frühstück war sie guter Dinge.

»Hört, was wir tun wollen«, sagte sie zu ihren Kindern. »Ich werde morgen nach Paris fahren und ein kleines Schnittwarengeschäft zu kaufen suchen. Thérèse und ich werden wieder anfangen, Nadeln und Garn zu verkaufen. Das wird uns die Zeit vertreiben. Du, Kamill, du kannst tun, was dir behagt, du kannst in der Sonne spazierengehen oder dir eine Beschäftigung suchen, ganz wie du es willst.«

»Ich werde mir eine Beschäftigung suchen«, antwortete der junge Mann.

Die Wahrheit war, daß einzig und allein ein törichter Ehrgeiz Kamill zu der Übersiedlung drängte. Er wollte Beamter in einer großen Verwaltung werden, er wurde rot vor Freude, wenn er sich im Traum mitten in einem großen Büro sah, mit glanzseidenen Ärmelschonern, die Feder hinter dem Ohr.

Thérèse wurde nicht gefragt. Sie hatte stets einen so stummen Gehorsam gezeigt, daß ihre Tante und ihr Mann es nicht mehr der Mühe wert hielten, sie nach ihrer Meinung zu fragen. Sie ging, wohin jene gingen, sie tat, was jene taten, ohne eine Klage, ohne einen Vorwurf, sie schien nicht einmal zu merken, daß sich etwas veränderte.

Frau Raquin fuhr nach Paris und ging geradeswegs nach der Brücken-Passage. Ein altes Fräulein aus Vernon hatte sie an eine ihrer Verwandten gewiesen, welche in dieser Passage einen Schnittwarenladen besaß und ihn gerne verkaufen wollte. Die alte Händlerin fand den Laden etwas klein, etwas dunkel, aber beim Durchqueren von Paris hatte sie der Straßenlärm und der Glanz der Schaufenster so erschreckt, daß dieser schmale Durchgang, diese bescheidenen Auslagen sie an ihren alten stillen Laden erinnerten. Hier konnte sie sich noch in der Provinz wähnen, sie atmete auf und dachte, daß auch ihre lieben Kinder in diesem unbekannten Winkel glücklich sein würden. Der billige Preis des Geschäftes bestimmte sie vollends, man verkaufte es ihr für zweitausend Franken. Und die Miete für den Laden und den ersten Stock belief sich nur auf zwölfhundert. Frau Raquin verfügte über ungefähr viertausend Franken flüssiges erspartes Geld und rechnete sich aus, daß sie das Geschäft und die Miete für das erste Jahr würde bezahlen können, ohne ihr Vermögen anzugreifen. Das Gehalt Kamills und die Einnahmen aus dem Geschäft würden für die täglichen Bedürfnisse ausreichen, dachte sie, so daß sie ihre Zinsen nicht mehr würde abzuheben brauchen, sondern ihr Kapital anwachsen lassen könnte für ihre Enkel.

Strahlend kehrte sie nach Vernon zurück und erzählte, sie habe mitten in Paris eine wahre Perle gefunden, ein entzückendes, behagliches Nest. Kaum waren einige Tage vergangen, so wuchs sich in ihren abendlichen Gesprächen nach und nach der feuchte finstere Laden in der Passage zu einem Palast aus. In ihrer Erinnerung erschien er ihr bequem, geräumig, ruhig und mit tausend unausdenklichen Vorzügen ausgestattet.

»Oh, meine gute Thérèse«, sagte sie, »du wirst sehen, wie glücklich wir in diesem Winkelchen sein werden! Oben sind drei schöne Stuben ... Die Passage ist voller Menschen ... Wir werden eine wunderschöne Auslage machen ... Wart' nur, wir werden uns schon nicht langweilen.«

Und sie ließ nicht mehr locker. All ihre alten Händlerinstinkte waren wieder erwacht, schon im voraus erteilte sie Thérèse Ratschläge für den Verkauf, den Einkauf und alle Kniffe des täglichen Geschäfts. Schließlich verließ die Familie das Haus am Seine-Ufer, und am Abend des gleichen Tages zog sie in der Brückenpassage ein.

Als Thérèse den Laden betrat, in dem sie fortan leben sollte, war es ihr, als stiege sie in die lehmige Erde eines Grabes hinunter. Eine Art Jammer fuhr ihr in die Kehle, und Angstschauer überzuckten sie. Sie blickte auf die schmutzige feuchte Schaufensterflucht der Passage, sie besah den Laden, stieg in den ersten Stock hinauf, ging von Stube zu Stube. Diese kahlen, leeren Räume hatten in ihrer Verödung, in ihrem Verfall etwas Entsetzliches. Die junge Frau machte keine Bewegung, sprach kein Wort. Sie war wie versteinert. Als ihre Tante und ihr Mann hinuntergegangen waren, setzte sie sich mit erstarrten Händen und tränengeschnürter Kehle auf einen Koffer und konnte doch nicht weinen.

Frau Raquin wurde der Wirklichkeit gegenüber verlegen und schämte sich ihrer Träume. Sie suchte ihren Kauf zu verteidigen. Für jede neue Mißlichkeit, die sich herausstellte, fand sie ein neues Hilfsmittel, erklärte die Dunkelheit mit dem bedeckten Wetter und versicherte schließlich, ein Besenstrich würde alles wunderschön machen.

»Ach was«, erwiderte Kamill, »ich finde das Ganze ausgezeichnet ... Außerdem werden wir nur abends hier heraufgehen. Was mich angeht, so werde ich nicht vor fünf oder sechs Uhr abends nach Hause kommen ... Und ihr beiden, ihr seid zusammen, ihr werdet euch schon nicht langweilen!«

Der junge Mann würde niemals darein gewilligt haben, ein solches Hundeloch zu bewohnen, hätte er nicht auf die warme Behaglichkeit seines Büros gezählt. Er sagte sich, daß er es tagsüber hübsch warm haben würde in seinem Amt, und des Abends würde er frühzeitig zu Bett gehen.

Eine ganze Woche lang blieben Laden und Wohnung in Unordnung. Vom ersten Tage an hatte sich Thérèse hinter den Ladentisch gesetzt, und von diesem Platze rührte sie sich nicht mehr. Frau Raquin wunderte sich über ihr gedrücktes Benehmen, sie hatte geglaubt, die junge Frau würde versuchen, ihr Heim zu verschönern, Blumen auf die Fensterbretter zu stellen, und neue Tapeten, Vorhänge und Teppiche zu fordern. Als sie aber selber eine Ausbesserung, irgendeine Verschönerung in Vorschlag brachte, antwortete ruhigen Tones ihre Nichte:

»Wozu denn? Wir haben es sehr gut. Luxus brauchen wir nicht.«

Es blieb Frau Raquin überlassen, die Zimmer einzurichten und etwas Ordnung in den Laden zu bringen. Schließlich wurde Thérèse ungeduldig, sie unaufhörlich hin und her laufen zu sehen, sie nahm eine Aufwärterin an und zwang ihre Tante, sich neben sie zu setzen.

Kamill konnte einen Monat lang keine Beschäftigung finden. Er blieb so wenig wie möglich in dem Laden und lungerte den ganzen Tag über draußen herum. Schließlich langweilte er sich derartig, daß er davon sprach, nach Vernon zurückzukehren. Endlich kam er bei der Eisenbahnverwaltung unter. Er verdiente hundert Franken im Monat. Sein Traum war erfüllt.

Morgens um acht ging er fort. Er ging die Guénégaud-Straße hinunter und kam ans Seine-Ufer. Hier schlenderte er, die Hände in den Taschen, langsamen Schrittes die Seine entlang von der Akademie bis zum Botanischen Garten. Dieser lange Weg, den er täglich zweimal zurücklegte, wurde ihm niemals langweilig. Er schaute in das fließende

Wasser und blieb stehen, um die Holzflöße den Fluß herabtreiben zu sehen. Er dachte an nichts. Oft stellte er sich vor Notre Dame auf und betrachtete die Gerüste, von welchen die damals in der Ausbesserung befindliche Kirche umgeben war. Das mächtige Zimmerwerk machte ihm Spaß, ohne daß er wußte, warum. Dann warf er im Vorübergehen einen Blick auf den Weinhafen und zählte die Droschken, die vom Bahnhof kamen. Abends durchquerte er stumpfsinnig, den Kopf erfüllt von irgendeiner albernen, in seinem Büro erzählten Geschichte, den Botanischen Garten und besah sich die Bären. Er hatte nicht allzu große Eile. Eine halbe Stunde lang blieb er über die Grube gebeugt stehen und sah den Bären zu, die schwerfällig hin und her schaukelten. Das Benehmen dieser mächtigen Tiere gefiel ihm. Mit aufgerissenen Augen und geöffneten Lippen sah er ihnen zu und freute sich einfältig über ihre Bewegungen. Endlich entschloß er sich, nach Hause zu gehen, und er ging mit schleppenden Füßen und beschäftigte sich unterwegs mit den Vorübergehenden, den Wagen und den Läden.

Sobald er nach Hause gekommen war, aß er, und dann begann er zu lesen. Er hatte sich Buffons Werke gekauft, und allabendlich stellte er sich zwanzig, dreißig Seiten zur Aufgabe, trotz der Langenweile, die diese Bücher ihm bereiteten. Außerdem las er noch in Zehnpfennigslieferungen die »Geschichte des Konsulats und des Kaiserreiches« von Thiers und die »Geschichte der Girondisten« von Lamartine oder auch populärwissenschaftliche Schriften. Auf diese Weise glaubte er an seiner Ausbildung zu arbeiten. Bisweilen zwang er seine Frau, bestimmte Seiten, bestimmte Begebenheiten mit anzuhören. Es verwunderte ihn sehr, daß Thérèse einen ganzen Abend über versonnen und still bleiben konnte, ohne das Bedürfnis, ein Buch zur

Hand zu nehmen. In seinem Inneren gestand er sich, daß seine Frau dumm und unbegabt sei.

Thérèse wies jedes Buch ungeduldig zurück. Ihr behagte es mehr, mit starren Augen und schweifenden, traumverlorenen Gedanken müßig dazusitzen. Im übrigen behielt sie ihre fügsame, gleichmäßige Stimmung; ihr ganzer Wille war darauf gerichtet, aus ihrem Wesen ein stummes Werkzeug von höchster Willfährigkeit und höchster Selbstentäußerung zu machen.

Das Geschäft ging ganz leidlich. Die Einnahmen waren in jedem Monat regelmäßig die gleichen. Die Kundschaft setzte sich aus Nähterinnen des Stadtviertels zusammen. Alle fünf Minuten trat ein Mädchen in den Laden und kaufte für ein paar Pfennige irgend etwas. Thérèse bediente die Kunden mit stets gleichen Worten und einem Lächeln, das mechanisch auf ihre Lippen kam. Frau Raquin benahm sich zuvorkommender, gesprächiger und, die Wahrheit zu sagen, war sie es auch allein, welche die Kundschaft anlockte und festhielt.

Drei Jahre lang folgten die Tage einander und glichen einander. Kamill blieb nicht ein einziges Mal aus dem Büro fort, und seine Mutter und Thérèse verließen den Laden kaum. Thérèse lebte in feuchter Finsternis, in dumpfer, erdrückender Stille und sah ihr Leben vor sich ausgebreitet, kahl und nüchtern, das Leben, das ihr an jedem Abend das gleiche kalte Bett und an jedem Morgen den gleichen leeren Tag bescherte.

4

Allwöchentlich einmal, am Donnerstag, sah die Familie Raquin Gäste bei sich. Im Eßzimmer wurde dann eine große Lampe angesteckt und ein Wasserkessel aufs Feuer gesetzt, um Tee zu machen. Es war eine wichtige Angelegenheit. Dieser Donnerstagabend überragte alle anderen; er war in die Gewohnheiten der Familie geglitten wie eine bürgerliche Orgie von ausgelassenster Fröhlichkeit. Erst um elf Uhr ging man schlafen.

Frau Raquin war in Paris einem ihrer alten Freunde wiederbegegnet, dem Polizeikommissar Michaud, der zwanzig Jahre lang in Vernon gedient und mit ihr in einem Hause gewohnt hatte. Damals hatte engste Freundschaft zwischen ihnen bestanden, und erst nachdem die Witwe ihren Laden verkauft, um das Haus am Wasser zu beziehen, hatten sie sich nach und nach aus den Augen verloren. Michaud hatte wenige Monate später die Provinz verlassen und war nach Paris gezogen, wo er in der Seine-Straße gemächlich von den fünfzehnhundert Franken seines Ruhegehaltes lebte. An einem Regentage begegnete er seiner alten Freundin in der Brücken-Passage, und noch am selben Abend war er bei den Raquins zu Tisch.

Damit war der Grundstein zu den Donnerstagabenden gelegt. Der ehemalige Polizeikommissar nahm die Gewohnheit an, einmal wöchentlich pünktlichst zu erscheinen. Und schließlich brachte er seinen Sohn mit, einen langen, eckigen, hageren Dreißiger, der eine ganz kleine, schmächtige, kränkliche Frau geheiratet hatte. Olivier hatte auf dem Polizeipräsidium ein Amt inne, das ein Gehalt von dreitausend Franken abwarf, um das ihn Kamill außerordentlich beneidete. Olivier war Bürovorsteher bei der Ordnungs- und Sicherheitspolizei. Vom ersten Tage an verabscheute Thérèse diesen steifen, kalten Burschen, der dem Passageladen eine Ehre zu erweisen glaubte, wenn er die Dürre seines langen Leibes und die Schwächeanfälle seiner armen kleinen Frau darin spazierenführte.

Kamill selber brachte noch einen anderen Donnerstagsgast mit, einen alten Eisenbahn-Verwaltungsbeamten. Grivet hatte schon zwanzig Dienstjahre hinter sich; er war Bürovorsteher und verdiente zweitausendeinhundert Franken. Ihm lag auch die Verteilung der Arbeit in Kamills Büro ob, und dieser empfand eine gewisse Ehrfurcht vor ihm. In seinen Träumen sagte er sich, daß Grivet eines Tages sterben und er ihn dann vielleicht, so nach Verlauf von einem Dutzend Jahren, ersetzen würde. Grivet war entzückt über die Aufnahme, die ihm Frau Raquin zuteil werden ließ, und kam allwöchentlich mit unverbrüchlicher Regelmäßigkeit wieder. Sechs Monate später war sein Donnestagsbesuch für ihn zu einer Pflicht geworden: er ging in die Brücken-Passage, wie er sich jeden Morgen in sein Büro begab, mechanisch, aus angeborenem Stumpfsinn.

Von da an wurden die Donnerstagabende reizend. Um sieben Uhr machte Frau Raquin Feuer an, stellte die Lampe mitten auf den Tisch, legte ein Dominospiel daneben und reinigte das Teegeschirr, das auf der Anrichte stand. Schlag acht Uhr begegneten der alte Michaud und Grivet einander vor dem Laden: der eine kam aus der Seine-, der andere aus der Mazarine-Straße. Sie traten ein, und die ganze Familie begab sich in das erste Stockwerk hinauf. Man setzte sich rings um den Tisch und wartete auf Olivier und auf Michaud und auf seine Frau, welche immer zu spät kamen. Wenn die Gesellschaft vollzählig war, reichte Frau Raquin den Tee, Kamill schüttete die Dominosteine auf das Wachstuch, und jeder vertiefte sich in sein Spiel. Man hörte nichts anderes mehr als das Klirren der kalten Steine. Nach jeder

Partie stritten die Spieler zwei oder drei Minuten lang miteinander, dann trat wieder die gleiche, tote, von dem trockenen Klirren unterbrochene Stille ein.

Thérèse spielte mit einer Gleichgültigkeit, über die sich Kamill ärgerte. Sie nahm Franz auf ihren Schoß, den großen gefleckten Kater, den Frau Raquin aus Vernon mitgenommen hatte, und während sie ihn mit der einen Hand streichelte, setzte sie mit der anderen ihre Steine. Die Donnerstagabende waren eine Marter für sie. Oft klagte sie über Unwohlsein, über starke Kopfschmerzen, nur um nicht spielen zu müssen, um müßig und halb schlummernd dasitzen zu dürfen. Einen Ellenbogen auf dem Tisch, die Backe auf den Handballen gestützt, betrachtete sie dann die Gäste ihrer Tante und ihres Mannes; sie sah sie gewissermaßen durch einen gelben, rauchigen Schleier, der von der Lampe ausging. Alle diese Gesichter da vor ihr brachten sie auf. Mit dumpfem Widerwillen, mit tief innerlichem Abscheu ließ sie ihre Blicke von einem zum anderen gleiten. Der alte Michaud hatte ein bleifarbenes Gesicht mit roten Flecken, das tote, unheimliche Gesicht jener Greise, die in die Kindheit zurückgefallen sind. Grivet hatte die zusammengeschobene Larve, die runden Augen und die dünnen Lippen eines Kretins. Olivier, dessen Backenknochen beinahe aus dem Fleisch traten, trug auf einem lächerlichen Leibe würdevoll einen eckigen, nichtssagenden Kopf, und was Susanne, Oliviers Frau, anging, so hatte sie ein schlaffes, ganz blasses Gesicht mit leeren Augen und weißen Lippen. Thérèse fand unter diesen wunderlichen und unheimlichen Geschöpfen, mit denen sie eingesperrt war, nicht einen Menschen, nicht ein lebendiges Wesen. Manchmal überfielen sie Wachträume; sie wähnte sich in der Tiefe eines Kellers verscharrt in Gesellschaft von mechanischen Leichnamen, die mit dem Kopf nickten und Beine und Arme bewegten, je nachdem man an ihren Drähten zog. Die dicke Luft im Eßzimmer benahm ihr den Atem, und die schaurige Stille, der gelbliche Schein der Lampe erfüllten sie mit unbestimmter Angst, mit unaussprechlicher Bangigkeit.

Man hatte unten an der Ladentür eine Klingel angebracht, deren schriller Ton den Eintritt eines Kunden anzeigte. Thérèse reckte das Ohr, und sobald sich die Glocke nur hören ließ, eilte sie schnell und erlöst hinunter, glücklich, dem Eßzimmer entronnen zu sein. Langsam bediente sie die Kundschaft, und sobald sie allein war, setzte sie sich hinter den Ladentisch und blieb dort so lange wie nur irgend möglich; sie genoß es als eine wahre Freude, Grivet und Olivier nicht mehr vor Augen zu haben, und fürchtete sich, wieder hinaufzugehen. Die feuchte Luft des Ladens besänftigte das Fieber, das in ihren Händen brannte. Und sie verfiel in jene tiefe Träumerei, die ihr eigentümlich war.

Aber sie konnte nicht lange unten bleiben. Kamill ärgerte sich über ihre Abwesenheit. Er begriff nicht, daß man am Donnerstagabend den Laden unten dem Eßzimmer vorziehen konnte. Dann beugte er sich über das Geländer und suchte seine Frau mit den Augen.

»He!« rief er, »was machst du denn da unten? Warum kommst du nicht wieder herauf? . . . Grivet hat ein Teufelsglück. Er hat schon wieder gewonnen.«

Gequält stand die junge Frau auf und setzte sich auf ihren Platz zurück, dem alten Michaud gegenüber, dessen hängende Lippen so widrig lächeln konnten. Und bis elf Uhr blieb sie unglücklich auf ihrem Stuhl und blickte auf Franz, den sie in ihren Armen hielt, um nicht die fratzenhaften Papp-Puppen rings um sich ansehen zu müssen.

5

Als Kamill eines Donnerstags aus seinem Büro nach Hause kam, brachte er einen großen, breitschultrigen Burschen mit, den er mit vertraulicher Gebärde in den Laden schob.

»Mutter«, sagte er, auf ihn weisend, zu Frau Raquin, »erkennst du diesen Herrn da wieder?«

Die alte Händlerin schaute den großen Burschen an, durchsuchte ihr Gedächtnis und konnte ihn nicht unterbringen. Thérèse beobachtete den Auftritt mit unbewegter Miene.

»Wie«, rief Kamill, »du erkennst Lorenz nicht wieder, den kleinen Lorenz, den Sohn des Vater Lorenz, der in der Nähe von Jeufosse die schönen Getreideäcker besitzt? Du kannst dich nicht erinnern? Ich bin doch mit ihm zur Schule gegangen; er wohnte bei seinem Onkel, der unser Nachbar war, und holte mich jeden Morgen ab; du schenktest ihm immer Musschnitten.«

Und plötzlich erinnerte sich Frau Raquin des kleinen Lorenz, den sie seltsam groß geworden fand. Es konnten gut zwanzig Jahre her sein, daß sie ihn nicht gesehen hatte. Sie versuchte, ihn den erstaunten Empfang durch eine Flut von Erinnerungen und allerlei mütterliche Schmeichelworte vergessen zu machen. Lorenz hatte sich gesetzt; er lächelte still, antwortete mit klarer Stimme und schickte seine Blicke ruhig und ungezwungen umher.

»Stellt euch vor«, sagte Kamill, »daß dieser Schlingel da seit achtzehn Monaten bei der Eisenbahnverwaltung angestellt ist und daß wir uns erst heute abend getroffen und wiedererkannt haben. Diese Verwaltung ist wirklich außerordentlich groß und bedeutend.«

Der junge Mann machte diese Bemerkung, indem er die Augen aufriß und die Lippen kniff vor lauter Stolz, ein bescheidenes Rad in einer so großen Maschine zu sein. Dann fuhr er, den Kopf schüttelnd, fort:

»Oh, aber ihm geht es gut! Er verdient bereits fünfzehnhundert Franken ... Sein Vater hat ihn aufs Gymnasium geschickt; er hat Jura studiert und malen gelernt. So ist es doch, Lorenz? ... Nicht wahr, du wirst mit uns zu Abend essen?«

»Ja, sehr gerne«, antwortete Lorenz ohne Umschweife.

Er legte seinen Hut fort und setzte sich in den Laden. Frau Raquin lief zu ihren Kochtöpfen. Thérèse, die noch kein Wort gesprochen hatte, betrachtete den neuen Ankömmling. Sie hatte noch niemals einen Mann gesehn. Der große starke Lorenz mit seinem frischen Gesicht versetzte sie in Erstaunen. Mit einer Art Bewunderung betrachtete sie seine niedrige, von üppigem schwarzem Haar gerahmte Stirn, seine vollen Backen, seine roten Lippen, sein regelmäßiges, vollblütig-schönes Gesicht. Einen Augenblick lang blieb ihr Blick auf seinem Halse haften; dieser Hals war breit und kurz, fleischig und stark. Dann versank sie in der Betrachtung seiner großen, schweren Hände, die er ausgespreizt auf seine Knie gelegt hatte. Die Finger waren viereckig, die geschlossene Faust mußte ungeheuer sein und einen Stier niederschlagen können. Lorenz war ein richtiger Bauernsohn von etwas schwerfälliger Haltung, mit gewölbtem Rücken, langsamen, sicheren Bewegungen und einem ruhigen, eigensinnigen Ausdruck. Unter seinen Kleidern spürte man feste, entwickelte Muskeln; sein ganzer Leib bestand aus hartem, festem Fleisch. Neugierig sah Thérèse ihn sich an, von seinen Händen glitten ihre Blicke in sein Gesicht, und wenn sie auf seinen Stiernacken fielen, so durchfuhr sie ein kleiner Schauer.

Kamill breitete seine Buffonbände und seine Zehnpfennighefte aus, um seinem Freunde zu zeigen, daß auch er arbeite. Und dann, als antworte er auf eine Frage, die er sich selber seit ein paar Augenblicken gestellt, sagte er zu Lorenz:

»Meine Frau mußt du doch kennen! Oder entsinnst du dich des kleinen Bäschens nicht mehr, das in Vernon immer mit uns gespielt hat?«

»Ich habe Frau Raquin sofort wiedererkannt«, antwortete Lorenz, indem er Thérèse ins Gesicht sah.

Unter diesem geraden Blick, der in sie einzudringen schien, empfand die junge Frau eine Art Unbehagen. Sie lächelte gezwungen und wechselte ein paar Worte mit Lorenz und ihrem Mann; dann beeilte sie sich, zu ihrer Tante hinaufzugehen. Sie litt.

Man setzte sich zu Tisch. Schon von der Suppe an glaubte Kamill seinen Freund unterhalten zu müssen.

»Wie geht es deinem Vater?« fragte er ihn.

»Ich weiß es nicht«, erwiderte Lorenz. »Wir haben uns überworfen. Seit fünf Jahren schreiben wir einander nicht mehr.«

»Bah!« machte der Beamte, der ob solcher Unnatur erstaunte.

»Ja, der gute Mann hat so seine eigenen Ideen . . . Da er unaufhörlich mit seinen Nachbarn in Streit liegt, hat er mich mit dem Gedanken aufs Gymnasium geschickt, ich möchte später der Rechtsanwalt werden, der ihm alle seine Prozesse gewönne . . . Oh, der Vater Lorenz kennt nur nützlichen Ehrgeiz; selbst aus seinen Torheiten will er Nutzen ziehen.«

»Hast du denn nicht Rechtsanwalt werden wollen?« fragte Kamill, mehr und mehr verwundert.

»Weiß Gott, nein«, erwiderte sein Freund lachend. »Zwei Jahre lang habe ich so getan, als hörte ich die Vorlesungen, um die zwölfhundert Franken erheben zu können, die mein

Vater mir ausgesetzt hatte. Ich lebte mit einem meiner Schulkameraden zusammen, einem Maler, und hatte selber angefangen, mich auf die Malerei zu werfen. Das machte mir Spaß; der Beruf ist ulkig, gar nicht langweilig. Wir rauchten und schwatzten den ganzen Tag . . .«

Die Familie Raquin machte riesige Augen.

»Unglücklicherweise«, fuhr Lorenz fort, »konnte das nicht immer so weitergehen. Der Vater kam dahinter, daß ich ihm Lügen auftischte, entzog mir meine monatlichen hundert Franken und verlangte, ich solle nach Hause kommen und mit ihm zusammen den Acker bestellen. Zunächst habe ich versucht, Heiligenbilder zu malen. Ein schlechtes Geschäft . . . Da ich bald klar erkannte, daß ich würde Hungers sterben müssen, habe ich die Kunst zu allen Teufeln geschickt und mir eine Stellung gesucht . . . Der Vater wird ja wohl über lang oder kurz sterben; ich warte darauf, um leben zu können, ohne irgend etwas zu tun.«

Lorenz sprach mit ruhiger Stimme. In wenigen Worten hatte er eine sehr bezeichnende Geschichte erzählt, die sein Wesen ganz offenbarte. Im Grunde war er ein fauler Mensch mit sehr fleischlichen Gelüsten, sehr bestimmten, auf oberflächlichen, dauernden Genuß gerichteten Wünschen. Sein großer starker Leib hegte kein anderes Verlangen, als nichts zu tun und sich in Faulheit und stündlicher Sättigung gewissermaßen zu suhlen. Er hätte gern gut essen, gut schlafen und voll seine Leidenschaften befriedigen mögen, ohne sich von der Stelle zu rühren, ohne die Gefahr irgendeiner Anstrengung zu laufen.

Der Rechtsanwaltberuf hatte ihn entsetzt, und vor dem Gedanken, den Boden zu beackern, schauderte er. Auf die Kunst hatte er sich in der Hoffnung geworfen, darin ein faules Handwerk zu finden: der Pinsel dünkte ihn ein leicht zu handhabendes Werkzeug, und der Erfolg schien ihm leicht zu erringen zu sein. Er träumte ein Leben, reich an billig erworbenen Genüssen, ein schönes Leben voller Frauen, voller Räkelstunden auf dem Diwan und voller Eß- und Trinkgelage. Der Traum dauerte so lange, wie der Vater Lorenz seine Taler schickte. Als jedoch der junge Mann, der bereits dreißig Jahre zählte, die Not heraufdämmern sah, besann er sich. Er empfand tiefe Feigheit vor jeder Entbehrung; für den höchsten Ruhm in der Kunst würde er nicht einen einzigen Tag ohne Brot erdulden wollen. Er schickte, wie er es gesagt, die Kunst zu allen Teufeln an dem ersten Tage, an dem er gewahr wurde, daß sie niemals all seine breiten Bedürfnisse würde befriedigen können. Seine ersten Versuche waren unterhalb der Mittelmäßigkeit geblieben. Sein Bauernauge sah die Natur linkisch und unrein. Seine unsauberen, schlecht gebauten, fratzenhaften Bilder forderten jede Kritik heraus. Übrigens war er auf sein Künstlertum gar nicht sehr erpicht, und als er die Pinsel beiseite legen mußte, ergriff ihn keine übermäßige Verzweiflung. Ernstlich nachtrauern tat er nur dem Atelier seines Schulkameraden, dem schönen, großen Atelier, in dem er sich vier oder fünf Jahre lang so wollüstig herumgesuhlt hatte. Und den Frauen trauerte er nach, die Modell gestanden und deren Wünsche und Launen die Reichweite seiner Börse nicht übertroffen hatten. Jene Welt grober Genüsse hatte brennende fleischliche Begierden in ihm zurückgelassen. Im übrigen fühlte er sich in seinem Beamtenberuf sehr wohl. Ihm behagte das stumpfsinnige Leben und die immer gleiche, für jeden Tag bemessene Arbeit, die ihn nicht anstrengte und seinen Verstand einschläferte. Nur zwei Dinge quälten ihn: ihm fehlten Frauen, und das Essen in den Marktrestaurants konnte den Vielfraßhunger seines Magens nicht stillen.

Kamill hörte ihm mit einfältigem Staunen zu und starrte ihn an. Dieser gebrechliche Bursche, dessen schlaffer, schwächlicher Körper niemals den Blitz eines Gelüstes verspürt, träumte knabenhaft von dem Atelierleben, von dem sein Freund ihm erzählte. Er dachte an jene Frauen, welche ihre nackte Haut preisgeben, und er befragte Lorenz.

»Es hat demnach also«, sagte er, »Frauen gegeben, die vor dir ihr Hemde ausgezogen haben?«

»Selbstverständlich«, antwortete Lorenz lächelnd und sah Thérèse an, welche sehr blaß geworden war.

»Das muß ein seltsamer Eindruck sein«, sagte Kamill mit einem kindlichen Lächeln. »Mich würde es verlegen machen . . . Das erste Mal mußt du doch ganz dumm dagestanden haben?«

Lorenz hatte seine eine große Hand weit aufgemacht und betrachtete aufmerksam ihren Ballen. In seine Finger kam ein leichtes Zittern, und in seine Backen stieg ein roter Schein.

»Das erste Mal«, erwiderte er, so, als ob er zu sich selber spräche, »ich glaube, ich habe es ganz natürlich gefunden . . . Sie ist schon ergötzlich, diese verflixte Kunst, nur bringt sie keinen Pfennig . . . Ich hatte eine Rothaarige zum Modell; sie war herrlich; sie hatte festes, strahlendes Fleisch, eine wunderbare Brust und Hüften von einer Breite . . .«

Lorenz hob den Kopf und sah Thérèse sich gegenüber: stumm und regungslos. Die junge Frau blickte ihn mit einer glühenden Starrheit an. Ihre mattschwarzen Augen erschienen wie zwei Löcher ohne Grund, und durch ihre geöffneten Lippen konnte man in ihrem Munde eine rosige Helligkeit gewahren. Sie war wie zerschmettert und in sich zusammengesunken. Sie hörte zu.

Lorenz' Blicke gingen von Thérèse zu Kamill. Der einstige Maler unterdrückte ein Lächeln. Er vollendete seinen

Satz durch eine Gebärde, eine große, sinnliche Gebärde, welcher die junge Frau mit dem Blick folgte. Man war beim Nachtisch angekommen, und Frau Raquin war hinuntergegangen, um eine Kundin zu bedienen.

Als das Tischtuch abgenommen wurde, wandte sich Lorenz, der einige Minuten versonnen dagesessen, plötzlich und unvermittelt an Kamill:

»Weißt du, ich werde dich malen.«

Dieser Gedanke entzückte Frau Raquin und ihren Sohn. Thérèse blieb stumm.

»Wir sind im Sommer«, fuhr Lorenz fort, »und da wir das Büro schon um vier Uhr verlassen, könnte ich herkommen, und du könntest mir jeden Nachmittag zwei Stunden sitzen. Das Ganze dauert vielleicht acht Tage.«

»Abgemacht«, rief Kamill, rot vor Freude, »du wirst dann immer mit uns essen ... Ich werde mich frisieren lassen und mir meinen schwarzen Gehrock anziehn.«

Es schlug acht Uhr. Grivet und Michaud traten ein. Olivier und Susanne folgten ihnen auf dem Fuße.

Kamill stellte seinen Freund der Gesellschaft vor. Grivet kniff die Lippen. Er verabscheute Lorenz, dessen Gehalt seiner Meinung nach zu schnell gestiegen war. Überdies war die Einführung eines neuen Gastes eine ernste und wichtige Angelegenheit: die Stammgäste der Raquins konnten schließlich einen Unbekannten nicht ohne einige Kälte aufnehmen.

Lorenz benahm sich artig und zuvorkommend. Er übersah die Lage, er wollte gefallen und gleich beim ersten Male als ein willkommener Gefährte in den Kreis aufgenommen werden. Er erzählte Geschichten, erheiterte den Abend mit seinem breiten Lachen und gewann sogar die Freundschaft Grivets.

Thérèse trachtete an diesem Abend nicht danach, in den

Laden hinunter zu gehen. Spielend und plaudernd blieb sie bis elf Uhr auf ihrem Stuhl und vermied nur, Lorenzens Blicken zu begegnen, der sich übrigens nicht mit ihr beschäftigte. Die vollblütige Natur dieses Burschen, seine kräftige Stimme, sein breites Lachen, der starke und scharfe Hauch, der wie ein Geruch von seinem Wesen ausging, beunruhigte die junge Frau und versetzte sie in eine Art nervöser Bangigkeit.

6

Von diesem Tage an kam Lorenz fast alle Abend zu den Raquins. Er bewohnte in der Sankt-Viktor-Straße, dem Weinhafen gegenüber, ein kleines möbliertes Zimmer für achtzehn Franken im Monat. Diese ins Dachgeschoß eingebaute Stube, welche durch ein schmal sich öffnendes Klappfenster in der Decke erhellt wurde, maß kaum sechs Meter im Geviert. Lorenz kehrte immer so spät wie möglich in dies Bodenloch zurück. Da er kein Geld hatte, um in Kaffeehäusern herumzusitzen, war er, ehe er Kamill begegnet, immer möglichst lange in der Milchwirtschaft geblieben, in der er zu Abend aß. Er bestellte sich dort nach Tisch eine Tasse Kaffee für fünfzehn Pfennige und rauchte eine Pfeife nach der anderen. Dann kehrte er gemächlich in die Sankt-Viktor-Straße zurück, indem er das Seineufer entlangschlenderte und, wenn das Wetter warm war, ein Weilchen auf den Bänken sitzenblieb.

Der Laden in der Brücken-Passage wurde für ihn zu einer entzückenden, warmen, ruhigen, von freundschaftlichen Worten und Aufmerksamkeiten belebten Zufluchtsstätte. Er ersparte die fünfzehn Pfennige für seinen Kaffee und schlürfte mit Behagen den ausgezeichneten Tee der

Frau Raquin. Bis zehn Uhr blieb er, satt und verdauend, mit dem Gefühl, dort zu Hause zu sein, und er ging erst fort, nachdem er Kamill geholfen hatte, den Laden zu schließen.

Eines Abends brachte er seine Staffelei und seinen Farbenkasten mit. Er wollte am nächsten Tage das Bildnis Kamills beginnen. Man kaufte eine Leinwand und traf umständliche Vorbereitungen. Endlich machte sich der Künstler im Schlafzimmer des Ehepaars ans Werk. Das Licht sei dort heller, sagte er.

Er brauchte drei Sitzungen, um den Kopf zu zeichnen. Sorgfältig, mit kleinen spärlichen Strichen, zog er die Reißkohle über die Leinwand. Seine starre, trockene Zeichnung erinnerte auf eine wunderliche Weise an die Zeichnung der primitiven Meister. Mit zögernder Hand und einer linkischen Genauigkeit, welche dem Gesicht Kamills einen verrunzelten Ausdruck gab, zeichnete er ihn ab, wie ein Schüler ein Gipsmodell abzeichnet. Am vierten Tage drückte er auf seine Palette lauter kleine Farbkleckse, und dann fing er mit der äußersten Pinselspitze zu malen an. Er bedeckte die Leinwand mit kleinen, unreinen Farbpunkten und machte kurze, dicht gedrängte Schrägstriche, als hielte er einen Bleistift in der Hand.

Am Ende einer jeden Sitzung gerieten Frau Raquin und Kamill außer sich vor Entzücken. Lorenz sagte, man müsse warten, bis die Ähnlichkeit zum Vorschein kommen würde.

Seit das Bildnis begonnen, verließ Thérèse das zum Atelier umgewandelte Zimmer nicht mehr. Sie ließ ihre Tante allein hinter dem Ladentisch und benutzte jeden Vorwand, um hinaufzugehen und zuzusehen, wie Lorenz malte.

Stets ernst, bedrückt und blasser und stiller als sonst, setzte sie sich nieder und verfolgte das Werk der Pinsel. Und dennoch schien dieses Schauspiel sie nicht allzusehr zu unterhalten. Sie kam auf ihren Platz wie angezogen von einer Gewalt, und sie verharrte wie festgenagelt darauf. Lorenz wandte sich manchmal um, lächelte ihr zu und fragte, ob das Bildnis ihr gefalle. Sie fuhr zusammen, antwortete kaum, und dann versank sie wieder in ihre andächtige Verzückung.

Wenn Lorenz abends in die Sankt-Viktor-Straße zurückging, so stellte er lange Betrachtungen mit sich an. Er stritt mit sich darüber, ob er der Liebhaber Thérèsens werden solle oder nicht.

»Sie ist eine kleine Frau«, sagte er zu sich, »die meine Geliebte werden wird, sobald ich es nur will. Stets sitzt sie da, dicht hinter meinem Rücken, um mich zu prüfen, zu messen, zu wägen ... Sie zittert, sie hat ein ganz seltsames, stilles, leidenschaftliches Gesicht. Ohne Zweifel hat sie einen Liebhaber nötig, man sieht es ihren Augen an ... Was für ein armseliger Tropf ist aber auch Kamill! ...«

Lorenz mußte innerlich lachen, wenn er an die bleifarbene Magerkeit seines Freundes dachte. Dann fuhr er fort:

»Sie langweilt sich in diesem Laden ... Ich selber gehe ja nur hin, weil ich nicht weiß, wo ich sonst hingehen soll. Anders würde man mich nicht oft in der Brücken-Passage treffen. Es ist feucht dort, traurig. Eine Frau muß dort sterben ... Ich gefalle ihr, ich bin dessen sicher. Warum nicht also eher noch ich als ein anderer?«

Er hielt inne; eitle, geckenhafte Gedanken befielen ihn; versunken sah er die Seine dahintreiben.

»Meiner Treu, um so schlimmer«, rief er, »ich werde sie bei der ersten Gelegenheit küssen ... Ich wette, daß sie mir sofort in die Arme fällt.«

Er ging weiter und fühlte sich plötzlich wieder unentschlossen.

»Im Grunde ist sie häßlich«, dachte er. »Sie hat eine lange Nase und einen großen Mund. Außerdem fühle ich keinen

Funken Liebe für sie. Vielleicht halse ich mir eine unangenehme Geschichte auf. Das will überlegt sein.«

Derartige Gedanken wälzte Lorenz, der äußerst vorsichtig von Natur war, eine ganze Woche lang in seinem Kopfe umher. Er berechnete alle möglichen Zwischenfälle in einer Liebschaft mit Thérèse, und er entschloß sich erst, das Abenteuer zu wagen, nachdem er sich gründlich bewiesen hatte, daß es in seinem eigensten Interesse läge.

Thérèse erschien ihm in der Tat häßlich, und er liebte sie nicht, aber schließlich würde sie ihn nichts kosten; die Frauen, die er sich für billiges Geld kaufte, waren sicherlich weder schöner als sie, noch liebte er sie mehr. Sparsamkeit allein schon riet ihm, die Frau seines Freundes zu nehmen. Außerdem hatte er seit langem seinen Hunger nicht mehr stillen können; das Geld war knapp; er hatte seinen Leib auf schmale Kost setzen müssen und wollte die Gelegenheit nicht vorübergehen lassen, ihn wieder etwas aufzufuttern. Kurz und gut, wenn man es recht überlegte, konnte eine solche Liebschaft keine bösen Folgen haben: Thérèse mußte daran liegen, alles zu verheimlichen, und sollte er wollen, so würde es ihm ein leichtes sein, sie wieder loszuwerden. Sogar den Fall gesetzt, daß Kamill alles entdeckte, die Geschichte übelnahm und drohte, so konnte er ihn mit einem Faustschlage niederstrecken. Von allen Seiten stellte sich die Sache Lorenz leicht und verlockend dar.

Von nun an lebte er seelenruhig dahin, der Stunde gewärtig. Er war entschlossen, bei der ersten Gelegenheit ohne Umschweife zu handeln. In der Zukunft sah er gemütliche Abende aufdämmern. Alle Raquins würden im Dienst seines Wohlseins stehen: Thérèse würde die Brände seines Blutes beschwichtigen, Frau Raquin ihn wie eine Mutter hegen und pflegen und Kamill ihn durch Gespräche davor bewahren, sich abends im Laden allzusehr zu langweilen.

Das Bildnis näherte sich seiner Vollendung, aber keine Gelegenheit hatte sich geboten. Thérèse war immer da, niedergedrückt und ängstlich, aber Kamill verließ niemals das Zimmer. Lorenz war ganz trostlos, daß es ihm nicht gelingen wollte, ihn auch nur für eine Stunde zu entfernen. Schließlich mußte er eines schönen Tages erklären, daß das Bild am nächsten Tage fertig werden würde. Frau Raquin verkündete, daß man zusammen speisen und das Werk des Malers feiern würde.

Als Lorenz am nächsten Tage die letzten Pinselstriche auf die Leinwand gesetzt hatte, versammelte sich die ganze Familie und geriet außer sich über die Ähnlichkeit. Das Bild war scheußlich, schmutzig-grau, mit großen, ins Violette spielenden Flecken. Lorenz konnte die strahlendsten Farben benutzen, sie wurden matt und erdig unter seiner Hand. Gegen seinen Willen hatte er die bleiernen Töne seines Vorbildes übertrieben, und so glich denn Kamills Gesicht dem grünlichen Antlitz eines Ertrunkenen. Die fratzenhafte Zeichnung hatte die Züge verkrampft und so jene unheimliche Ähnlichkeit noch schlagender gemacht. Aber Kamill war entzückt, er sagte, er habe auf der Leinwand ein vornehmes Aussehen.

Nachdem er sein Gesicht genugsam bewundert, erklärte er, er wolle ausgehen, um zwei Flaschen Sekt zu kaufen. Frau Raquin ging in den Laden hinunter. Der Künstler blieb mit Thérèse allein.

Die junge Frau war in sich zusammengesunken sitzen geblieben und blickte unbestimmt vor sich hin. Sie schien bebend zu warten. Lorenz zögerte noch. Er prüfte seine Leinwand und spielte mit seinen Pinseln. Die Zeit drängte. Kamill konnte zurückkommen. Die Gelegenheit würde vielleicht niemals wiederkehren. Plötzlich drehte der Maler sich um; er stand Thérèse dicht gegenüber. Einige Sekunden lang betrachteten sie einander.

Dann beugte sich Lorenz mit einer ungestümen Bewegung nieder und zog die junge Frau an seine Brust. Er bog ihren Kopf nach hinten und begrub ihre Lippen unter den seinen. Sie machte eine widerstrebende Bewegung, wild und abgerissen, und dann, mit einem Schlage, unterwarf sie sich. Sie glitt auf die Diele nieder. Sie wechselten nicht ein einziges Wort miteinander. Der Akt vollzog sich stumm und roh.

7

Von Anfang an empfanden die beiden Liebenden ihre Verbindung als notwendig, unvermeidlich und ganz natürlich. Gleich bei ihrer ersten Zusammenkunft duzten und küßten sie sich ohne Verlegenheit, ohne jedes Erröten, so, als ob ihre Vertraulichkeit schon seit mehreren Jahren bestünde. Leicht und bequem, mit völliger Ruhe und vollkommener Schamlosigkeit lebten sie ihr neues Leben.

Sie vereinbarten zunächst ihre Zusammenkünfte. Da Thérèse nicht ausgehen konnte, wurde beschlossen, daß Lorenz komme. Mit klarer, sicherer Stimme setzte die junge Frau ihm den Weg auseinander, den sie ersonnen. Die Zusammenkünfte sollten in dem Schlafzimmer des Ehepaares stattfinden. Der Geliebte sollte durch den Flur kommen, der in die Passage mündete, und Thérèse würde ihm die Treppentür öffnen. Während dieser Zeit würde Kamill im Büro sein und Frau Raquin unten im Laden. Der Plan war kühn und mußte gelingen.

Lorenz war einverstanden. Bei all seiner Vorsicht besaß er eine gewisse grobe Unerschrockenheit: die Unerschrockenheit eines Menschen mit starken Fäusten. Die ernste, stille Art seiner Geliebten ermunterte ihn, den Genuß einer Leidenschaft zu suchen, die so kühn angeboten wurde. Er fand einen Vorwand, erhielt von seinem Vorsteher einen zweistündigen Urlaub und eilte in die Brücken-Passage.

Schon beim Betreten der Passage verspürte er kochende Wollust. Die Händlerin, die den falschen Schmuck feilbot, saß der Flurtür genau gegenüber. Es galt also zu warten, bis sie beschäftigt sein würde. Eine junge Arbeiterin kam, um einen Messingring oder messingne Ohrgehänge zu kaufen. Schnell trat Lorenz in den Flur. Er stieg die enge dunkle Treppe hinauf und stützte sich dabei an den feuchten, glitschigen Wänden. Seine Füße stießen gegen die Steinstufen; bei dem Geräusch eines jeden Stoßes fühlte er eine heiße Welle durch seine Brust fluten. Eine Tür öffnete sich. Auf der Schwelle, umgeben von weißem Licht, sah er Thérèse in Unterjacke und Unterrock mit fest im Nacken zusammengeknotetem Haar strahlend vor sich stehen. Sie schloß die Tür und hängte sich an seinen Hals. Ein warmer Hauch ging von ihr aus, ein Duft von weißer Wäsche und frischgewaschener Haut.

Lorenz staunte. Er fand seine Geliebte schön. Niemals zuvor hatte er diese Frau gesehen. Geschmeidig und stark drückte sich Thérèse an ihn. Sie warf ihren Kopf weit nach hinten über, und wie glühende Lichter spielte ein leidenschaftliches Lächeln auf ihrem Gesicht. Dieses liebende Antlitz war wie verwandelt; es hatte einen liebkosenden und zugleich irr taumelnden Ausdruck; es strahlte, die Lippen feucht, die Augen leuchtend. Der geschmeidig sich windende und schaukelnde Leib der jungen Frau war schön, von einer seltsamen, wollusterfüllten Schönheit. Man hätte sagen können, daß ihre Gestalt sich von innen erleuchtet habe und daß Flammen aus ihrem Leibe hervorschlügen. Und rings um sie verbreiteten ihr brennendes

Blut, ihre gespannten Nerven einen heißwogenden Odem, einen durchdringenden herben Hauch.

Schon beim ersten Kuß offenbarte sie sich als Kurtisane. Ihr ungesättigter Leib stürzte sich besinnungslos in alle Lüste. Sie erwachte wie aus einem Traum und schwang sich hinüber in die Leidenschaft. Aus den gebrechlichen Armen Kamills ging sie über in Lorenzens kraftvolle Arme, und diese Annäherung eines starken Mannes durchfuhr sie wie ein heftiger Stoß, der sie aus dem Schlummer ihres Fleisches erweckte. Alle ihre fühlenden Frauentriebe brachen mit unerhörter Gewalt hervor. Das Blut ihrer Mutter, dieses afrikanische heiße Blut in ihren Adern, fing an zu fließen und raste bald wütend durch ihren mageren, fast noch jungfräulichen Körper. Mit königlicher Schamlosigkeit breitete sie sich hin und gab sich preis. Und vom Kopf bis zu den Füßen durchwogten sie langgedehnte Schauerwellen.

Noch niemals war Lorenz einer solchen Frau begegnet. Er war überrascht und fühlte sich unbehaglich. Die Frauen, die sich ihm gegeben, hatten ihn gewöhnlich nicht mit einem solchen Überströmen empfangen. Er war an kalte, gleichgültige Küsse gewöhnt, an eine müde, übersatte Liebe. Die Seufzer, die Krämpfe Thérèsens entsetzten ihn fast und reizten doch zugleich seine wollüstige Neugier. Als er die junge Frau verließ, schwankte er wie ein Betrunkener. Als er am nächsten Tage seine hinterhältige und vorsichtige Ruhe wiedergewonnen hatte, fragte er sich, ob er zu dieser Geliebten, deren Küsse ihm Fieber schufen, jemals zurückkehren sollte? Zunächst entschied er sich unweigerlich dafür, zu Hause zu bleiben. Später gesellten sich allerlei Befürchtungen dazu. Er wollte vergessen, Thérèse nicht mehr in ihrer Nacktheit, in ihren sanften und doch rohen Liebkosungen vor sich sehen, aber immer stand sie unerbittlich mit ausgestreckten Armen da. Die körperliche Qual, die ihm dieser Anblick bereitete, wurde unerträglich.

Er gab endlich nach, verabredete ein neues Stelldichein und begab sich in die Brücken-Passage.

Von diesem Tage an trat Thérèse in sein Leben. Er hieß sie noch nicht willkommen, aber er duldete sie. Er hatte Stunden, in denen er sich fürchtete, in denen er zur Besinnung kam, denn, alles in allem, durchrüttelte ihn diese Liebschaft auf eine unangenehme Weise, aber mehr und mehr versanken seine Ängste und Bedrängnisse vor seinen Begierden. Die Zusammenkünfte folgten einander, mehrten sich.

Thérèse wurde von derartigen Zweifeln nicht befallen. Sie gab sich rückhaltlos, sie ging geradenwegs dorthin, wohin ihre Leidenschaft sie trieb. Diese Frau, welche die Umstände niedergedrückt hatten und welche sich endlich wieder aufrichtete, enthüllte ihr ganzes Wesen, indem sie den Verlauf ihres Lebens schilderte.

Bisweilen schlang sie ihre Arme um Lorenzens Hals, zog sich auf seine Brust hinauf und mit noch atemloser Stimme erzählte sie ihm:

»Oh, wenn du wüßtest, was ich gelitten habe! Ich bin in der lauen, feuchten Luft einer Krankenstube aufgezogen. Ich lag mit Kamill im gleichen Bett. Nachts drängte ich mich weit weg von ihm vor Ekel über den schalen Geruch, der von seinem Körper ausging. Er war böse und eigensinnig, niemals wollte er die Arzneien nehmen, die ich mich mit ihm zu teilen weigerte. Meiner Tante zu Gefallen mußte ich dann alles mit hinunterschlucken. Mir ist unbegreiflich, daß ich nicht gestorben bin ... Sie haben mich häßlich gemacht, mein armer Freund, sie haben mir das einzige gestohlen, was ich besaß. Du kannst mich nicht so lieben, wie ich dich liebe!«

Sie weinte, küßte Lorenz und fuhr mit dumpfem Haß fort:

»Ich wünsche ihnen nichts Böses. Sie haben mich großgezogen, mich aufgenommen und vor Elend bewahrt ... Aber ich hätte jede Verlassenheit ihrer Barmherzigkeit vorgezogen. Ich hatte ein glühendes Verlangen nach frischer Luft: als ich noch ganz klein war, träumte ich schon davon, mit nackten Füßen die staubigen Wege entlang zu wandern, Almosen zu erbetteln und als Zigeunerin zu leben. Man hat mir gesagt, meine Mutter sei die Tochter eines Stammhäuptlings in Afrika gewesen. Oft habe ich an sie gedacht. Ich habe begriffen, daß ich dem Blute und meinen Trieben nach ihr zugehörte. Ich hätte sie niemals verlassen, sondern, auf ihrem Rücken hängend, die Wüsten mit ihr durchwandern mögen ... Mein Gott, welch eine Jugend habe ich gehabt! Noch immer durchfährt mich Ekel und Auflehnung, wenn ich an die endlosen Tage denke, die ich in der Stube verbracht, in der Kamill röchelte. Ich kauerte vor dem Feuer, sah stumpfsinnig die Kräuteraufgüsse kochen und fühlte, wie meine Glieder steif wurden. Und ich durfte mich nicht rühren, meine Tante schalt, sobald ich ein Geräusch machte ... Später, in dem kleinen Haus am Wasser, habe ich tiefe Freuden genossen ... Aber ich war schon ganz vertiert ... ich konnte kaum noch gehen, und wenn ich lief, so fiel ich. Und dann hat man mich lebendig in diesem scheußlichen Laden begraben.«

Thérèse atmete stark, mit gedehnten Armen drückte sie ihren Geliebten an sich, sie rächte sich, und ihre kleinen geschwungenen Nasenflügel flatterten.

»Du wirst niemals glauben können«, fuhr sie fort, »wie schlecht sie mich gemacht haben. Sie haben aus mir eine Heuchlerin und eine Lügnerin gemacht ... Sie haben mich in ihrer bürgerlichen Lauheit erstickt. Ich kann es nicht begreifen, daß in meinen Adern noch Blut fließt . . . Ich habe die Augen niedergeschlagen, ich habe wie sie ein trübes, dummes Gesicht bekommen und mit ihnen ihr totes Leben geführt. Als du mich zuerst sahst, nicht wahr, da hatte ich doch das Aussehen eines dummen Tieres? Ich war schwerfällig, niedergeschlagen und stumpf. Ich hoffte auf nichts mehr. Ich dachte daran, mich eines Tages in die Seine zu werfen . . . Aber welche zornerfüllten Nächte habe ich vor dieser Erschlaffung durchlebt! In meinem kalten Zimmer in Vernon habe ich in meine Kissen gebissen, um meine Schreie zu ersticken. Ich schlug mich, ich schalt mich feige. Mein Blut brannte in mir, ich hätte mir meinen Leib zerreißen mögen. Zu zweien Malen habe ich fortlaufen, einfach in die Sonne davonlaufen wollen, der Mut hat mir gefehlt. Sie hatten aus mir ein geduldiges Tier gemacht mit ihrer weichlichen Güte und eklen Zärtlichkeit. Dann habe ich angefangen zu lügen. Jeden Tag habe ich gelogen. Sanft und still bin ich bei ihnen geblieben und habe doch von nichts anderem geträumt als zu schlagen und zu beißen.«

Die junge Frau hielt inne und wischte ihre feuchten Lippen auf Lorenzens Halse ab. Nach einer Stille setzte sie hinzu:

»Ich weiß nicht mehr, warum ich eingewilligt habe, Kamill zu heiraten. Aus irgendeiner verächtlichen Unbekümmertheit habe ich keinen Widerspruch erhoben. Dieses Kind hatte mir immer leid getan. Wenn ich mit ihm spielte, fühlte ich meine Finger in seine Glieder sich eingraben wie in weichen Ton. Ich habe ihn genommen, weil meine Tante ihn mir anbot und weil ich damit rechnete, mich durch ihn niemals behindern zu lassen . . . Ich habe in meinem Mann den kleinen kränklichen Knaben wiedergefunden, mit dem ich schon mit sechs Jahren zusammen im Bette lag. Er ist noch ebenso schwächlich und jämmerlich, und derselbe schale Geruch eines kranken Kindes, der mich schon damals so anwiderte, geht noch immer von ihm aus . . . Ich sage dir das alles, damit du nicht eifersüchtig bist . . . Eine Art Ekel steigt mir jedesmal in die Kehle, mir fallen die Arzneien ein, die ich habe trinken müssen, ich rücke weit weg von ihm und verbringe schreckliche Nächte . . . Aber du, du . . .«

Und Thérèse richtete sich auf und bog sich nach hinten. Ihre Finger in Lorenzens festen Händen, betrachtete sie seine breiten Schultern, seinen ungeheuren Hals . . .

»Dich, dich liebe ich. Schon an dem Tage, an dem Kamill dich in den Laden schob, habe ich dich geliebt . . . Du achtest mich vielleicht nicht, weil ich mich dir ganz und gar und auf einmal besinnungslos gegeben habe . . . Es ist wahr, ich weiß nicht, wie das gekommen ist. Ich bin stolz, ich bin auch heftig. Am ersten Tage, damals, als du mich in diesem Zimmer umarmt und zu Boden geworfen hast, damals habe ich dich schlagen wollen . . . Ich weiß nicht, wie es kam, daß ich dich liebte, ich haßte dich viel eher. Dein Anblick reizte mich und machte mich leiden; wenn du da warst, spannten sich meine Nerven bis zum Reißen, mein Kopf wurde leer, ich sah rot vor den Augen. Oh, was habe ich gelitten. Und ich suchte diese Qual, ich wartete auf dein Kommen, ich drehte mich rings um deinen Stuhl, um in deinem Atem zu leben, um mit meinen Kleidern die deinen zu streifen. Es war mir, als würfe dein Blut heiße Luftwogen auf meinen Weg. Dieser glühende Dunst, in dem du ganz eingehüllt warst, das war's, was mich anzog und in deine Nähe bannte, trotz meines dumpfen Widerstandes . . . Du erinnerst dich, als du hier maltest: immer wieder zwang mich eine unentrinnbare Gewalt an deine Seite, mit grausamen Wonnen habe ich deine Luft geatmet. Ich begriff, daß ich nach Küssen zu angeln schien; ich schämte mich meiner Hörigkeit, ich fühlte, daß ich fallen würde, sobald du mich nur berührtest. Aber ich gab meiner Schwäche nach, und ich schlotterte vor Kälte, während ich darauf wartete, daß du mich in deine Arme nehmen möchtest . . .«

Thérèse schwieg nun, sie bebte, und etwas wie Stolz und gestillte Rache war in ihr. Trunken trug sie Lorenz auf ihrer Brust, und die kahle, eiskalte Stube durchrasten glühende Leidenschaftskrämpfe von einer unheimlichen tierischen Wildheit, und jede neue Zusammenkunft steigerte dieses bewußtlose Wüten.

Die junge Frau schien sich in Unvorsichtigkeiten und Verwegenheiten zu gefallen. Sie kannte kein Zögern, keine Furcht. Sie warf sich mit einer Art kraftvollem Freimut in den Ehebruch, sie trotzte der Gefahr und war gewissermaßen stolz auf dieses Trotzen. Wenn ihr Geliebter kommen sollte, so traf sie keine andere Vorsichtsmaßregel, als daß sie ihrer Tante mitteilte, sie ginge nach oben, um sich auszuruhen, und wenn er da war, so ging sie, sprach sie, bewegte sich rücksichtslos, ohne jemals auf das Vermeiden von Geräusch bedacht zu sein. Anfangs entsetzte sich Lorenz bisweilen:

»Um Gottes willen«, flüsterte er Thérèse zu, »mach doch keinen solchen Lärm! Frau Raquin wird heraufkommen.«

»Bah«, erwiderte sie lachend, »du hast immer Angst! . . . Sie sitzt hinter ihrem Ladentisch wie festgenagelt. Was soll sie hier oben tun wollen?! Sie hat viel zu große Furcht, unten bestohlen zu werden, und schließlich mag sie doch heraufkommen, wenn sie will – du versteckst dich dann . . . Ich schere mich den Teufel um sie. Ich liebe dich!«

Solche Worte beruhigten Lorenz kaum. Die Leidenschaft hatte sein verstecktes Bauernmißtrauen noch nicht eingeschläfert. Aber schließlich ließ Gewohnheit ihn – ohne allzu große Furcht – die Waghalsigkeit dieser Zusammenkünfte hinnehmen, welche bei hellem, lichtem Tage in Kamills Zimmer, zwei Schritte von der alten Händlerin entfernt, stattfanden. Seine Geliebte wiederholte ihm stets aufs neue, daß die Gefahr diejenigen verschone, welche ihr die Stirn böten, und sie hatte recht. Das Liebespaar hätte nirgends einen so sicheren Ort finden können wie dieses Zimmer, in dem nach ihnen zu suchen niemals jemandem beigekommen wäre. In schier unglaublicher Geborgenheit taten sie hier ihrer Liebe Genüge.

Eines Tages kam Frau Raquin aus Besorgnis, ihre Nichte möchte krank geworden sein, dennoch hinauf. Die junge Frau war bereits drei Stunden oben. Sie trieb die Vermessenheit so weit, nicht einmal die Tür zu verriegeln, welche ins Eßzimmer führte.

Als Lorenz die schweren Schritte der alten Händlerin die Holztreppe heraufkommen hörte, verlor er den Kopf und suchte aufgeregt nach seinem Rock, nach seinem Hut. Thérèse mußte über den seltsamen Ausdruck seines Gesichtes lachen. Sie faßte ihn kräftig beim Arm, drückte ihn am Fußende des Bettes in einen Winkel nieder und sagte mit leiser, ruhiger Stimme:

»Bleibe hier . . . rühre dich nicht.«

Dann warf sie die herumliegenden Männerkleider auf ihn und breitete über das Ganze den weißen Unterrock, den sie ausgezogen hatte. Sie tat all das mit flinken, sicheren Bewegungen, ohne etwas von ihrer Ruhe zu verlieren. Dann legte sie sich mit ihren zerwühlten Haaren, halb nackt und noch rot und bebend, ins Bett.

Frau Raquin machte leise die Tür auf und näherte sich mit gedämpften Tritten dem Bett. Die junge Frau stellte sich schlafend. Lorenz schwitzte unter dem weißen Unterrock.

»Thérèse«, fragte die Händlerin besorgt, »bist du krank, mein Kind?«

Thérèse öffnete die Augen, gähnte, warf sich herum und antwortete mit kläglicher Stimme, sie habe furchtbare Kopfschmerzen. Sie bat ihre Tante, sie schlafen zu lassen. Die alte Frau ging so lautlos fort, wie sie gekommen war.

Die beiden Liebenden lachten im stillen und umarmten sich mit leidenschaftlichem Ungestüm.

»Du siehst«, sagte Thérèse triumphierend, »daß wir hier nichts zu fürchten haben ... Derartige Leute sind blind: denn sie lieben nicht.«

An einem anderen Tage hatte die junge Frau einen absonderlichen Einfall. Sie war manchmal wie toll, sie sprach wie im Fieberwahn.

Der getigerte Kater Franz saß mitten im Zimmer auf seinem Hinterteil. Mit seinen runden Augen sah er ernst und regungslos das Liebespaar an. In einer Art teuflischer Verzückung versunken, schien er sie aufmerksam zu beobachten, ohne auch nur ein einziges Mal seine Lider zu senken.

»Schau doch nur Franz an«, sagte Thérèse zu Lorenz. »Man möchte glauben, er begreife alles und werde es heute abend Kamill erzählen ... Sag', wäre das nicht drollig, wenn er an einem der nächsten Tage unten im Laden zu sprechen anfinge? Er weiß schöne Geschichten von uns ...«

Dieser Gedanke, daß Franz plötzlich würde sprechen können, ergötzte die junge Frau auf ganz absonderliche Weise. Lorenz sah in die großen grünen Katzenaugen, und ein Schauer lief ihm über die Haut.

»Schau her, wie er sich benehmen würde«, sagte Thérèse. »Er würde sich auf die Hinterpfoten stellen, mit der einen Vorderpfote auf mich, mit der anderen auf dich weisen, und dann würde er sagen: ›Der Herr und die Frau dort küssen sich recht ausgiebig oben in der Stube; mir erweisen sie zwar das größte Vertrauen, aber da mir ihre verbrecherische Liebe mißfällt, bitte ich euch, sie alle beide ins Gefängnis werfen zu lassen, dann werden sie meine Nachmittagsruhe nicht mehr stören.‹«

Thérèse spielte wie ein Kind: sie machte den Kater nach, streckte ihre Hände wie Tatzen vor und machte mit ihren Schultern katzenhafte Bewegungen. Franz verharrte in steinerner Regungslosigkeit und sah sie unentwegt an; einzig seine Augen schienen lebendig, und in den Winkeln seiner Schnauze zeigten sich zwei tiefe Falten, welche dem ausgestopften Tierkopf den Ausdruck lauten Gelächters verliehen.

Lorenz fror innerlich. Er fand den Scherz Thérèsens albern. Er stand auf und jagte den Kater vor die Tür. In Wirklichkeit hatte er Furcht. Seine Geliebte besaß ihn noch nicht ganz; tief innen in ihm war noch immer etwas von jenem Unbehagen, das er unter den ersten Küssen der jungen Frau empfunden hatte.

8

Abends, im Laden, war Lorenz vollkommen glücklich. Gewöhnlich kam er mit Kamill zusammen aus dem Büro hin. Frau Raquin, die eine mütterliche Freundschaft für ihn gefaßt, wußte, daß er es knapp hatte, schlecht aß und in einer Dachkammer hauste, und so hatte sie ihm ein für allemal gesagt, daß an ihrem Tisch stets für ihn mitgedeckt sein würde. Sie liebte diesen Burschen mit jener geschwätzigen Zärtlichkeit, welche alte Frauen stets für die Menschen empfinden, die aus ihrer Heimat kommen, weil durch sie die Erinnerungen an die Vergangenheit wieder lebendig werden.

Der junge Mann machte ausgiebigen Gebrauch von ihrer Gastfreundschaft. Ehe er einkehrte, unternahm er nach dem Verlassen des Büros mit Kamill einen kleinen Spaziergang das Seine-Ufer entlang. Alle beide fanden sie ihre Rechnung in dieser Freundschaft, sie langweilten sich weniger; plaudernd streiften sie umher. Und dann geruhten sie, Frau Raquins Suppe essen zu kommen. Als Herr und Meister öffnete Lorenz die Ladentür. Er setzte sich rittlings auf die Stühle und rauchte und spuckte, als sei er zu Hause.

Die Gegenwart Thérèsens bedrängte ihn in keiner Weise. Er behandelte die junge Frau mit freundschaftlicher Ungezwungenheit, er scherzte mit ihr und sagte ihr abgedroschene Artigkeiten, ohne daß auch nur eine Falte in seinem Gesicht gezuckt hätte. Kamill lachte, und da seine Frau seinem Freunde immer nur höchst einsilbig antwortete, war er fest davon überzeugt, daß die beiden einander nicht leiden könnten. Eines Tages machte er seiner Frau sogar Vorwürfe über das, was er ihre Kälte gegen Lorenz nannte.

Lorenz hatte richtig vorausgesehen: er war der Liebhaber der Frau geworden, der Freund des Mannes und der Hätschelhans der Mutter. Noch niemals hatte er in einer derartigen Sättigung aller seiner Gelüste gelebt. Die unendlichen Genüsse, welche ihm die Familie Raquin bereitete, schläferten ihn fast ein. Seine Stellung in dieser Familie erschien ihm übrigens ganz natürlich. Er duzte Kamill ohne Haß und ohne Reue. Er überwachte nicht einmal seine Bewegungen, noch seine Worte, so sicher fühlte er sich seiner Klugheit und seiner Gelassenheit; die Selbstsucht, mit der er sein Glück auskostete, schützte ihn vor jedem Fehler. Im Laden wurde seine Geliebte eine Frau für ihn gleich jeder anderen, die man nicht umarmen durfte und die für ihn nicht vorhanden war. Und wenn er Thérèse nicht vor allen umarmte, so geschah es nur, weil er fürchtete, dann nicht wiederkommen zu können. Einzig und allein diese Folge hinderte ihn. Ohne sie würde er sich über Kamills und dessen Mutter Schmerz höchlichst lustig gemacht haben. Er hatte gar keine Vorstellung davon, was die Entdeckung seiner Liebschaft nach sich ziehen konnte. Er glaubte einfach, zu handeln, wie jeder andere arme und hungrige Mensch an seiner Stelle gehandelt haben würde. Daher seine scheinheilige Sicherheit, seine schlaue Dreistigkeit, sein unbefangenes und aufgeräumtes Benehmen.

Thérèse, welche nervöser und feinfühliger war als er, sah sich gezwungen, eine richtige Rolle zu spielen. Dank der außerordentlichen Heuchelkunst, welche ihre Erziehung sie gelehrt, gelang diese Rolle ihr zur Vollkommenheit. Nahezu fünfzehn Jahre lang hatte sie gelogen, alle ihre Regungen erstickt und einen unerbittlichen Willen dafür aufgebracht, stumpf und schläfrig zu erscheinen. Es wurde ihr nicht allzu schwer, über ihr Gesicht jene eisige Totenmaske zu stülpen, mit der sie herumging. Wenn Lorenz eintrat, so fand er sie ernst und mürrisch, die Nase länger, die Lippen dünner. Sie war häßlich, unfreundlich, unzugänglich. Sie übertrieb übrigens nicht etwa ihr Benehmen, sondern spielte ihre alte Gestalt, ohne durch gesteigerte Barschheit Aufmerksamkeit zu erregen. Was sie anbetraf, so fand sie eine bittere Lust darin, Kamill und ihre Tante zu hintergehen. Sie war nicht wie Lorenz erschlafft in der vollen Befriedigung ihrer Gelüste und der Pflicht gegenüber unempfindlich, sondern sie wußte, daß sie Böses tat, und gar oft überkam sie eine wilde Lust, von Tisch aufzustehen und Lorenz mit vollen Lippen zu küssen, um Kamill und ihrer Tante zu zeigen, daß sie keine stumpfe Närrin sei und daß sie einen Liebhaber habe.

Bisweilen überflutete sie heiße Freude, und – eine so gute Schauspielerin sie auch sein mochte – war ihr Geliebter nicht dabei, so daß sie sich nicht zu verraten fürchtete, so konnte sie sich dann nicht enthalten, zu singen. Diese plötzlichen Heiterkeitsanfälle entzückten Frau Raquin, welche ihrer Nichte stets vorgeworfen hatte, viel zu ernst zu sein. Die junge Frau kaufte Blumentöpfe und schmückte damit die Fenster ihres Zimmers, sie ließ neue Tapeten an die Wände kleben und wünschte sich Vorhänge, einen Teppich und Möbel aus Palisanderholz. All dieser Luxus war für Lorenz.

Natur und Umstände schienen diese Frau für diesen Mann geschaffen und sie einander zugeführt zu haben. Die Frau, zäh und verlogen, der Mann, vollblütig und stumpfsinnig, dergestalt bildeten sie ein mächtig verbundenes Paar. Sie ergänzten, sie schützten sich wechselseitig. Abends, bei Tisch, in dem fahlen Schein der Lampe, empfand man beim Anblick seines dicken lächelnden Gesichtes, gegenüber der stummen undurchdringlichen Maske Thérèsens, die ganze Kraft ihrer Verbindung.

Was für stille, angenehme Abendstunden waren das! Durch die tiefe Ruhe, durch das schimmernde, erwärmte Dunkel klangen freundschaftliche Worte. Man saß eng aneinandergerückt um den Tisch und plauderte nach dem Essen über die tausend Nichtigkeiten des Tages, die Erinnerungen an gestern und die Hoffnungen auf morgen. Kamill liebte Lorenz, so sehr wie er satter Egoist nur lieben konnte, und Lorenz schien ihm eine gleiche Zuneigung entgegenzubringen: es herrschte zwischen ihnen ein dauernder Austausch freundlicher Worte, gefälliger Gebärden und zuvorkommender Blicke. Frau Raquin saß mit ihrem sanften Gesicht da und ergoß ihren ganzen Frieden rings in die stille Luft, die ihre Kinder atmeten. Man hätte von einer

Vereinigung alter Freunde sprechen mögen, die sich von Herzensgrund kannten und ihr Leben auf die Treue ihrer Freundschaft gebaut hatten.

Thérèse saß gleich den anderen still und friedlich da und beobachtete dieses bürgerliche Behagen, diese lächelnde Gemächlichkeit. Tief in ihrem Innern erklang ein wildes Lachen; ihr ganzes Wesen bebte vor Spott, während ihr Gesicht seine kühle Starre bewahrte. Sie dachte mit findiger Wollust daran, daß sie einige Stunden vorher in dem benachbarten Zimmer halb nackt mit offenen Haaren auf Lorenzens Brust geruht. Sie rief sich alle Einzelheiten dieses von wilder Leidenschaft erfüllten Nachmittags zurück, sie breitete sie in ihrem Gedächtnisse aus und verglich dieses glühende Geschehen mit dem toten Puppenspiel, das sie vor Augen hatte. Ah, wie sie diese ehrbaren Leute betrog und wie glücklich es sie machte, sie mit einer solchen triumphierenden Schamlosigkeit zu betrügen. Und es geschah dicht nebenan! Zwei Schritte von hier, hinter jener dünnen Wand, ließ sie einen Mann zu sich herein, und dort, dort wälzte sie sich in allen Begierden des Ehebruchs. Und jetzt, in dieser Stunde, war ihr Geliebter ein Fremder für sie, ein Kamerad ihres Mannes, gewissermaßen ein dummer Tropf und Eindringling, um den sie sich weiter nicht zu kümmern brauchte. Diese unerhörte Komödie, dieser Betrug des Lebens, dieser Vergleich zwischen den glühenden Küssen des Tages und der gespielten Gleichgültigkeit am Abend schürten neue Brände im Blute der jungen Frau.

Wenn Frau Raquin und Kamill zufällig zusammen hinuntergingen, schnellte Thérèse vom Tisch auf und preßte stumm mit roher Gewalt ihre Lippen auf die Lippen ihres Geliebten, und so blieb sie, leise keuchend und fast erstickend, bis sie die Holzstufen der Treppe knarren hörte. Dann setzte sie sich mit einer flinken Bewegung an ihren

Platz zurück und fand für ihr Gesicht die mürrische Larve wieder. Lorenz setzte ruhigen Tons mit Kamill das unterbrochene Gespräch fort. Das Ganze war wie ein schneller blendender Leidenschaftsblitz inmitten eines toten Himmels.

Donnerstags war der Abend etwas belebter. Lorenz, der sich an diesem Abend immer zum Sterben langweilte, machte sich dennoch eine Pflicht daraus, nicht einen einzigen zu versäumen, er hielt es für eine Vorsichtsmaßregel, von Kamills Freunden gekannt und geschätzt zu werden. Er war gezwungen, die Faseleien Grivets und des alten Michaud mitanzuhören. Michaud erzählte immer dieselben Mord- und Diebsgeschichten, und zu gleicher Zeit sprach Grivet von seinen Untergebenen, seinen Vorgesetzten, seiner Verwaltung. Der junge Mann flüchtete sich dann in die Nähe Oliviers und Susannens, deren Dummheit ihm weniger unerträglich erschien. Außerdem beeilte er sich stets, nach dem Dominospiel zu verlangen.

Und der Donnerstagabend war außerdem auch der Tag, an dem Thérèse Tag und Stunde ihrer Zusammenkünfte festsetzte. In der Unruhe des Aufbruchs, wenn Frau Raquin und Kamill die Eingeladenen bis an das Tor der Passage geleiteten, näherte sich die junge Frau Lorenz, sprach leise zu ihm, drückte ihm die Hand. Manchmal, wenn alle ihnen den Rücken zukehrten, küßte sie ihn sogar aus einer Art Prahlerei.

Acht Monate lang währte dieses aus Sturm und Windstille gewobene Leben. Das Liebespaar lebte in vollkommener Glückseligkeit. Thérèse langweilte sich nicht mehr und hatte auch keinen Wunsch mehr. Lorenz, gesättigt, verhätschelt und noch dicker geworden, hegte nur die eine Furcht, dieses schöne Dasein könnte eines Tages aufhören.

9

Als Lorenz eines Nachmittags sein Büro verlassen wollte, um zu Thérèse zu eilen, die ihn erwartete, ließ ihn sein Abteilungsvorstand zu sich rufen und bedeutete ihm, daß er ihm in Zukunft verböte, fortzugehen. Er habe mit dem Urlaubnehmen Mißbrauch getrieben, die Verwaltung sei entschlossen, ihn zu entlassen, falls er noch ein einziges Mal fortginge.

Auf seinem Stuhl festgenagelt, würgte er bis zum Abend an seiner Verzweiflung. Er mußte sein Brot verdienen, er konnte sich nicht vor die Tür setzen lassen. Das erzürnte Gesicht Thérèsens am Abend war eine neue Marter für ihn. Er wußte nicht, wie er seiner Geliebten sein Fortbleiben erklären sollte. Als Kamill den Laden schloß, trat er schnell an die junge Frau heran:

»Wir können uns nicht mehr sehen«, sagte er mit halber Stimme. »Mein Vorstand verweigert mir für die Zukunft jede Ausgangserlaubnis.«

Kamill kam zurück. Lorenz mußte fortgehn, ohne ausführlichere Erklärungen geben zu können. Er war gezwungen, Thérèse unter dem Eindruck dieser grausamen Eröffnung zurückzulassen. Thérèse war außer sich, sie wollte nicht gelten lassen, daß irgend jemand ihren Genuß stören durfte, und verbrachte eine schlaflose Nacht damit, die überspanntesten Pläne für neue Zusammenkünfte auszudenken. Den kommenden Donnerstag konnte sie höchstens eine Minute mit Lorenz sprechen. Beider Beklommenheit war um so größer, als sie nicht wußten, wo sie einander treffen sollten, um sich auszusprechen und zu verständigen. Die junge Frau gab ihrem Geliebten ein neues Stelldichein, und zum zweitenmal konnte er die Verabredung nicht einhalten. Von da an hatte sie nur noch den einen bohrenden Gedanken, ihn um jeden Preis wiederzusehen.

Vierzehn Tage lang hatte Lorenz nicht mit Thérèse zusammensein können. Jetzt empfand er, wie unentbehrlich ihm diese Frau geworden war. Die Gewöhnung an den Sinnengenuß hatte neue Begierden von unerhörter Heftigkeit in ihm entfacht. Er empfand in den Umarmungen seiner Geliebten keinerlei Unbehagen mehr, sondern er gierte nach ihnen mit der Besessenheit eines ausgehungerten Tieres. In seinem Fleisch hatte dumpf eine wilde Leidenschaft des Blutes gebrütet, jetzt, da man ihm seine Geliebte vorenthielt, brach diese Leidenschaft mit blinder Gewalt hervor; er liebte bis zur Raserei. In seiner blühenden Tiernatur schien alles unbewußt zu sein, er gehorchte nur Trieben, er ließ sich gewissermaßen nur durch den Willen seines Organismus leiten. Noch vor einem Jahre würde er schallend gelacht haben, hätte ihm jemand gesagt, er könne der Sklave einer Frau in einem solchen Maße werden, daß er sein Behagen einbüßte. Das dumpfe Werk der Gelüste hatte sich, ohne daß er es wußte, in ihm vollendet und ihn endlich mit gebundenen Händen und Füßen den tierisch-wilden Liebkosungen Thérèsens ausgeliefert. Es kam so weit, daß er befürchtete, alle Besonnenheit zu verlieren; er wagte sich abends nicht mehr in die Brücken-Passage aus Angst, irgendeine Tollheit zu begehen. Er gehörte sich nicht mehr. Mit ihrem katzenartigen Biegen und Schmiegen und allen ihren feinnervigen Geschmeidigkeiten war seine Geliebte nach und nach in jede Fiber seines Leibes geglitten. Er brauchte diese Frau zum Leben, wie man die Luft zum Atmen braucht.

Und er würde sicherlich eine Torheit begangen haben, hätte er von Thérèse nicht einen Brief bekommen, in dem sie ihn bat, am nächsten Tage zu Hause zu bleiben. Seine

Geliebte versprach, gegen acht Uhr abends zu ihm zu kommen.

Beim Verlassen des Büros befreite er sich von Kamill, indem er vorgab, er sei müde und wolle sich sofort schlafen legen. Und ebenso spielte nach dem Abendessen Thérèse ihre Rolle: sie sprach von einer Kundin, die fortgezogen sei, ohne zu bezahlen, spielte den unerbittlichen Gläubiger und erklärte, daß sie hingehen wolle, um das Geld einzutreiben. Die Kundin wohnte im Batignollesviertel. Frau Raquin und Kamill fanden im Verhältnis zu dem weiten Weg den Erfolg allzu ungewiß, sonst aber verwunderten sie sich nicht weiter und ließen Thérèse in aller Ruhe fortgehen.

Die junge Frau lief nach dem Weinhafen. In dem Bestreben, schnell vorwärtszukommen, glitt sie auf dem schmierigen Pflaster hin und her und rannte gegen die Vorübergehenden an. Ihr Gesicht wurde feucht, ihre Hände brannten. Man hätte sie für ein betrunkenes Weib halten können. Schnell stieg sie die Treppe hinauf. Als sie mit quellenden Augen außer Atem im sechsten Stockwerk angekommen, gewahrte sie Lorenz, der auf sie wartete. Er hatte sich tief über das Geländer gebeugt.

Sie trat in die Bodenkammer ein. Ihre weiten Röcke gingen kaum hinein, so klein war der Raum. Mit einer Hand riß sie ihren Hut herunter und lehnte sich vergehend an das Bett . . .

Durch das weitgeöffnete Klappfenster ergoß sich die Kühle des Abends auf das glühende Lager. Die Liebenden blieben lange in ihrem Winkel wie in der Tiefe einer Höhle. Plötzlich hörte Thérèse eine Kirchenuhr zehn schlagen. Sie hätte taub sein mögen. Gequält erhob sie sich und sah nun die Bodenkammer, die sie bis dahin nicht wahrgenommen. Sie suchte ihren Hut, knüpfte die Bänder, setzte sich und sagte mit langsamer Stimme:

»Ich muß gehen!«

Lorenz hatte sich vor sie niedergekniet. Er nahm ihre Hände.

»Auf Wiedersehn!« sagte sie, ohne sich zu rühren.

»Nicht auf Wiedersehn«, rief er, »das ist zu unbestimmt . . . Wann wirst du wiederkommen?«

Sie sah ihm gerade ins Gesicht.

»Willst du die Wahrheit?« fragte sie. »Sieh, ich glaube nicht, daß ich wiederkommen kann. Ich habe keinen Vorwand, und ich kann keinen erfinden.«

»So müssen wir uns also Lebewohl sagen!«

»Nein, ich will nicht!«

Sie sprach diese Worte mit Zorn und Entsetzen, und dann sagte sie, ohne zu wissen, was sie sprach, ohne vom Stuhl aufzustehn:

»Ich will fortgehn.«

Lorenz grübelte. Er dachte an Kamill.

»Ich habe nichts gegen ihn«, sagte er endlich, ohne ihn zu nennen, »aber er stört uns wirklich allzusehr . . . Könntest du ihn uns nicht vom Halse schaffen, ihn irgendwohin auf Reisen schicken, möglichst weit?«

»Jawohl, auf Reisen schicken«, fuhr die junge Frau auf, indem sie den Kopf nach hinten warf. »Bildest du dir denn ein, daß ein Mensch wie er sich entschließt, zu reisen . . . Es gibt nur eine Reise, von der man nicht zurückkehrt . . . Aber er wird uns alle begraben: solche halbtoten Geschöpfe sterben niemals.«

Es trat eine Stille ein. Lorenz schob sich auf den Knien dicht an den Leib seiner Geliebten und lehnte den Kopf an ihre Brust.

»Ich habe einen Traum gehabt!« sagte er. »Ich möchte eine ganze Nacht bei dir sein, in deinen Armen einschlafen und am anderen Morgen unter deinen Küssen aufwachen ... Ich möchte dein Mann sein ... Begreifst du?«

»Ja, ja«, antwortete Thérèse bebend.

Und sie stürzte sich plötzlich über Lorenzens Gesicht und bedeckte es mit Küssen. Sie rieb die Bänder ihres Hutes gegen den harten Bart des jungen Mannes; sie vergaß, daß sie angezogen war und ihre Kleider verknüllen würde. Sie schluchzte und sprach atemlose Worte unter stürzenden Tränen.

»Du darfst nicht solche Dinge sagen«, wiederholte sie, »sonst finde ich nicht mehr die Kraft, fortzugehen, sonst bleibe ich hier ... Du solltest mir eher Mut machen, mir sagen, daß wir uns wiedersehen werden ... Nicht wahr, du bedarfst meiner, wir werden eines Tages die Möglichkeit finden, zusammen zu leben?«

»Dann komm wieder, komm morgen wieder«, antwortete Lorenz, dessen bebende Hände ihren Körper hinaufglitten.

»Aber ich kann doch nicht wiederkommen ... Ich habe es dir doch gesagt ... ich finde keinen Vorwand.«

Sie rang die Hände.

»Ich habe keine Angst vor dem Skandal«, fuhr sie fort. »Wenn du es willst, werde ich nach Hause gehn, Kamill sagen, daß du mein Geliebter bist, und dann hierher schlafen kommen ... Ich beunruhige mich nur um deinetwillen, ich will dein Leben nicht zerstören, ich will dir ein glückliches Dasein bereiten.«

Die Klugheit des jungen Mannes erwachte wieder.

»Du hast recht«, sagte er, »wir dürfen nicht wie Kinder handeln. – Ah, wenn dein Mann stürbe ...«

»Wenn mein Mann stürbe ...« wiederholte Thérèse langsam.

»Wir würden einander heiraten, niemanden mehr fürchten, selig unsere Liebe genießen . . . Welch schönes, glückliches Leben!«

Die junge Frau hatte sich aufgerichtet. Die Wangen blaß, starrte sie ihren Geliebten mit dunklen Augen an; ihre Lippen flogen.

»Die Menschen sterben manchmal«, murmelte sie endlich. »Es ist nur sehr gefährlich für die Überlebenden.«

Lorenz antwortete nicht.

»Weißt du«, fuhr sie fort, »die bekannten Mittel sind alle schlecht.«

»Du hast mich nicht verstanden«, sagte er ruhig. »Ich bin doch kein Tor, ich will dich in Frieden lieben . . . Ich dachte nur daran, daß ja doch alle Tage Unglücksfälle vorkommen, daß ein Fuß ausgleiten, ein Ziegel herabfallen kann . . . Du verstehst? In diesem letzten Fall ist der Wind allein schuldig.«

Er sprach mit seltsamer Stimme. Ein Lächeln kam auf seine Lippen, und schmeichelnd fügte er hinzu:

»Komm, sei ruhig, wir werden einander lieben und glücklich leben . . . Da du nicht herkommen kannst, werde ich schon alles einrichten . . . Sollten wir mehrere Monate lang nicht zusammensein können, so vergiß mich nicht, und denke daran, daß ich an unserem Glück arbeite.«

Er nahm Thérèse, welche die Tür öffnete, um fortzugehn, in seine Arme.

»Du gehörst mir, nicht wahr?« fuhr er fort. »Schwöre mir, daß du dich in meine Hände geben wirst, ganz und gar, zu jeder Stunde, wann immer ich es wollen werde.«

»Ja«, rief die junge Frau, »ich gehöre dir! Mach mit mir, was du willst.«

Scheu und stumm standen sie einen Augenblick lang voreinander. Dann riß sich Thérèse mit Gewalt los, und ohne den Kopf zu wenden, verließ sie die Bodenkammer und ging die Treppe hinunter. Lorenz hörte das Geräusch ihrer Tritte sich entfernen.

Als er nichts mehr hörte, trat er in seine Kammer zurück und legte sich ins Bett. Die Tücher waren noch warm. Mit benommenem Atem lag er in der Ecke dieses Bodenloches, das Thérèse ganz von den Gluten ihrer Liebe erfüllt zurückgelassen hatte. Es war ihm, als atme er noch die junge Frau; hier hatte sie geruht und die Luft rings mit durchdringenden, lieblichen Dünsten wie von Veilchen erfüllt, und jetzt konnte er nur noch den ungreifbar um ihn schwebenden Schemen seiner Geliebten in seine Arme schließen. Ihn durchschüttelte das Fieber wiedererwachender ungestillter Liebe. Er schloß das Fenster nicht. Mit nackten Armen und geöffneten Händen auf dem Rücken liegend und Kühlung suchend, starrte er in das dunkelblaue Viereck, das der Fensterrahmen aus dem Himmel schnitt, und dachte nach.

Bis zum Morgengrauen wälzte sich ein und derselbe Gedanke durch seinen Kopf. Bis zum Besuch Thérèsens hatte er niemals an die Ermordung Kamills gedacht: von den Umständen getrieben, aufgeregt durch den Gedanken, er würde seine Geliebte nicht mehr sehen können, hatte er von dem Tode dieses Menschen gesprochen. Und auf diese Weise hatte sich ein neuer Winkel seiner unbewußten Natur enthüllt: in den Lüsten des Ehebruchs hatte er angefangen, von Mord zu träumen.

Ruhiger geworden und allein in der tiefen stillen Nacht, durchdachte er nun den Mord. Der Gedanke an den aus Verzweiflung zwischen zwei Küssen geschleuderten Tod kam immer wieder unerbittlich und schroff in sein Hirn. Von seiner Schlaflosigkeit hin und her geworfen und entnervt von dem befangenden Hauch, den Thérèse in der Luft rings um ihn zurückgelassen, ersann Lorenz Hinterhälte, berechnete die Gefahren und überdachte

von den Worten, die sie gehört. Sie fand Frau Raquin und Kamill besorgt und verängstigt vor; auf ihre Fragen antwortete sie trocken, daß ihr Weg umsonst gewesen und daß sie eine Stunde lang an einer Straßenecke vergeblich auf einen Omnibus gewartet habe.

Als sie sich zu Bett legte, fand sie die Tücher kalt und feucht. Ihre noch glühenden Glieder durchfuhren Schauer des Widerwillens. Kamill brauchte nicht allzuviel Zeit, um einzuschlafen, und Thérèse schaute lange in sein bleifarbenes Gesicht, das blöde mit offenem Mund auf den Kissen lag. Sie rückte weit von ihm ab, sie spürte Lust, ihre geschlossene Faust tief in diesen Mund zu graben.

10

Nahezu drei Wochen vergingen. Lorenz kam allabendlich in den Laden. Er machte einen müden, fast kranken Eindruck. Leichte bläuliche Ringe umgaben seine Augen, seine Lippen blaßten und zersprangen. Andererseits hatte er noch immer seine Schwere und Ruhe, er blickte Kamill gerade ins Gesicht und erwies ihm die gleiche freimütige Freundschaft. Seit Frau Raquin den Freund des Hauses in eine Art dumpfen Fiebers versinken sah, verwöhnte und verhätschelte sie ihn noch herzlicher.

Thérèse hatte wieder ihr stummes, verdrossenes Gesicht angenommen. Sie war regungsloser, undurchdringlicher, gleichmütiger denn je. Es war, als sei Lorenz für sie nicht vorhanden; sie bemerkte ihn kaum und richtete selten ein kurzes Wort an ihn. Sie behandelte ihn mit vollkommener Gleichgültigkeit. Frau Raquin, deren Gutmütigkeit unter dieser Haltung litt, sagte bisweilen zu dem jungen Mann: »Legen Sie der Kühle meiner Nichte kein Gewicht bei. Ich kenne sie. Ihr Gesicht erscheint kalt, aber ihr Herz schlägt warm, gütig und liebevoll!«

Die beiden Liebenden hatten keine Zusammenkünfte mehr. Seit jenem Abend in der Sankt-Viktor-Straße waren sie niemals wieder allein beieinander gewesen. Wenn sie sich abends scheinbar gleichgültig und fremd gegenübersaßen, tosten Stürme der Leidenschaft, der Begierde, des Entsetzens unter den stillen Flächen ihrer Gesichter. In Thérèsens Wesen kochten Aufruhr, Niedertracht und qualvoller Hohn wild durcheinander. Lorenz war erfüllt von schwerblütiger Gier und bohrender Unentschlossenheit. Alle beide wagten sie nicht, auf den Grund ihres Wesens herabzublicken, wo dieses wirre Fieber kochte und ihr Hirn gewissermaßen mit einem dichten, beißenden Dampf erfüllte.

Wenn sie konnten, drückten sie einander hinter einer Tür in rohem, kurzem Zupacken wortlos die Hände bis zum Zerquetschen. Jeder hätte vom andern Fleischfetzen an seinen Fingern mit fortnehmen mögen aus diesen Handkrämpfen, die ihnen allein geblieben waren, ihre Begierden zu stillen. Sie legten ihren ganzen Körper hinein. Darüber hinaus forderten sie voneinander nichts. Sie warteten.

Eines Donnerstagabends plauderten die Gäste der Familie Raquin wie gewöhnlich noch eine Weile miteinander, ehe sie zu spielen anfingen. Einer der Hauptgesprächsstoffe bestand darin, sich mit dem alten Michaud über seine frühere amtliche Tätigkeit zu unterhalten und ihn über die seltsamen und unheimlichen Abenteuer zu befragen, in die er verstrickt gewesen sein mußte. Grivet und Kamill hörten dann den Geschichten des Polizeibeamten mit jenem gespannten und erschrockenen Gesicht zu, mit dem kleine Kinder das Märchen vom Blaubart oder vom Däumling anhören. Die Geschichten ängstigten und ergötzten sie zugleich.

An diesem Abend hatte Michaud eine entsetzliche Mordtat erzählt, deren Einzelheiten seine Zuhörerschaft erschauern ließen, und jetzt fügte er kopfschüttelnd hinzu:

»Und dabei erfährt man noch nicht einmal alles! . . . Wie viele Verbrechen bleiben unbekannt! Wie viele Mörder entgehen der menschlichen Gerechtigkeit!«

»Was!« sagte Grivet erstaunt, »Sie glauben wirklich, daß es auf der Straße Schurken gibt, die gemordet haben und die man nicht einsperrt?«

Olivier zeigte ein verächtliches Lächeln auf den Lippen: »Lieber Herr Grivet«, sagte er mit seiner schneidenden Stimme, »wenn man sie nicht einsperrt, so wird man wohl eben nicht wissen, daß sie gemordet haben.«

Diese Schlußfolgerung schien Grivet nicht zu überzeugen. Kamill kam ihm zu Hilfe:

»Auch ich meinerseits«, sagte er mit alberner Wichtigkeit, »bin der Meinung des Herrn Grivet . . . Es ist mir ein Bedürfnis, anzunehmen, daß die Polizei gut arbeitet und daß ich niemals auf dem Bürgersteige einen Mörder mit dem Ellenbogen streifen könnte!«

Olivier faßte diese Worte als einen gegen ihn gerichteten Angriff auf.

»Zweifellos arbeitet die Polizei gut«, sagte er in geärgertem Ton, »dennoch können auch wir nicht das Unmögliche vollbringen. Es gibt Schufte, die das Verbrechen beim Teufel erlernt haben, sie würden dem lieben Gott selber entkommen . . . Nicht wahr, Vater?«

»Ja, ja«, bekräftigte der alte Michaud . . . »So hatte man, als ich in Vernon war – Sie erinnern sich vielleicht noch daran, Frau Raquin –, einen Fuhrmann auf offener Landstraße ermordet. Man fand den Leichnam in Stücke zerhackt in einem Graben. Niemals aber hat man des Schuldigen habhaft werden können . . . Er lebt vielleicht heute noch, vielleicht ist er unser Nachbar, und vielleicht wird Herr Grivet ihm auf seinem Heimwege begegnen.«

Grivet wurde weiß wie ein Tuch. Er wagte nicht, den Kopf zu drehen, er glaubte, der Mörder des Fuhrmanns stände hinter ihm. Andererseits beseligte es ihn, Furcht zu empfinden.

»Weiß Gott, nein«, stotterte er, ohne recht zu wissen, was er sagte, »weiß Gott, nein, ich will das nicht glauben ... Ich weiß auch eine Geschichte: ... Es war einmal eine Dienstmagd, die wurde ins Gefängnis gesperrt, weil sie ihrer Herrschaft ein silbernes Besteck gestohlen hatte. Als man zwei Monate später einen Baum fällte, fand man das Besteck in einem Elsternnest. Eine Elster war der Dieb gewesen. Man ließ die Dienstmagd frei ... Sie sehen, daß die Schuldigen immer bestraft werden!«

Grivet triumphierte. Olivier lächelte höhnisch.

»Man hat dann also wohl«, sagte er, »die Elster ins Gefängnis gesetzt?«

»Das hat Grivet nicht sagen wollen«, entgegnete Kamill, der sich ärgerte, seinen Vorgesetzten lächerlich machen zu sehen ... »Mutter, gib das Domino.«

Während Frau Raquin den Kasten herholte, fuhr der junge Mann, zu Michaud gewandt, fort:

»Die Polizei ist also ohnmächtig? Sie geben das zu? Es gibt also wirklich Mörder, die in der Sonne spazierengehen?«

»Unglücklicherweise, ja!« erwiderte der Polizist.

»Das ist unsittlich«, sagte Grivet.

Während dieses Gespräches waren Thérèse und Lorenz stillgeblieben. Sie hatten nicht einmal über Grivets Dummheit gelächelt. Die Ellenbogen auf den Tisch gestützt und leicht erblaßt, hörten alle beide mit versonnenen Augen zu. Einen Augenblick lang waren ihre Blicke einander dunkel und glühend begegnet. Kleine Schweißtropfen perlten aus den Haarwurzeln auf Thérèsens Stirn, und Lorenzens Haut erschauerte unmerklich unter einem kalten Hauch.

11

Wenn es sonntags schönes Wetter war, zwang Kamill Thérèse bisweilen, mit ihm auszugehen und einen kleinen Spaziergang durch die Champs-Élysées zu machen. Die junge Frau wäre lieber in dem feuchten Dunkel des Ladens geblieben. Sie ermüdete und langweilte sich am Arm ihres Gatten. Er schleppte sie durch die Straßen und blieb vor den Läden bald staunend, bald langatmige Betrachtungen anstellend und bald stumm wie ein Dummkopf stehen. Aber Kamill gab nicht nach: er liebte es, seine Frau zu zeigen. Wenn er einem seiner Amtsgenossen, gar einem seiner Vorgesetzten begegnete, so erfüllte es ihn mit Stolz, in Gesellschaft seiner Frau Grüße zu wechseln. Andererseits ging er um des Gehens willen: steif, stumpfsinnig, aufgeblasen und durch seinen Sonntagsrock entstellt, schritt er, fast ohne ein Wort zu sprechen, mit schleppenden Füßen dahin. Thérèse litt darunter, einen derartigen Mann am Arm zu haben.

An den Tagen, an denen spazierengegangen wurde, begleitete Frau Raquin ihre Kinder bis an den Eingang der Passage. Sie umarmte sie, als ob sie zu einer Reise aufbrächen, und überschüttete sie mit flehenden Bitten und endlosen Ratschlägen.

»Vor allem«, sagte sie, »hütet euch vor Unfällen! Es gibt so schrecklich viele Wagen in Paris ... Versprecht mir, euch nicht ins Gedränge zu mischen! ...«

Endlich ließ sie sie dann fortgehen, aber sie folgte ihnen

noch lange mit den Augen. Dann kehrte sie in den Laden zurück. Ihre Beine wurden leicht schwer und steif und machten ihr jeden weiten Weg zur Unmöglichkeit.

Zu anderen Malen, aber viel seltener, verließen die beiden Ehegatten Paris: sie gingen nach Sankt Ouen oder nach Asnières und aßen in einem der Ufergasthäuser frischgebratene Fische. Diese Tage galten für Tage höchster Schlemmerei, und schon einen Monat lang im voraus wurde von ihnen gesprochen. Zu diesen Ausflügen war Thérèse viel eher, ja fast mit Freude bereit, denn sie erlaubten ihr, bis zehn, ja bis elf Uhr im Freien zu bleiben. Sankt Ouen mit seinen grünen Inseln erinnerte sie an Vernon. Sie fühlte dort all jene wilde Liebe wieder in sich erwachen, die sie als junges Mädchen für die Seine empfunden. Sie setzte sich ans Ufer in den Sand, tauchte ihre Hände in den Fluß und fühlte, wie sie auflebte in der Sonnenglut, welche von den kühlen Hauchen der schattigen Baumgruppen gemildert wurde. Während sie ihr Kleid auf den Kieseln und dem feuchten Boden ruhig zerriß und beschmutzte, breitete Kamill jedesmal sein Taschentuch sauber auf die Erde und kauerte sich unter tausend Vorsichtsmaßnahmen neben sie. In der letzten Zeit hatte das junge Ehepaar fast immer Lorenz mitgenommen, welcher diese Ausflüge durch sein Lachen und seine Bauernkraft erheiterte.

Eines Sonntags brachen Kamill, Thérèse und Lorenz nach dem Frühstück, gegen elf Uhr, nach Sankt Ouen auf. Der Ausflug war seit langem geplant und sollte in diesem Jahre der letzte sein. Der Herbst nahte schon, abends begannen kühle Winde zu wehen und brachten ein Frösteln in die Luft.

An diesem Morgen wahrte der Himmel noch seine ganze blaue Heiterkeit. In der Sonne war es heiß, im Schatten angenehm kühl. Es wurde beschlossen, dieses letzte Strahlen der Sonne auszukosten.

Begleitet von den besorgten Bitten und Angstergüssen der alten Händlerin, bestiegen die drei Ausflügler eine Droschke. Sie durchquerten Paris, stiegen an den Festungswerken aus und wanderten von dort auf der Landstraße nach Sankt Ouen. Es war Mittag. Der staubbedeckte, von der Sonne voll beschienene Weg blendete bisweilen wie eine Schneefläche. Die schwere scharfe Luft glühte.

Thérèse ging am Arme Kamills mit kleinen Schritten und versteckte sich unter ihrem Sonnenschirm, während ihr Gatte sich das Gesicht mit seinem ungeheuren Taschentuch fächelte. Hinter ihnen ging Lorenz, dem die Sonnenstrahlen den Nacken sengten, ohne daß er es zu spüren schien. Er pfiff, er stieß mit dem Fuß Steine vor sich her, und bisweilen betrachtete er mit brandig flackernden Augen das Schaukeln der Hüften seiner Geliebten.

Als sie in Sankt Ouen angelangt waren, beeilten sie sich, nach einem Baumwinkel, nach einer grünen, im Schatten liegenden Grasfläche zu suchen. Sie setzten nach einer Insel über und drangen in ein dichtes Gehölz ein. Die gefallenen Blätter breiteten am Boden eine rötliche Decke, welche unter den Tritten mit sprödem Beben knisterte und knackte. Die Stämme ragten gerade und unzählbar gleich gotischen Säulenbündeln empor, und die Zweige bogen sich bis in die Gesichter der Wanderer hinab, so daß sich ihnen als einzige Aussicht das kupferne Gewölbe der sterbenden Blätter bot und der Säulenwald der weißen und schwarzen Espen- und Eichenschäfte. Sie waren in tiefster Einsamkeit in einem schwermütigen Winkel, in einer schmalen, stillen, kühlen Lichtung, und rings um sich, allüberall, hörten sie leise die Seine brodeln.

Kamill hatte eine trockene Stelle gesucht und sich mit aufgeschlagenen Rockschößen niedergesetzt. Thérèse warf sich mit einem lauten Geräusch knisternder Röcke in das Laub. Sie verschwand halb inmitten der Falten ihres Kleides, das sich rings um sie hoch aufbauschte und eines ihrer Beine bis zum Knie frei ließ. Lorenz lag flach auf dem Bauch, das Kinn in die Erde gedrückt, sah dieses Bein an und hörte seinem Freunde zu, der sich gegen die Regierung ereiferte und behauptete, man müsse all diese kleinen Seine-Inseln in englische Gärten mit Bänken, sandbestreuten Wegen und beschnittenen Bäumen gleich den Tuilerien umwandeln.

Sie blieben beinahe drei Stunden auf der Lichtung. Sie warteten ab, daß die Sonne minder heiß würde, ehe sie vor dem Essen durch das Land gingen. Kamill sprach von seinem Büro und erzählte alberne Geschichten, dann legte er sich müde hintenüber und schlief ein. Er hatte seinen Hut über sein Gesicht gedeckt. Thérèse stellte sich schon seit langem mit geschlossenen Lidern schlafend.

Da schob sich Lorenz leise näher an die junge Frau heran. Er reckte seine Lippen und küßte ihren Schuh und ihren Knöchel. Dieses Leder, dieser weiße Strumpf, die er küßte, versengten ihm den Mund. Der herbe Rauch des Bodens und der leichte Dufthauch vom Leibe Thérèsens vermischten sich, durchdrangen ihn, entzündeten sein Blut und reizten seine Sinne. Seit einem Monat lebte er in zorniger Enthaltsamkeit. Der Marsch in der Sonne auf der Landstraße nach Sankt Ouen hatte ihn in Flammen versetzt. Und jetzt lag er da, an einem unbekannten, tief verborgenen Erdenwinkel inmitten der ungeheuren Wollust des Schattens und der Stille, und er durfte diese Frau, die ihm gehörte, nicht an seine Brust drücken. Der Ehemann könnte vielleicht erwachen, ihn beobachten und alle seine klugen Berechnungen zunichte machen. Stets war dieser Mensch ein Hindernis. Und flach auf dem Boden, hinter den Röcken Thérèsens versteckt, drückte der Liebhaber erregt und bebend stumme Küsse auf einen Schuh und auf einen weißen Strumpf. Thérèse machte wie tot nicht eine einzige Bewegung. Lorenz glaubte, sie schlafe.

Mit zerschlagenem Rücken stand er auf und lehnte sich gegen einen Baum. Da sah er, daß die junge Frau mit großen, offenen, leuchtenden Augen in die Luft schaute. Ihr Gesicht ruhte zwischen ihren zurückgelegten Armen und schimmerte in matter, kühler Blässe. Thérèse sann! Ihre starren Augen waren wie ein dunkler Abgrund, in dem man nur Nacht erblickte. Sie rührte sich nicht, sie wandte ihre Blicke auch nicht zu Lorenz, der hinter ihr stand.

Ihr Geliebter betrachtete sie. Es bestürzte ihn fast, sie unter seinen Liebkosungen so starr und so stumm zu sehen. Dieser weiße und tote, in den Falten der Röcke schwimmende Kopf flößte ihm eine Art Schrecken ein, der von brennender Begierde erfüllt war. Er hätte sich niederbeugen und mit einem Kuß diese großen offenen Augen schließen mögen. – Aber – beinahe auch in den Röcken – schlief Kamill. Mit verkrümmtem, seine ganze Magerkeit weisendem Körper schnarchte das arme Wesen leise. Unter dem Hut, der sein Gesicht halb bedeckte, gewahrte man seinen offenen, im Schlaf zu einer einfältigen Grimasse verzogenen Mund. Dünne, rötliche, spärlich gesäte Haare verunreinigten die bleifarbene Haut seines hageren Kinns, und, da sein Kopf nach hintenüber gebogen war, konnte man seinen dürren, faltigen Hals sehen, in dessen Mitte der weit vorspringende, zieglig gefärbte Kehlkopf bei jedem schnarchenden Atemzug in die Höhe wuchs. Der Anblick des so daliegenden Kamills hatte etwas Empörendes und Ekelerregendes zugleich.

Lorenz betrachtete ihn, und dann hob er in einer plötzlichen Bewegung den Absatz. Er war im Begriff, ihm mit einem Stoß den Kopf zu zerschmettern.

Thérèse unterdrückte einen Schrei. Sie erblaßte und schloß die Augen, und dann wandte sie den Kopf ab, als wollte sie das spritzende Blut vermeiden.

Einige Sekunden lang blieb Lorenz so, den Absatz dicht über dem Gesicht des schlafenden Kamill in der Luft haltend. Dann zog er langsam den Fuß zurück und entfernte sich um ein paar Schritte. Er hatte sich gesagt, daß das da der Mord eines Dummkopfs sein würde! Dieser zerschellte Schädel würde ihm die ganze Polizei auf den Hals gebracht haben. Er aber wollte Kamill doch nur beiseite schaffen, um Thérèse heiraten zu können, nach dem Verbrechen wollte er in Glück und Sonne leben wie der Mörder des Fuhrmanns, von dem der alte Michaud erzählt hatte.

Er ging bis an den Rand des Wassers und blickte stumpfsinnig in den treibenden Fluß. – Dann kehrte er plötzlich in das Dickicht zurück. Endlich hatte er einen Plan ersonnen, hatte einen bequemen und für ihn gefahrlosen Mord entdeckt.

Er weckte jetzt den Schläfer, indem er ihm mit einem Halm die Nase kitzelte. Kamill nieste, stand auf und fand den Scherz herrlich. Um solcher Späße willen, die ihn zum Lachen brachten, liebte er Lorenz. Er rüttelte nun seine Frau, welche die Augen geschlossen hielt. Nachdem Thérèse sich erhoben und ihre zerknüllten, mit trockenen Blättern bedeckten Röcke ausgeschüttelt hatte, suchten die drei Ausflügler einen Weg aus dem Dickicht, indem sie vor sich her die dünnen Äste abbrachen.

Sie verließen die Insel und gingen über Wege und Stege, auf denen eine sonntägliche Menge einherströmte. Zwischen den Hecken liefen Mädchen in hellen Kleidern, ein Trupp Kahnfahrer kam singend vorbei, Reihen bürgerlicher Pärchen, alte Leute, Beamte mit ihren Frauen gingen gemächlichen Schrittes die Gräben entlang. Jeder Weg war wie eine lärmende, bevölkerte Straße. Die Sonne allein bewahrte ihre mächtige Ruhe, sie sank dem Himmelsrande zu und warf auf die geröteten Bäume und auf die weißen Wege unermeßliche Fluten blassen Lichtes. Von dem flimmernden Himmel begann eine durchdringende Kühle herabzusinken.

Kamill reichte Thérèse nicht wieder den Arm. Er plauderte mit Lorenz und lachte über die Späße und Kraftstückchen seines Freundes, welcher über Gräben sprang und schwere Steine in die Luft stemmte. Die junge Frau ging auf der anderen Seite des Weges mit gesenktem Kopf und bückte sich bisweilen, um eine Blume zu pflücken. Als sie ein wenig zurückgeblieben war, blieb sie stehen und betrachtete von weitem ihren Geliebten und ihren Mann.

»He! Hast du keinen Hunger?« rief ihr schließlich Kamill zu.

»Doch«, erwiderte sie.

»Auf also! Vorwärts!«

Thérèse hatte keinen Hunger. Sie war nur ermattet und beunruhigt. Sie war sich über Lorenzens Pläne im unklaren. Ihre Beine zitterten unter ihr vor Angst.

Die drei Ausflügler kehrten ans Ufer zurück und suchten ein Gasthaus. Vor einer kleinen Winkelkneipe, die nach Fett und Wein roch, setzten sie sich auf einer aus Holzplanken gezimmerten Terrasse zu Tisch. Das Haus war erfüllt von Geschrei, Gesang und Tellerklappern. In jeder Stube, in jedem Saal saßen Gesellschaften, die laut sprachen, und die dünnen Zwischenwände schufen all diesem Lärm einen schwingenden Widerhall. Unter den Tritten der herauf- und herabeilenden Kellner erzitterte die Treppe.

Oben auf der Holzterrasse verjagte der Atem des Flusses die brenzlichen Fettdünste. Gegen das Geländer gelehnt, schaute Thérèse auf das Ufer. Zur Linken und zur Rechten dehnten sich zwei Reihen kleiner Schänken und Jahrmarktsbuden. Unter den Lauben gewahrte man zwischen spärlichen gelben Blättern die weißen Tischtücher, die schwarzen Flecke der Mäntel und die glänzenden Röcke der Frauen. Die Leute kamen und gingen barhäuptig, liefen und lachten, und in den schrillen Lärm der Menge mischten sich die kläglichen Lieder der Leierkästen. Ein Geruch von Staub und gebratenem Fett hing in der unbewegten Luft.

Unterhalb der Terrasse tanzten auf einem abgetretenen Rasenstück Dirnen aus dem Lateinischen Viertel singend einen kindlichen Ringelreihen. Die Hüte auf die Schulter gehängt, die Haare offen, hielten sie sich bei den Händen und spielten wie kleine Mädchen. Sie fanden etwas wie den Anflug einer frischen Stimme wieder, und ihre blassen, von rohen Liebkosungen zerfolterten Gesichter färbten sich zart mit jungfräulicher Röte. Über ihre großen unreinen Augen schwammen gefühlvolle feuchte Schleier. Aus weißen Tonpfeifen rauchende Studenten sahen ihnen zu und riefen gepfefferte Scherzworte hinüber.

Und dahinter, auf der Seine, auf den Uferhängen, stieg die Heiterkeit des Abends hernieder: eine verschwimmende bläuliche Luft, welche die Bäume in einen durchsichtigen Dunst hüllte.

»Hallo, Kellner«, rief Lorenz, indem er sich über das Treppengeländer beugte, »wo bleibt unser Essen?«

Und dann, als ob er sich eines Besseren besänne:

»Was meinst du, Kamill, wenn wir vor Tisch noch eine Spazierfahrt auf dem Wasser machten? ... Man behielte Zeit, unser Huhn zu braten. Wir werden vor Langeweile umkommen, wenn wir hier eine Stunde lang darauf warten wollen.«

»Ganz wie du willst«, erwiderte obenhin Kamill ... »Aber Thérèse hat Hunger.«

»Nein, nein, ich kann gern warten«, beeilte sich die junge Frau zu sagen. Lorenz hatte sie starr angesehn.

Alle drei gingen sie wieder hinunter. Als sie an dem Schanktisch vorbeikamen, belegten sie einen Tisch für sich, bestellten ihre Mahlzeit zusammen und sagten, daß sie spätestens in einer Stunde zurück sein würden. Da der Schankwirt auch Boote vermietete, baten sie ihn, eines für sie loszuketten. Lorenz wählte ein schmales Boot, dessen Leichtigkeit Kamill erschreckte.

»Teufel«, sagte er, »da drin wird man sich nicht viel bewegen dürfen, sonst macht man einen tüchtigen Kopfsprung.«

In Wahrheit hatte der Beamte eine entsetzliche Angst vor dem Wasser. Als Kind hatte ihm sein kränklicher Zustand in Vernon nicht gestattet, in der Seine herumzuplanschen: während seine Schulkameraden sich mitten im Flusse tummelten, hatte er zwischen zwei warmen Decken gelegen. – Lorenz war ein unerschrockener Schwimmer und ein unermüdlicher Ruderer geworden, Kamill dagegen hatte jene Schreckensangst behalten, welche Kinder und Frauen vor tiefem Wasser empfinden. Er drückte mit seinem Fuß auf die Spitze des Bootes, als wolle er sich von seiner Festigkeit überzeugen.

»Vorwärts, geh doch hinein«, rief Lorenz ihm lachend zu ... »Du hast immer Angst ...«

Kamill stieg über den Bootsrand, ging schwankend ins Hinterteil und setzte sich dort. Als er die festen Bretter unter sich fühlte, machte er es sich bequem und scherzte, um seinen Mut zu erweisen.

Thérèse war ernst und unbeweglich an der Seite ihres Geliebten, der das Bootstau festhielt, am Ufer stehngeblieben. Er bückte sich jetzt und flüsterte leise und schnell:

»Paß auf! Ich werde ihn ins Wasser werfen ... Gehorch mir! Ich stehe für alles!«

Die junge Frau wurde furchtbar blaß. Wie an den Boden festgenagelt stand sie da. Sie wurde steif, und ihre Augen weiteten sich.

»So geh doch ins Boot«, flüsterte Lorenz.

Sie rührte sich nicht. Ein heftiger Kampf ging in ihr vor. Mit aller Gewalt spannte sie ihren Willen an, denn sie hatte Furcht, in Tränen auszubrechen und zu Boden zu fallen.

»Ah! Ah«, rief Kamill, »Lorenz, so sieh doch nur Thérèse! ... Weiß Gott, nicht ich, sie hat Angst ... Sie zählt an den Knöpfen ab, ob sie einsteigen soll oder nicht ...«

Er hatte sich breitspurig auf die Steuerbank gesetzt, die beiden Ellenbogen rechts und links auf den Bootsrand gelehnt, und schaukelte prahlerisch hin und her. Thérèse warf ihm einen absonderlichen Blick zu. Der Spott dieses armen Menschen traf sie wie ein Peitschenschlag und trieb sie vorwärts. Entschlossen sprang sie ins Boot. Sie blieb an der Spitze. Lorenz nahm die Ruder. Das Boot stieß vom Ufer ab und glitt langsam auf die Inseln zu.

Die Dämmerung trat ein. Große Schatten fielen aus den Bäumen herab, und an den Ufern war das Wasser schwarz. In der Mitte des Flusses trieben breite blaßsilberne Bänder. Bald war das Boot mitten in der Seine. Hier verklang aller Lärm der Ufer. Die Lieder, die Rufe erstarben schwermütig und undeutlich zu langen, traurigen, fern verhallenden Klängen. Den Geruch von gebratenem Fett und Staub spürte man nicht mehr. Frische Lüfte strichen. Es war kalt.

Lorenz hörte zu rudern auf und ließ das Boot von der Strömung treiben.

Gegenüber ragte der große rötliche Block der Inseln. Die beiden dunkelbraunen, graugesprenkelten Ufer waren wie zwei breite Striche, die am Himmelsrande zusammenliefen. Wasser und Himmel schienen aus dem gleichen weißlichen Stoff geschnitten zu sein. Nichts auf der Welt ist so schmerzlich still wie eine herbstliche Abenddämmerung. Die schrägen Strahlen verblassen in der fröstelnden Luft, und die gealterten Bäume werfen ihre Blätter ab. Das von den glühenden Sommerstrahlen versengte Land fühlt mit den ersten kalten Winden den Tod herannahen. Und durch die oberen Lüfte haucht ein hoffnungsleeres Klagen. Die Nacht sinkt von oben herab und trägt mit ihren Schatten Sargtücher hernieder.

Die Ausflügler schwiegen. In dem mit der Strömung treibenden Boot sitzend, sahen sie die letzten Lichter in den hohen Zweigen verlöschen. Sie näherten sich den Inseln. Die großen rötlichen Massen wurden dunkel, die ganze Landschaft vereinfachte sich in der Dämmerung, die Seine, der Himmel, die Inseln, die Ufer waren nichts mehr als braune und graue Flächen, die in einem milchigen Nebel zerflossen.

Kamill, der sich zuletzt flach auf den Bauch gelegt hatte, den Kopf über dem Wasser, tauchte seine Hände in den Fluß.

»Verflucht«, rief er, »was ist das kalt! Es möchte nicht angenehm sein, seinen Kopf in diese Suppe zu tauchen!«

Lorenz antwortete nicht. Seit einer Weile betrachtete er die beiden Ufer mit Unruhe, er schob seine schweren Hände über seine Knie und preßte die Lippen aufeinander. Starr, regungslos, den Kopf ein wenig hintenüber gelegt, wartete Thérèse.

Das Boot glitt in einen kurzen schmalen dunklen Arm, der zwei Inseln trennte. Hinter einer der Inseln hörte man das gedämpfte Singen von Kahnfahrern, welche die Seine hinaufruderten. Stromauf, in der Ferne, war der Fluß leer.

Da stand Lorenz auf und erfaßte Kamill unter den Armen. Der Beamte brach in ein Gelächter aus.

»Ah, nicht doch! Du kitzelst mich«, sagte er, »nicht solche Scherze, bitte ... Komm, hör auf: du wirst mich hinwerfen ...«

Lorenz drückte stärker und hob ihn mit einem Ruck. Kamill drehte sich um und sah in das erschreckende, ganz verkrampfte Gesicht seines Freundes.

Er begriff nicht, nur eine wilde, unbestimmte Angst durchfuhr ihn. Er wollte schreien und fühlte eine harte Hand seine Kehle zudrücken. Mit dem Naturtrieb eines Tieres, das sich verteidigt, hob er sich in die Knie und klammerte sich am Rand des Bootes fest. So kämpfte er einige Sekunden lang.

»Thérèse! Thérèse!« rief er mit erstickter, pfeifender Stimme.

Die junge Frau, die sich mit beiden Händen an einer Bank des knackenden und auf dem Flusse tanzenden Bootes festhielt, sah hin. Sie konnte die Augen nicht schließen, ein entsetzlicher Starrkrampf hielt sie groß offen und auf das grauenhafte Schauspiel des Kampfes gerichtet. Sie war stumm und steif.

»Thérèse! Thérèse!« rief von neuem der röchelnde Unglückliche.

Bei diesem letzten Ruf brach Thérèse in Tränen aus. Ihre Nerven versagten. Der Anfall, den sie lange befürchtet, warf sie zuckend auf den Boden des Bootes. Dort blieb sie liegen: zusammengekrümmt, ohnmächtig, tot.

Lorenz zerrte Kamill noch immer hin und her, während er ihm mit einer Hand die Kehle zudrückte. Mit Hilfe dieser zweiten Hand gelang es ihm endlich, ihn von dem Boot loszureißen. Er stemmte ihn mit seinen starken Armen wie ein Kind in die Luft. Und da er den Kopf geneigt hielt und so seinen Hals entblößte, wandte sich sein vor Wut und Entsetzen wahnsinniges Opfer, reckte seine Zähne vor und grub sie in diesen Hals. Und als der Mörder, einen Schmerzensschrei unterdrückend, den Beamten mit wuchtigem Schwung in den Fluß schleuderte, rissen diese verkrampften Zähne ein Stück seines Fleisches mit fort.

Aufheulend fiel Kamill ins Wasser. Er kam noch zwei- oder dreimal an die Oberfläche und stieß dabei immer dumpfer werdende Schreie aus.

Lorenz verlor keine Sekunde. Er klappte den Kragen seines Mantels in die Höhe, um seine Wunde zu verbergen. Dann nahm er die ohnmächtige Thérèse in seine Arme, brachte durch einen Fußstoß das Boot zum Kentern und ließ sich, seine Geliebte haltend, in die Seine gleiten. Er hielt sie über Wasser und rief dabei mit kläglicher Stimme um Hilfe.

Die Kahnfahrer, deren Gesang er hinter der Inselspitze gehört hatte, kamen mit großen Ruderschlägen herbei. Sie begriffen, daß sich ein Unglück zugetragen haben mußte: sie bewerkstelligten die Rettung Thérèsens, die sie auf eine Bank legten, und Lorenzens, der über den Tod seines Freundes in Verzweiflung ausbrach. Er stürzte sich wieder ins Wasser, suchte Kamill an Stellen, an denen er nicht sein konnte, kam weinend zurück, rang die Hände und raufte sich das Haar. Die Kahnfahrer versuchten ihn zu beruhigen und zu trösten.

»Es ist meine Schuld«, rief er, »ich hätte den armen Jungen nicht so herumtanzen und sich bewegen lassen sollen . . . Plötzlich waren wir alle drei auf derselben Seite des Bootes und schlugen um . . . Im Fallen rief er mir zu, ich solle seine Frau retten . . .«

Unter den Kahnfahrern befanden sich, wie das immer ist, zwei oder drei junge Leute, welche Zeugen des Unfalls gewesen sein wollten.

»Wir haben alles mit angesehen«, sagten sie. »Der Teufel

auch, ein Boot ist doch kein Tanzboden ... Oh, die arme kleine Frau! Das wird für sie ein schönes Erwachen werden!«

Sie nahmen ihre Ruder wieder, legten das Boot ans Schlepptau und brachten Thérèse und Lorenz in das Gasthaus, wo das Essen bereitstand. In wenigen Minuten wußte ganz Sankt Ouen von dem Unglück. Die Kahnfahrer erzählten es wie Augenzeugen. Eine von Mitleid bewegte Menge drängte sich vor der Schenke.

Der Garkoch und seine Frau waren gutmütige Leute, sie halfen den Schiffbrüchigen mit ihren Kleidern aus. Als Thérèse aus ihrer Ohnmacht erwachte, bekam sie einen Nervenanfall; sie verfiel in ein so herzzerbrechendes Schreien und Weinen, daß sie zu Bett gebracht werden mußte. Die Natur half bei der düsteren Komödie, die eben gespielt worden war.

Als die junge Frau ruhiger geworden, vertraute Lorenz sie der Hut der Wirtsleute an. Er wollte allein nach Paris zurückkehren, um Frau Raquin die grauenvolle Nachricht mit aller nur denkbaren Schonung beizubringen. In Wahrheit fürchtete er die nervöse Überreiztheit Thérèsens. Er wollte ihr Zeit lassen, nachzudenken und ihre Rolle zu lernen.

Das Gastmahl Kamills verspeisten die Kahnfahrer.

12

In der dunklen Ecke des öffentlichen Wagens, in dem Lorenz nach Paris zurückfuhr, vollendete er das Gerüst seines Planes. Er war seiner Straflosigkeit fast sicher. Eine schwere, bange Freude erfüllte ihn, die Freude des vollbrachten Verbrechens. Am Elichyer Tor nahm er eine

Droschke und ließ sich nach der Seine-Straße zu dem alten Michaud fahren. Es war neun Uhr abends.

Er traf den ehemaligen Polizeikommissar in Gesellschaft Oliviers und Susannens bei Tisch. Er kam in der Absicht hin, sich einen Beschützer zu sichern, falls er in Verdacht geraten sollte, und wollte die Mitteilung der grauenvollen Nachricht an Frau Raquin von sich abwälzen. Diese Notwendigkeit widerstrebte ihm auf eine seltsame Weise: er war auf einen derartigen Verzweiflungsausbruch gefaßt, daß er befürchtete, seine Rolle nicht mit genügenden Tränen spielen zu können, und außerdem bedrückte ihn irgendwie der Schmerz dieser Mutter, obwohl er sich im Grunde innerlich nicht allzuviel daraus machte.

Als Michaud ihn in dem groben, viel zu engen Anzug eintreten sah, heftete er fragende Blicke auf ihn. Lorenz stattete den Bericht über das Unglück mit gebrochener Stimme ab, als sei er vor Schmerz und Müdigkeit ohne Atem.

»Ich bin hergekommen, um Sie zu holen«, schloß er. »Ich weiß nicht, was ich mit den beiden armen, so hart getroffenen Frauen beginnen soll . . . Ich habe nicht den Mut, allein zu der Mutter zu gehn. Ich bitte Sie, kommen Sie mit mir.«

Während er sprach, sah Olivier ihn starr, mit so geraden Blicken an, daß Lorenz sich entsetzte. Mit berechneter Waghalsigkeit, von der er seine Rettung erhoffte, hatte sich der Mörder blindlings zu diesen Polizeileuten begeben. Aber ihn überfiel doch ein Beben, als er ihre Augen prüfend auf sich gerichtet fühlte; er sah Mißtrauen, wo nur Schrekken und Mitleid bestand. Die gebrechlichere und blassere Susanne wäre fast in Ohnmacht gefallen. Olivier, den der Gedanke an den Tod mit Schrecken erfüllte und dessen Herz nichtsdestoweniger doch vollkommen kalt blieb, schnitt ein schmerzlich überraschtes Gesicht und blickte dabei aus Gewohnheit Lorenz forschend in die Augen, ohne auch nur im entferntesten etwas von der düsteren Wahrheit zu ahnen. Der alte Michaud seinerseits erging sich in Ausrufen des Schreckens, Mitgefühls, Staunens: laut klagend rückte er auf seinem Stuhl hin und her, faltete die Hände und erhob die Augen gen Himmel.

»O mein Gott, o mein Gott«, rief er mit zerschnittener Stimme, »wie furchtbar ist das! ... Man geht aus seinem Hause, und plötzlich ist man tot ... Es ist grauenhaft ... Und diese arme Frau Raquin, diese arme Mutter! Was sollen wir ihr sagen ... Wahrlich, Sie haben gut daran getan, uns zu holen ... Wir werden mit Ihnen gehn ...«

Er sprang auf, wandte und drehte sich, lief in dem Zimmer hin und her, um seinen Spazierstock und seinen Hut zu suchen, und ließ unterdessen Lorenz alle Einzelheiten der Katastrophe wiederholen und brach bei jedem Satz in neue Klagen aus.

Sie machten sich alle vier auf den Weg. Am Eingang der Brücken-Passage hielt Michaud Lorenz zurück.

»Kommen Sie nicht mit«, sagte er, »Ihre Gegenwart wäre gewissermaßen eine unmittelbare Eröffnung, und die muß vermieden werden ... Die unglückliche Mutter würde sofort ein Unglück wittern und uns zwingen, ihr die Wahrheit früher einzugestehn, als wir sie ihr sagen dürfen ... Erwarten Sie uns hier.«

Der Mörder, dem vor dem Gedanken, den Passageladen zu betreten, schauderte, fühlte sich durch diese Abrede sehr erleichtert. Seine Aufregung legte sich, er fing an, auf dem Bürgersteig auf und ab zu gehen, und schließlich schlenderte er in aller Gemächlichkeit. In manchen Augenblicken vergaß er völlig, was vorgefallen war, besah die Läden, pfiff leise zwischen den Zähnen und drehte sich nach den vorübergehenden Frauen um. Dergestalt blieb er eine lange halbe Stunde auf der Straße und gewann mehr und mehr seine Kaltblütigkeit wieder.

Er hatte seit morgens nichts gegessen und wurde hungrig. Er ging in eine Konditorei und stopfte sich mit Kuchen voll.

In dem Passageladen spielte sich währenddessen ein herzzerreißender Auftritt ab. Trotz aller vorsichtigen Umschweife und freundschaftlichen, besänftigenden Reden des alten Michaud kam ein Augenblick, in dem Frau Raquin begriff, daß ihrem Sohn ein Unglück zugestoßen sein müsse. Und nun forderte sie die Wahrheit mit einem solchen Ungestüm an Jammer, Tränen und Verzweiflung, daß ihr alter Freund nachgab. Und als sie die Wahrheit wußte, war ihr Schmerz tragisch. Dumpfes Schluchzen schüttelte sie, und Entsetzen und Angst bogen in einem wilden Krampf ihren Leib nach hinten über; so stand sie, nach Luft ringend, da, und von Zeit zu Zeit durchbrach ein schriller Schrei das tiefe, dumpfe Brodeln ihres Schmerzes. Sie würde zu Boden gefallen sein, hätte Susanne sie nicht umschlungen gehalten: das blasse Gesicht zu ihr erhoben, weinte sie an ihren Knien. Stumm und peinlich berührt standen Olivier und sein Vater mit abgewendeten Köpfen daneben. Dieses Schauspiel, unter dem ihr Wohlbehagen litt, rührte sie auf eine unangenehme Weise.

Und die arme Mutter sah ihren Sohn mit starrem, scheußlich aufgedunsenem Körper in den trüben Wassern der Seine treiben, und zu gleicher Zeit sah sie ihn ganz klein in seiner Wiege liegen, damals, als sie den Tod, der sich stets über diese Wiege geneigt, noch hatte verjagen können. Mehr denn zehnmal hatte sie ihn zur Welt gebracht, und sie liebte ihn um all der Liebe willen, die sie dreißig Jahre lang für ihn empfunden. Und nun war er auf einmal, fern von ihr, im kalten, schmutzigen Wasser gestorben wie ein

Hund. Sie mußte an die warmen Decken denken, in die sie ihn stets eingehüllt hatte. Welch eine Pflege, welch eine gehütete Kindheit, wieviel liebende Zärtlichkeit und Hingabe! Und alles das, um ihn eines Tages jämmerlich ertrinken zu sehn. Bei diesem Gedanken fühlte Frau Raquin ihre Kehle sich zuschnüren, und sie hoffte zu sterben, erwürgt von ihrem Schmerz.

Der alte Michaud beeilte sich, fortzukommen. Er ließ Susanne bei der Händlerin und holte zusammen mit Olivier Lorenz ab, um eiligst nach Sankt Ouen hinauszufahren.

Unterwegs wechselten sie kaum ein paar Worte. Jeder von ihnen hatte sich in eine Ecke der Droschke gelehnt, welche sie rüttelnd über das Pflaster fuhr. Starr und stumm saßen sie in dem Dunkel, das den Wagen erfüllte. Von Zeit zu Zeit warf der vorüberhuschende Schein einer Gaslaterne sekundenlang ein helles Licht auf ihre Gesichter. Das unglückliche Ereignis, das sie zusammengeführt, häufte rings um sie eine Art düsterer Niedergeschlagenheit.

Als sie endlich in der Uferschenke anlangten, fanden sie Thérèse mit brennendem Kopf und brennenden Händen im Bett. Der Wirt sagte ihnen mit leiser Stimme, die junge Frau habe hohes Fieber. In Wahrheit hatte Thérèse beschlossen, sich krank zu stellen, weil sie sich schwach und mutlos fühlte und fürchtete, in einem Anfall den Mord einzugestehn. Sie beobachtete ein wildes Schweigen, hielt Lippen und Lider krampfhaft geschlossen und wollte niemanden sehn, da sie sich vor dem Sprechen fürchtete. Die Decke bis zum Kinn hinaufgezogen und das Gesicht halb in den Kissen verborgen, machte sie sich ganz klein und horchte ängstlich, was man rings um sie sprach. Und inmitten des rötlichen Scheines, der durch ihre geschlossenen Lider drang, sah sie unaufhörlich Kamill und Lorenz am Rand des Bootes miteinander ringen. Sie sah, wie ihr Mann, bleifarben, scheußlich und seltsam groß, sich kerzengerade über einem schlammigen Wasser aufrichtete. Dieses unerbittliche Traumgesicht beschleunigte das Fieber in ihrem Blut.

Der alte Michaud versuchte mit ihr zu sprechen und sie zu trösten. Sie machte eine ungeduldige Bewegung, drehte sich nach der Wand und begann von neuem zu schluchzen.

»Lassen Sie sie, mein Herr«, sagte der Wirt, »sie schrickt bei dem geringsten Geräusch zusammen . . . Sie bedarf der Ruhe, glauben Sie mir.«

Unten in dem Gastzimmer saß ein Schutzmann, der ein Verhör über das Unglück aufnahm. Michaud und sein Sohn gingen zusammen mit Lorenz hinunter. Als Olivier seine Eigenschaft als höherer Beamter der Polizeibehörde bekanntgegeben, war alles in zehn Minuten erledigt. Die Kahnfahrer waren noch da, erzählten das Bootsunglück bis in die kleinsten Einzelheiten, beschrieben die Art und Weise, in der die drei Ausflügler ins Wasser gefallen waren, und gaben sich ganz als Augenzeugen. Wenn Olivier und sein Vater auch nur den geringsten Verdacht gehegt hätten, so würde er vor solchen Zeugenaussagen geschwunden sein. Aber sie hatten auch nicht einen Augenblick lang an Lorenzens Wahrhaftigkeit gezweifelt, sie stellten ihn im Gegenteil dem Schutzmann als den nächsten Freund des Opfers vor und sorgten in dem Protokoll für den Vermerk, daß der junge Mann ins Wasser zurückgesprungen sei, um Kamill Raquin zu retten. Am nächsten Morgen berichteten die Zeitungen über das Bootsunglück mit einem großen Reichtum an Einzelheiten: die unglückliche Mutter, die untröstliche Witwe, der edle, mutige Freund, nichts war in der »Kleinen Chronik« ausgelassen, welche ihren Weg durch die Pariser Presse nahm und von dort in die Provinzblätter überging.

Nachdem das Protokoll abgeschlossen war, empfand Lorenz eine heiße Freude, welche seinen Körper mit neuem Leben durchdrang. Seit dem Augenblick, da sein Opfer ihm die Zähne in seinen Hals gegraben, war er wie erstarrt gewesen und hatte nur mechanisch nach dem lange im voraus überlegten Plane gehandelt. Der Selbsterhaltungstrieb allein hatte ihn vorwärtsgeschoben, ihm seine Worte eingegeben und seine Gebärden diktiert. In dieser Stunde aber, angesichts der Gewißheit seiner Straflosigkeit, fing sein Blut wieder an, in langen, sanften Wellen durch seine Adern zu gleiten. Die Polizei hatte neben seinem Verbrechen gestanden, und die Polizei hatte nichts entdeckt: sie war überlistet worden und hatte ihn losgesprochen. Er war gerettet. Bei diesem Gedanken fühlte er seinen ganzen Körper entlang einen leichten Freudenschweiß ausbrechen, eine wohlige Wärme, die seinen Gliedern und seinem Geist alle Geschmeidigkeit wiedergab. Mit unvergleichlicher Sicherheit und Kunst führte er die Rolle des schmerzzerwühlten Freundes fort. Innerlich empfand er eine gleichsam tierische Genugtuung: er dachte an Thérèse, die in dem Zimmer über ihm im Bette lag.

»Wir können die unglückliche junge Frau nicht hier lassen«, sagte er zu Michaud. »Vielleicht droht ihr eine schwere Krankheit, sie muß unter allen Umständen nach Paris gebracht werden ... Kommen Sie, wir wollen sie bestimmen, mit uns zu kommen.«

Oben sprach er und bat Thérèse flehentlich, aufzustehn und sich nach der Brücken-Passage bringen zu lassen. Als die junge Frau den Ton seiner Stimme hörte, erbebte sie, öffnete ganz groß ihre Augen und sah ihn an. Sie war völlig verstört und zitterte. Ohne zu antworten, richtete sie sich mühsam auf. Die Männer gingen hinaus und ließen sie mit der Frau des Wirtes allein. Als sie angekleidet war, kam sie schwankend herunter und stieg, von Olivier gestützt, in die Droschke.

Die Fahrt verlief schweigsam. Mit unerhörter Frechheit und Schamlosigkeit ließ Lorenz seine Hand die Röcke der jungen Frau hinabgleiten und ergriff ihre Finger. Im schwankenden Dunkel saß er ihr gegenüber, und da sie ihren Kopf auf die Brust geneigt hatte, konnte er ihr Gesicht nicht sehen. Nachdem er ihre Hand ergriffen, drückte er sie ganz fest und behielt sie bis zur Mazarine-Straße in der seinen. Er fühlte ihre Hand zittern, aber sie entzog sich ihm nicht, im Gegenteil, sie zuckte und drängte in heftigen Liebkosungen. So ineinander verschlungen, brannten ihre beiden Hände, die feuchten Ballen klebten sich aneinander, und die eng sich pressenden Finger schmerzten bei jedem Wagenstoß. Es war Lorenz und Thérèse, als flösse durch ihre verschlungenen Hände das Blut des einen hinüber in die Brust des anderen: ihre Hände wurden zu einem glühenden Herd, in dem ihr Leben kochte. Dieser wütende Händedruck, den sie inmitten der Nacht und der lastenden, wunden Stille tauschten, war wie ein niederpressendes Gewicht, das sie auf Kamills Kopf warfen, um ihn unter Wasser zu halten.

Als die Droschke anhielt, stiegen Michaud und sein Sohn zuerst aus. Lorenz beugte sich über seine Geliebte und flüsterte leise:

»Sei stark, Thérèse. Wir müssen noch lange warten ... Denke daran.«

Die junge Frau hatte bisher noch nicht gesprochen. Seit dem Tode ihres Mannes öffnete sie zum ersten Male die Lippen:

»Oh, ich werde daran denken«, sagte sie fröstelnd mit einer Stimme, die leise war wie ein Hauch.

Olivier streckte ihr die Hand entgegen, um sie zum

Aussteigen zu ermuntern. Lorenz ging diesmal bis vor den Laden mit. Frau Raquin lag heftig phantasierend zu Bett. Thérèse schleppte sich bis an das ihre und ließ Susanne kaum Zeit, sie zu entkleiden. In dem Bewußtsein, daß alles einen erwünschten Verlauf nahm, ging Lorenz beruhigt fort. Langsam schritt er nach seiner Bodenkammer in der Sankt-Viktor-Straße.

Es war nach Mitternacht. Durch die öden stillen Straßen strich ein kalter Lufthauch. Der junge Mann hörte nichts als den Widerhall seiner regelmäßigen Schritte auf den Steinfliesen der Bürgersteige. Die Kühle tat ihm wohl und die Stille und Dunkelheit erweckten blitzartige Lustgefühle in ihm. Er schlenderte.

Endlich war er seines Verbrechens ledig. Er hatte Kamill getötet. Das war eine abgetane Sache, von der man nicht mehr sprechen würde. Er würde ruhig leben und warten, bis er von Thérèse Besitz ergreifen konnte. Der Gedanke an den Mord hatte ihn oft fast erstickt, nun, da der Mord begangen war, fühlte er seine Brust befreit. Er atmete leicht und tief: er war geheilt von den Qualen, welche Angst und Zögern ihm bereitet hatten.

Im Grunde fühlte er sich ein wenig benommen, und Müdigkeit beschwerte seine Glieder und seine Gedanken. Er gelangte nach Hause und schlief fest und tief ein. In seinem Schlaf liefen leichte nervöse Zuckungen über sein Gesicht.

13

Frisch und munter erwachte Lorenz am nächsten Morgen. Er hatte gut geschlafen. Die kühle Luft, die durch das Dachfenster hereinwehte, peitschte sein träges Blut wie mit leisen Rutenschlägen. Kaum erinnerte er sich der Geschehnisse des vorigen Abends. Wäre nicht das glühende Brennen an seinem Halse gewesen, so hätte er wähnen können, gestern nach einem ruhigen Abend um zehn Uhr zu Bett gegangen zu sein. Der Biß Kamills aber fühlte sich an, als hätte man seine Haut mit einem glühenden Eisen gestempelt. Nachdem sein Bewußtsein den Schmerz ganz in sich aufgenommen, den diese Schrunde ihm verursachte, litt er grausam darunter. Es war ihm, als drängten ein Dutzend Nadeln nach und nach tief in sein Fleisch.

Er schlug seinen Hemdkragen herunter und betrachtete die Wunde in einem schlechten, an der Wand hängenden Fünfzigpfennigspiegel. Die Wunde bestand aus einem roten Loch in der Größe eines Zweimarkstückes, die Haut war fortgerissen, und das Fleisch trat rosig mit schwarzen Flecken zutage. In schmalen Rinnsalen, die jetzt abschuppten, war Blut bis zur Schulter hinabgeflossen. Auf dem weißen Halse glühte der Biß in einem stumpfen, starken Braunrot. Er befand sich auf der rechten Seite unter dem Ohr. Mit gebeugtem Rücken und gedrehtem Halse besah sich Lorenz, und der grünliche Spiegel verschob sein Gesicht zu einer grauenhaften Fratze.

Zufrieden mit seiner Untersuchung – er war überzeugt, daß die Wunde nach Ablauf weniger Tage verheilt sein würde – wusch er sich mit reichlichem Wasser. Dann zog er sich an und ging wie gewöhnlich ruhig in sein Büro. Er erzählte dort mit bewegter Stimme von dem Unglück. Als seine Amtsgenossen die »Kleine Chronik« gelesen hatten, die durch die Presse lief, wurde er zu einem wirklichen Helden. Eine ganze Woche lang kannten die Beamten der Orléaner Eisenbahnverwaltung keinen anderen Gesprächsstoff: es erfüllte sie gleichsam mit Stolz, daß einer der ihren ertrunken war. Grivet wurde nicht müde, über die Unvernunft zu sprechen, die darin läge, sich mitten auf der Seine in Gefahr zu bringen, während man das Wasser doch so schön beim Überschreiten der Brücken fließen sehen könne.

Eine dumpfe Sorge blieb Lorenz. Das Ableben Kamills hatte nicht amtlich festgestellt werden können. Wohl war der Ehegatte Thérèsens tot, aber der Mörder hätte seinen Leichnam auffinden mögen, damit eine amtliche Todesurkunde ausgestellt werden konnte. Am Tage nach dem Unfall hatte man vergeblich nach dem Körper des Ertrunkenen gesucht. Man vermutete, er möchte sich in irgendeinem Loche unter den steilen Uferböschungen der Inseln verfangen haben. Baggerer suchten eifrig die Seine ab, um die übliche Prämie zu verdienen.

Lorenz machte es sich zur Aufgabe, jeden Morgen auf dem Wege zu seinem Büro durch das Leichenschauhaus zu gehn. Er hatte sich vorgenommen, seine Angelegenheiten selbst in die Hand zu nehmen. Trotz des Widerstrebens, das sein Herz zusammenkrampfte, und trotz des Schauders, der ihn manchmal schüttelte, durchforschte er mehr als acht Tage lang regelmäßig die Gesichter aller Ertrunkenen, die auf den Steinplatten lagen.

Wenn er eintrat, erregte ihm der schale Geruch, ein Geruch von gewaschenem Fleisch, Übelkeit, und ein kalter Schauer lief über seine Haut. Die Feuchtigkeit der Wände schien sich in seine Kleider zu hängen, so daß sie schwerer auf seine Schultern drückten. Er trat geradeswegs vor die Scheiben, welche die Besucher von den Leichen trennen, drückte sein bleiches Gesicht gegen das Glas und suchte. Vor ihm breiteten sich Reihen grauer Steinplatten, und nackte Leiber bildeten hier und dort grüne und gelbe, weiße und rote Flecken auf diesen Fliesen: Manche Körper wahrten in der Starre des Todes eine unberührte Jungfräulichkeit der Formen, andere dagegen waren wie blutige, faulende Fleischhaufen. An der Wand im Hintergrund hingen fratzenhaft auf dem kahlen Kalk klägliche Lumpenfetzen, Frauenröcke und Männerhosen. Lorenz sah zunächst nichts weiter als die bleigraue, von den Leichen und den Kleidern rot und schwarz gefleckte Gesamtheit der Steinfliesen und der Wände. Fließendes Wasser plätscherte.

Nach und nach unterschied er die Körper. Und dann trat er von einem zum anderen. Einzig die Ertrunkenen interessierten ihn: waren mehrere im Wasser blau angelaufene und gedunsene Leichen da, so betrachtete er sie gierig und suchte Kamill zu erkennen. Oft hing das Fleisch in Fetzen von ihren Gesichtern herab, die Knochen hatten die aufgeweichte Haut durchlöchert, das Antlitz war wie gekocht und von den Knochen abgelöst. Lorenz zögerte; er prüfte die Körper und suchte die Hagerkeit seines Opfers wiederzuerkennen. Aber alle Ertrunkenen sind dick. Er sah ungeheure Bäuche, mächtig gewölbte Hüften, runde und starke Arme. Er wußte nicht mehr aus und ein und verharrte schaudernd vor diesen grünlichen Fleischklumpen, die sich mit grauenhaften Fratzen über ihn lustig zu machen schienen.

Eines Morgens wurde er von wahrem Entsetzen gepackt. Seit einigen Minuten betrachtete er einen Ertrunkenen, der klein von Körper und fürchterlich entstellt war. Das Fleisch dieses Ertrunkenen war derart weich und aufgelöst, daß das fließende Wasser, das ihn wusch, Stückchen für Stückchen mit sich fortspülte. Der Strahl, der auf das Gesicht traf, höhlte links neben der Nase ein Loch. Und plötzlich sank die Nase ein, die Lippen öffneten sich, und weiße Zähne traten hervor. Das Gesicht des Ertrunkenen brach in ein stummes unbändiges Gelächter aus.

Jedesmal, wenn Lorenz Kamill zu erkennen glaubte, brannte ihm das Herz. Er wünschte glühend, den Körper seines Opfers wiederzufinden, und jedesmal, wenn er vor ihm zu stehen glaubte, wurde er feige. Seine Besuche im Leichenschauhause erfüllten ihn mit Schaudern und mit Beklemmungen, die ihm den Atem raubten. Er suchte seine Furcht abzuschütteln und schalt sich kindisch, er wollte, wollte stark sein, aber trotzig widersetzte sich sein Leib, Ekel und Angst bemächtigten sich seiner, sobald er nur in die Feuchtigkeit und in den faden Geruch des Saales getreten war.

Wenn auf der letzten Fliesenreihe keine Ertrunkenen lagen, atmete er freier, und sein Widerwillen war geringer. Er wurde dann zu einem bloßen Neugierigen, der ein sonderbares Vergnügen darin fand, den gewaltsamen Tod in seinen grausig phantastischen und wunderlich seltsamen Haltungen zu betrachten. Dieses Schauspiel ergötzte ihn, vor allem, wenn Frauen mit entblößter Brust dalagen. Diese roh hingebreiteten, blutbefleckten und stellenweise durchlöcherten Blößen zogen ihn an und hielten ihn fest. Einmal sah er eine junge Frau von zwanzig Jahren, ein breites, starkes Mädchen aus dem Volk, das auf den Steinen zu schlafen schien. Ihr frischer gerundeter Körper strahlte in einem Weiß von ungewöhnlicher Zartheit und Feinheit des Tones. Den Kopf ein wenig geneigt, lächelte sie beinahe und bot auf eine herausfordernde Art ihre Brust dar. Man hätte sie für eine wohlig liegende Dirne halten können, wäre um ihren Hals nicht ein schwarzer Streifen gelaufen, der sich wie ein Schattenhalsband an ihre Haut schmiegte. Es war ein Mädchen, das sich aus verzweifelter Liebe erhängt hatte. Lorenz schaute sie an und ließ lange, von einer Art furchtsamer Begierde hingenommen, seine Blicke über die Formen ihres Leibes gleiten.

Jeden Morgen hörte er, während er dort war, hinter sich das Hin und Her des aus- und eingehenden Publikums.

Das Leichenschauhaus ist ein Schauspiel, das im Bereiche aller Geldbeutel liegt, sowohl reiche wie arme Passanten können es sich umsonst leisten. Die Tür steht offen, mag eintreten, wer will. Es gibt Liebhaber, die einen Umweg machen, um auch nicht eine einzige dieser Darstellungen des Todes zu versäumen. Wenn die Fliesen leer sind, gehen die Leute enttäuscht und wie bestohlen wieder hinaus. Ärgerlich murmeln sie zwischen den Zähnen. Wenn die Fliesen hingegen reich belegt sind, wenn sie eine schöne Schau menschlicher Leiber antreffen, so drängen sich die Besucher, schaffen sich billige Erregungen, entsetzen sich, scherzen, spenden Beifall oder zischen ganz wie im Theater. Befriedigt gehn sie wieder fort und verkünden, daß das Leichenschauhaus an diesem Morgen ganz ausgezeichnet versorgt gewesen sei.

Lorenz kannte bald das Publikum des Hauses. Es war ein gemischtes, zusammengewürfeltes Publikum, das gemeinsam sich rühren ließ und gemeinsam lachte. Arbeiter traten auf ihrem Wege zur Arbeit herein, ein Brot und ihr Werkzeug unter dem Arm. Sie fanden den Tod komisch. Unter ihnen befanden sich bisweilen Witzbolde, welche die Menge zum Lachen brachten, indem sie ein Scherzwort über das Gesicht sagten, das eine jede Leiche schnitt. Die Verbrannten nannten sie Köhler, und die Gehängten, die Ermordeten, die Ertränkten, die zerlöcherten und zerquetschten Leichname, alle reizten ihren Humor: mit ein wenig zitternder Stimme warfen sie abgehackte Scherze in die schauernde Stille des Saales. Ferner kamen kleine Rentner hin, hagere, vertrocknete Greise, Müßiggänger, welche Beschäftigungslosigkeit hertrieb, und die als sanfte und zartbesaitete Menschen die Leichen mit verdutzten Augen und verzogenem Munde betrachteten. Zahlreich waren die Frauen. Man sah junge rosige Arbeiterinnen mit weißer

Wäsche und sauberen Röcken, welche leichtfüßig von einem Ende der Scheiben zum anderen gingen und wie vor den Auslagen eines Schaufensters mit »letzten Neuheiten« ihre Augen groß und gespannt öffneten. Man begegnete auch abgestumpften Frauen aus dem Volke, die eine klägliche Miene aufsetzten, und wohlgekleideten Damen, die mit vornehmer Lässigkeit ihr Seidenkleid schleppen ließen.

Eines Tages sah Lorenz eine Dame einige Schritte vor den Scheiben dastehen und ein Batisttaschentuch gegen ihre Nase drücken. Sie trug ein prachtvolles Kleid aus grauer Seide mit einem großen Überwurf aus schwarzen Spitzen. Ein Schleier bedeckte ihr Gesicht, und ihre behandschuhten Hände wirkten ganz klein und zierlich. Rings um sie schwebte ein süßer Veilchenhauch. Sie betrachtete einen Leichnam. Auf den Steinfliesen, einige Schritte vor ihr, lag der Körper eines großen starken Mannes aufgebahrt, eines Mannes, der von seinem Gerüst herabgestürzt war und sich totgefallen hatte. Er hatte eine breitausladende Brust, starke, feste Muskeln und weißes, volles Fleisch. Der Tod hatte ein marmornes Bildwerk aus ihm gemacht. Die Dame betrachtete ihn, drehte ihn gewissermaßen mit ihren Blicken um und um, schätzte ihn ab und verlor sich ganz in seinem Anblick. Sie hob eine Ecke ihres Schleiers, schaute noch einmal, und dann ging sie fort.

Manchmal kamen auch Scharen von Jungens hin. Knaben im Alter von zwölf bis fünfzehn Jahren. Sie liefen die Scheiben entlang und blieben nur vor den Frauenleichen stehn. Sie drückten ihre Hände gegen die Scheiben und spazierten mit frechen Blicken über die nackten Brüste. Sie stießen sich mit den Ellenbogen an und machten rohe Bemerkungen: sie lernten das Laster in der Schule des Todes. Ihre erste Geliebte haben die Straßenjungen im Leichenschauhause.

Nach Verlauf einer Woche wußte sich Lorenz vor Ekel nicht mehr zu lassen. In der Nacht träumte er von den Leichen, die er morgens gesehn hatte. Diese tägliche Qual, dieser tägliche Abscheu, den er sich auferlegte, verstörte ihn schließlich derart, daß er beschloß, nur noch zweimal hinzugehn. Als er am nächsten Morgen das Leichenschauhaus betrat, fuhr ein gewaltiger Schlag in seine Brust: ihm gegenüber, rücklings auf einer Fliese liegend, den Kopf erhoben, die Augen halb geöffnet, sah Kamill ihn an.

Langsam, wie angezogen, näherte sich der Mörder den Scheiben, er konnte seine Blicke nicht von seinem Opfer abwenden. Er litt nicht, er fühlte nur eine große Kälte innerlich und auf der Haut ein leises Prickeln. Er hatte geglaubt, daß er heftiger zittern würde. Fünf lange Minuten blieb er unbeweglich, verloren in bewußtlosem Schauen, und in dieser Zeit gruben sich wider seinen Willen all die grauenhaften Linien, all die schmutzigen Farben des Bildes, das vor seinen Augen lag, tief in sein Gedächtnis.

Kamill war abscheuerregend. Er hatte vierzehn Tage lang im Wasser gelegen. Sein Gesicht erschien noch fest und geformt. Die Züge hatten sich erhalten, nur die Haut hatte eine gelbliche schlammige Tönung angenommen. Der magere, knochige, leicht aufgetriebene Kopf grinste; er war ein wenig geneigt. Die Haare klebten an den Schläfen, die Lider standen offen und zeigten die bleifarbenen Kugeln der Augen. Die gekrampften, schief nach einem der Mundwinkel verzogenen Lippen grinsten ein abscheuliches Hohnlachen, und zwischen dem Weiß der Zähne tauchte ein schwärzliches Zungenende auf. Dieses gleichsam gegerbte und ausgezogene Gesicht hatte einen menschlichen Anschein bewahrt, und dadurch wirkte der Ausdruck von Schmerz und Entsetzen, der auf ihm lag, noch furchtbarer. Der Körper war wie ein Haufen aufgelösten

Fleisches, er war entsetzlich mitgenommen. Man fühlte, daß die Arme nicht mehr festhingen. Durch die Haut an den Schultern drangen die Schlüsselbeine. Auf der grünlichen Brust bildeten die Rippen schwarze Streifen, die linke Flanke war geplatzt, stand offen und höhlte sich inmitten dunkelroter Fleischfetzen. Der ganze Rumpf faulte. Die festeren, mit unsauberen Flecken bedeckten Beine waren langgezogen. Die Füße fielen herab.

Lorenz betrachtete Kamill. Einen so grauenhaften Ertrunkenen hatte er noch nicht gesehen. Der Leichnam hatte dazu noch ein kärgliches, erbärmliches, mageres Aussehen: er war in seiner Fäulnis zusammengeschrumpft und bildete nur einen ganz kleinen Haufen. Man hätte erraten können, daß er einem beschränkten kränklichen kleinen Beamten mit zwölfhundert Franken Gehalt angehörte, den seine Mutter einst mit Kräutertee aufgepäppelt hatte. Dieser arme, zwischen heißen Decken aufgebrachte Leib schlotterte jetzt auf der kalten Steinfliese.

Als Lorenz sich endlich der bohrenden Neugier entreißen konnte, die ihn reglos und starr gehalten, ging er fort und schritt schnell das Ufer entlang. Und im Gehen wiederholte er sich: »Das habe ich aus ihm gemacht. Er ist schmählich geschändet.« Und es war ihm, als verfolge ihn ein beißender Geruch, der Geruch, den dieser verwesende Körper ausströmen mochte.

Er begab sich zu dem alten Michaud und teilte ihm mit, daß er Kamill auf einer Fliese des Leichenschauhauses wiedererkannt habe. Die amtlichen Vorschriften wurden erfüllt, man begrub den Ertrunkenen und stellte den Totenschein aus. Mit wahrer Wollust stürzte sich der nunmehr zufriedengestellte Lorenz in das Vergessen des Verbrechens und der widrigen und peinvollen Szenen, die auf den Mord gefolgt waren.

14

Der Laden in der Brücken-Passage blieb drei Tage lang geschlossen. Als er wieder geöffnet wurde, wirkte er noch dunkler und feuchter. Die vom Staube vergilbten Auslagen schienen die Trauer des Hauses zu tragen: verwahrlost lag alles in den schmutzigen Schaukästen umher. Hinter den linnenen, an den rostigen Drähten hängenden Hauben tauchte in matterer, erdigerer Blässe und in einer Regungslosigkeit von düsterer, unheimlicher Stille das Gesicht Thérèsens wieder auf.

Alle Nachbarinnen in der Passage waren von tiefem Mitleid erfüllt. Die Talmischmuckhändlerin zeigte einer jeden ihrer Kundinnen das abgemagerte Profil der jungen Witwe wie eine rührende und reizvolle Sehenswürdigkeit.

Drei Tage lang waren Frau Raquin und Thérèse in ihren Betten geblieben, ohne einander zu sprechen oder auch nur zu sehen. Die alte Händlerin saß aufrecht gegen ihre Kissen gelehnt und starrte leer mit den Augen einer Idiotin vor sich hin. Der Tod ihres Sohnes hatte ihr einen schweren Schlag auf den Kopf versetzt, und sie war wie betäubt niedergesunken. Ganze Stunden lang blieb sie still und ohne Lebensäußerung in das gähnende Nichts ihrer Verzweiflung versunken. Manchmal befielen sie dann wieder Krämpfe, sie weinte, sie schrie, sie phantasierte. Thérèse, im Zimmer nebenan, schien zu schlafen; sie hatte das Gesicht nach der Wand gekehrt und die Decke über ihre Augen gezogen, so lag sie starr und stumm da, ohne daß ein Schluchzen ihres Leibes das Laken über ihr erschütterte. Man hätte sagen mögen, sie verberge die Gedanken, die sie starr und steif machten, in dem Dunkel ihres Bettwinkels. Susanne, welche die beiden Frauen pflegte, ging schlaff und mit sanft schleifenden Schritten von einer zur anderen und beugte ihr wächsernes Antlitz über die beiden Lager, ohne daß es ihr gelungen wäre, Thérèse, welche heftig ungeduldige Bewegungen machte, umzudrehen oder Frau Raquin zu trösten, deren Tränen zu rinnen anfingen, sobald eine Stimme sie aus ihrer Erschlaffung erweckte.

Am dritten Tage warf Thérèse die Decke zurück und setzte sich wie in einem fiebrigen Entschluß schnell auf den Bettrand. Sie strich die Haare zurück und preßte sich die Schläfen. So blieb sie einen Augenblick lang, die Hände an der Stirn, die Augen starr, und schien noch einmal zu überlegen. Dann sprang sie auf den Teppich. Ihre Glieder zitterten und waren fiebrig gerötet. Große blutleere Flecken sprenkelten ihre Haut, welche an manchen Stellen, so als sei kein Fleisch unter ihr, sich faltete. Sie war gealtert.

Die eintretende Susanne blieb vor Überraschung, sie auf zu finden, wie angewurzelt stehen. In schleppendem sanftem Ton riet sie ihr, sich wieder hinzulegen und sich noch länger auszuruhn. Thérèse hörte sie nicht, mit eiligen zitternden Bewegungen suchte sie ihre Kleider zusammen und zog sich an. Nachdem sie sich angekleidet hatte, trat sie vor einen Spiegel, rieb sich die Augen und strich mit ihren Händen über ihr Gesicht, wie um etwas fortzuwischen. Ohne ein Wort zu sprechen, durchschritt sie dann lebhaft das Eßzimmer und trat bei Frau Raquin ein.

Die alte Händlerin hatte gerade einen ihrer stillen stumpfen Augenblicke. Als Thérèse eintrat, wandte sie den Kopf und folgte mit dem Blick der jungen Witwe, welche sich stumm und bedrängt vor sie hinstellte. Die beiden Frauen sahen sich einige Sekunden lang an, die Nichte mit steigender Bangigkeit, die Tante mit einer peinvollen Gedächtnisanstrengung. Endlich erinnerte sich Frau Raquin, streckte ihre zitternden Arme aus und umhalste Thérèse.

»Mein armes Kind! Mein armer Kamill!« rief sie.

Sie weinte, und ihre Tränen trockneten auf der brennenden Haut der Witwe, die ihre trockenen Augen in den Falten der Bettdecke verbarg. In dieser gebeugten Stellung verharrte Thérèse und ließ die alte Mutter ihre Tränen ausweinen. Seit dem Morde hatte sie sich vor dieser ersten Begegnung gefürchtet. Sie war zu Bett geblieben, um den Zeitpunkt hinauszuschieben und in Ruhe über die schreckliche Rolle nachzudenken, die sie fortan zu spielen haben würde.

Als Frau Raquin stiller geworden war, machte sich Thérèse in ihrer Nähe zu tun und riet ihr, aufzustehn und in den Laden herunterzukommen. Die alte Händlerin war beinahe kindisch geworden. Das plötzliche Erscheinen ihrer Nichte hatte eine günstige Wendung in ihr bewirkt und ihr das Gedächtnis und Bewußtsein für die Dinge und die Menschen wiedergegeben, die sie umgaben. Sie dankte Susanne für ihre Pflege; sie sprach matt, ohne zu phantasieren, mit einer Traurigkeit, die ihr bisweilen den Atem benahm. Mit jählings ausbrechenden Tränen sah sie Thérèse umhergehn, rief sie zu sich, umarmte sie schluchzend und sagte ihr, in Tränen erstickend, daß sie nun niemand mehr auf der Welt habe als sie.

Abends willigte sie ein, aufzustehn und etwas zu sich zu nehmen. Thérèse konnte nun gewahren, welch ein furchtbarer Schlag ihre Tante getroffen hatte. Die Beine der armen Alten waren ganz steif geworden. Sie mußte einen Stock nehmen, um sich in die Eßstube zu schleppen, und dort war es ihr, als schwankten alle Wände um sie.

Am nächsten Morgen wünschte sie jedoch, daß der Laden wieder geöffnet werde. Sie fürchtete, den Verstand zu verlieren, wenn sie allein in ihrer Stube bliebe. Schwerfällig stieg sie die Holztreppe hinab, indem sie jedesmal mit beiden Füßen auf jede einzelne Stufe trat, und setzte sich hinter den Ladentisch. Von diesem Tage an blieb sie in ruhigem Schmerz wie angenagelt dort sitzen.

An ihrer Seite träumte und wartete Thérèse. Der Laden bekam seine düstere Stille wieder.

15

Jeden zweiten oder dritten Tag stellte sich Lorenz manchmal gegen Abend ein. Er blieb im Laden und unterhielt sich eine halbe Stunde lang mit Frau Raquin. Dann ging er wieder fort, ohne Thérèse ins Gesicht gesehen zu haben. Der alten Händlerin galt er als der Retter ihrer Nichte, als ein edler, tapferer Mann, der alles getan, um ihr auch ihren Sohn zu retten. Mit gerührter Güte nahm sie ihn auf.

Eines Donnerstagabends war Lorenz bereits da, als auch der alte Michaud und Grivet eintraten. Es schlug acht Uhr. Der Eisenbahnbeamte und der ehemalige Polizeikommissar waren, ein jeder für sich, zu der Meinung gekommen, daß sie ihre alten lieben Gewohnheiten wieder aufnehmen könnten, ohne lästig zu fallen, und zur gleichen Minute, wie von demselben Hebel bewegt, langten sie an. Hinter ihnen traten Olivier und Susanne ein.

Man stieg in das Eßzimmer hinauf. Frau Raquin, die niemanden erwartet hatte, beeilte sich, die Lampe anzustecken und Tee aufzugießen. Als alle sich rings um den Tisch gesetzt hatten, ein jeder vor seine Tasse, als der Dominokasten ausgeleert worden war, fühlte sich die arme Mutter mit einem Schlage in die Vergangenheit zurückversetzt, starrte ihre Gäste an und brach in Schluchzen aus. Ein Platz, der Platz ihres Sohnes, war leer.

Dieser Schmerzensausbruch erkältete und verdroß die Gesellschaft. Alle Gesichter hatten einen Ausdruck selbstischen Behagens gehabt. Diese Menschen, in deren Herzen nicht mehr die geringste Erinnerung an Kamill lebendig war, fühlten sich unangenehm berührt.

»Sehn Sie, liebe Frau«, rief leicht ungeduldig der alte Michaud, »Sie dürfen sich in Ihrem Schmerze nicht so gehnlassen. Sie werden sich krank machen.«

»Wir alle sind sterblich«, versicherte Grivet.

»Ihre Tränen können Ihnen Ihren Sohn nicht wiedererwecken«, schulmeisterte Olivier.

»Ich bitte Sie«, murmelte Susanne, »machen Sie uns nicht traurig.«

Und da Frau Raquin ihren Tränen nicht gebieten konnte, sondern nur noch stärker schluchzte, fuhr Michaud fort:

»Kommen Sie, kommen Sie. Nur etwas Mut. Sie begreifen doch, daß wir hier sind, um Sie ein wenig zu zerstreuen. Zum Teufel auch, wir wollen einander nicht traurig machen, wir wollen versuchen zu vergessen . . . Wir spielen die Partie um zehn Pfennige, nicht wahr? Was meinen Sie?«

Mit äußerster Anstrengung verschluckte die Händlerin ihre Tränen. Vielleicht wurde sie sich der glücklichen Selbstsucht ihrer Gäste bewußt. Noch von Schluchzen geschüttelt, wischte sie ihre Augen. Die Dominosteine zitterten in ihren armen Händen, und die Tränen, die noch in ihren Augen hingen, verhinderten sie zu sehen.

Man spielte.

Lorenz und Thérèse hatten diesem kurzen Auftritt mit ernster, unempfindlicher Miene beigewohnt. Der junge Mann war über die Wiederkehr der Donnerstagabende glücklich. Er wußte, daß er diese Zusammenkünfte nötig haben würde, um sein Ziel zu erreichen, und so hatte er sie heiß herbeigesehnt. Außerdem fühlte er sich, ohne zu wissen, warum, im Kreise dieser wenigen Personen seiner

Bekanntschaft wohler. Hier wagte er es, Thérèse ins Gesicht zu sehen.

Die junge, schwarzgekleidete, blasse und gefaßte Frau schien ihm eine Schönheit zu besitzen, die er bis dahin an ihr noch nicht gekannt hatte. Es machte ihn glücklich, ihren Blicken zu begegnen und sie mit mutiger Festigkeit in den seinen verharren zu sehn. Thérèse gehörte ihm noch, Seele und Leib.

16

Fünfzehn Monate verstrichen. Die Härten der ersten Zeit milderten sich, jeder Tag brachte eine neue Beschwichtigung, eine neue Ruhe, und das Leben ging in müder Schlaffheit wieder seinen alten Gang: es hatte jene eintönige Stumpfheit angenommen, welche auf die großen Ereignisse zu folgen pflegt. Und zu Anfang gaben Lorenz und Thérèse sich diesem neuen Dasein, das sie innerlich umwandelte, willig hin: es vollzog sich in ihnen eine dumpfe Arbeit, die mit äußerster Zartheit zergliedert werden müßte, wollte man all die wechselnden Zustände darstellen.

Lorenz kam bald wieder wie früher jeden Abend in den Laden. Aber er aß nicht mehr dort und ließ sich nicht mehr ganze Stunden lang häuslich nieder. Er kam um neuneinhalb Uhr und ging fort, nachdem er das Geschäft geschlossen hatte. Man hätte sagen können, er erfülle eine Pflicht, indem er sich in den Dienst der beiden Frauen stellte. Wenn er einen Abend ausblieb, entschuldigte er sich am nächsten Tage mit der Unterwürfigkeit eines Angestellten. Am Donnerstag half er Frau Raquin Feuer anmachen und den Gästen aufwarten. Er hatte eine stille Zuvorkommenheit, welche die alte Händlerin entzückte.

Ruhig sah Thérèse ihn in ihrer Nähe sich regen. Die Blässe ihres Gesichtes war gewichen, sie erschien wohler, heiterer, freundlicher. Kaum daß manchmal ihr Mund sich nervös zusammenzog und zwei tiefe Falten hervorrief, welche ihrem Gesicht einen seltsam schmerzlichen und geängstigten Ausdruck verliehen.

Die beiden Liebenden versuchten nicht mehr, sich heimlich zu sehen. Niemals forderten sie voneinander ein Stelldichein, niemals tauschten sie einen flüchtigen Kuß. Der Mord hatte gewissermaßen für eine Weile das wollüstige Fieber ihrer Leiber beschwichtigt. Indem sie Kamill töteten, war es ihnen gelungen, jene brausenden unersättlichen Begierden zu stillen, die sie in ihren bis zur Erschöpfung gesteigerten Umarmungen zu befriedigen niemals vermocht hatten. Das Verbrechen bedeutete für sie einen höchsten Genuß, der sie mit Widerwillen und Ekel gegen ihre Umarmungen erfüllte.

Sie hätten tausend Möglichkeiten gehabt, jenes freie Liebesleben zu führen, dessen Traum sie zum Morde getrieben hatte. Die lahme, stumpfsinnig gewordene Frau Raquin war kein Hindernis. Das Haus gehörte ihnen, sie konnten ausgehen und sich treffen, wo immer es ihnen beliebte. Aber die Liebe reizte sie nicht mehr, ihre Gelüste waren geschwunden, sie blieben getrennt, unterhielten sich ruhig, sahen sich ohne Erbeben und Erröten an und schienen die wütenden Umarmungen vergessen zu haben, die ihr Fleisch geschunden und ihre Knochen gebogen hatten. Sie vermieden es sogar, einander allein zu begegnen; in einem solchen Zusammensein wußten sie nicht, was sie miteinander sprechen sollten, und alle beide fürchteten sie sich davor, allzuviel Kälte zu verraten. Wenn sie einen Händedruck wechselten, so empfanden sie in der Berührung ihrer Haut eine Art Unbehagen.

Außerdem glaubte ein jeder von ihnen genau zu wissen, was sie so gleichgültig und so furchtsam gegeneinander machte. Sie setzten ihr kühles Benehmen auf Rechnung der Vorsicht. Ihre Wunschlosigkeit, ihre Enthaltsamkeit waren ihrer Meinung nach von höchster Klugheit eingegeben. Sie bildeten sich ein, diese Ruhe ihres Fleisches und den Schlummer ihrer Herzen zu wollen. Den Widerwillen, das Unbehagen, das sie spürten, hielten sie andererseits für einen Rest von Angst, eine dumpfe Furcht vor Strafe. Manchmal zwangen sie sich zur Hoffnung, versuchten die glühenden Träume von ehedem wieder zu entfachen, und dann waren sie ganz verwundert, zu entdecken, daß ihre Phantasie leer geworden war. Und dann klammerten sie sich an den Gedanken ihrer baldigen Heirat: ans Ziel gelangt, von jeder Furcht befreit und einander zugehörig, würden sie ihre Leidenschaft schon wiederfinden und alle erträumten Wonnen genießen. Diese Hoffnung beruhigte sie und bewahrte sie davor, in das Nichts hinabzusteigen, das sich in ihnen aufgetan hatte. Sie redeten sich ein, einander noch wie früher zu lieben, und warteten auf die Stunde, die sie vollkommen glücklich machen würde, indem sie sie für immer vereinigte.

Niemals hatte Thérèse ein so ruhiges Gemüt gehabt. Sie war ohne Zweifel besser geworden. Alle unversöhnlichen Strebungen ihres Wesens hatten sich gelöst.

Nachts, allein in ihrem Bett, fühlte sie sich glücklich. Sie spürte neben sich nicht mehr das magere Gesicht Kamills, seinen kränklichen Körper, der ihren Leib anwiderte und ungestillte Begierden in ihm entzündete. Sie kam sich wie ein kleines Mädchen vor, das inmitten der Stille und des Dämmers friedlich und jungfräulich unter weißen Gardinen lag. Ihr geräumiges, ein wenig kühles Zimmer mit seiner hohen Decke, seinen dunklen Winkeln und seinem klösterlichen Ruche gefiel ihr. Sie liebte schließlich sogar die hohe schwarze Mauer, die ihrem Fenster gegenüber aufragte. Einen ganzen Sommer lang verbrachte sie jeden Abend Stunden und Stunden damit, die grauen Steine dieser Mauer und darüber die schmalen Streifen des gestirnten Himmels zu betrachten, welche die Schornsteine und die Dächer ausschnitten. An Lorenz dachte sie nur, wenn ein Alpdruck sie plötzlich aus dem Schlafe auffahren ließ. Wenn sie dann zitternd, mit angstvergrößerten Augen und eng in ihr Hemde sich wickelnd, aufrecht in ihrem Bette saß, sagte sie sich, daß sie diese plötzlichen Furchtschauer nicht haben würde, wenn ein Mann neben ihr im Bett läge. Sie dachte an ihren Geliebten wie an einen Hund, der sie hätte behüten und beschützen können, aber kein Schauer des Verlangens überlief dabei ihre kühle und stille Haut.

Tagsüber im Laden kümmerte sie sich um alles, was außer ihr war; sie trat gleichsam aus sich selber heraus und lebte nicht mehr dumpf widerstrebend und versunken in Haß und Rache tief in sich selber. Jede Träumerei langweilte sie, sie hatte ein Bedürfnis zu sehen und zu handeln. Vom Morgen bis zum Abend betrachtete sie die Menschen, die durch die Passage gingen, ihr Lärmen, ihr Kommen und Gehen unterhielt sie. Sie wurde neugierig und schwatzhaft, mit einem Wort: sie wurde Weib; denn bis dahin hatte sie nur Männergedanken gehegt und nur wie ein Mann gehandelt.

Bei dem Herumspähen, das ihr nun gefiel, wurde sie eines jungen Mannes, eines Studenten gewahr, der in der Nachbarschaft ein möbliertes Zimmer bewohnte und täglich mehrere Male an dem Laden vorbeikam. Dieser Jüngling besaß eine blasse Schönheit mit Dichterlocken und einem Leutnantsschnurrbart. Thérèse fand ihn vornehm. Eine Woche lang war sie verliebt in ihn, verliebt wie ein

Backfisch. Sie las Romane, sie verglich den Jüngling mit Lorenz und fand diesen recht dick und schwerfällig daneben. Das Romanlesen eröffnete ihr romantische Gesichtswinkel, die sie bis dahin nicht gekannt hatte. Bisher hatte sie nur mit ihrem Blut und ihren Nerven geliebt, jetzt fing sie an, mit ihrem Kopfe zu lieben. Eines Tages verschwand dann der Student, zweifellos war er umgezogen. Thérèse vergaß ihn in einigen Stunden.

Sie bezog Bücher aus einer Leihbibliothek und begeisterte sich für alle Romanhelden, die ihr unter die Augen kamen. Diese plötzliche Lesesucht übte einen großen Einfluß auf ihr Gemüt. Sie bekam eine nervöse Empfindlichkeit, die sie oft grundlos lachen oder weinen machte. Das Gleichgewicht, das sich in ihr herzustellen begonnen, wurde wieder verschoben. Sie versank gewissermaßen in ein verschwommenes Träumen. Manchmal schüttelte sie die Erinnerung an Kamill, und dann dachte sie mit neuem, von Schrecken und Mißtrauen erfülltem Verlangen an Lorenz. So kam es, daß ihre alte Bedrängnis sich wieder ihrer bemächtigte: bald suchte sie nach einem Wege, ihren Geliebten auf der Stelle heiraten zu können, bald nahm sie sich vor, ihn zu fliehen und ihn niemals wiederzusehen. Dadurch, daß die Romane ihr von Keuschheit und Ehre erzählten, türmten sie etwas wie eine Scheidewand zwischen ihre Triebe und ihren Willen. Sie blieb das unzähmbare Tier, das als Kind mit der Seine hatte ringen wollen und das sich ungestüm dem Ehebruch in die Arme geworfen. Aber sie hatte ein Bewußtsein bekommen von Tugend und Güte; sie begriff plötzlich das schlaffe Gesicht und die erstorbene Haltung Susannens; sie wußte, daß man seinen Mann nicht töten brauchte und dennoch glücklich sein konnte. Und dann fühlte sie sich in ihrer eigenen Haut nicht mehr wohl und lebte in peinvoller Unentschlossenheit.

Lorenz seinerseits durchlebte verschiedene Zustände der Ruhe und des Fiebers. Zunächst genoß er eine tiefe Befriedigung, er fühlte sich wie von einer ungeheuren Last befreit. Manchmal betrachtete er sich mit Erstaunen. Er glaubte, schlecht geträumt zu haben. Er fragte sich, ob es denn wirklich wahr sei, daß er Kamill ins Wasser geworfen und seinen Leichnam auf einer Steinplatte des Leichenschauhauses wiedergesehen hatte. Die Erinnerung an sein Verbrechen überraschte ihn seltsam. Niemals hätte er sich eines Mordes fähig geglaubt. All seine Klugheit, all seine Feigheit erschauerte, und eiskalter Schweiß trat auf seine Stirn, wenn er dachte, daß man sein Verbrechen hätte entdecken und ihn dafür hinrichten können. Er fühlte dann die Kälte der Beilschneide in seinem Nacken. Solange er gehandelt hatte, war er mit dem Starrsinn und der Blindheit eines Tieres geradeaus gegangen. Jetzt wandte er sich um, und beim Anblick des Abgrundes, den er überschritten, ergriff ihn ein Schwindel des Entsetzens.

»Sicherlich, ich war betrunken«, dachte er; »dieses Weib hatte mich mit ihren Liebkosungen trunken gemacht. Großer Gott, bin ich denn dumm und wahnsinnig gewesen? – Ich lief doch geradeswegs aufs Schafott mit einer derartigen Geschichte! Schließlich, es ist alles gut abgegangen. Müßte es aber noch einmal geschehen, so würde ich mich nicht mehr darauf einlassen.«

Lorenz wurde schlaffer, weichlicher, feiger und vorsichtiger denn je. Er wurde fett und quallig. Wer diesen großen, plump gebauten Körper, der weder Knochen noch Muskeln zu haben schien, untersucht hätte, der würde niemals darauf verfallen sein, ihn der Gewalttätigkeit und Grausamkeit zu beschuldigen.

Er nahm seine alten Gewohnheiten wieder auf. Mehrere Monate lang war er ein musterhafter Beamter, der mit vorbildlicher Stumpfsinnigkeit seine Arbeit verrichtete. Abends saß er in einer Milchwirtschaft der Sankt-Viktor-Straße, schnitt sein Brot in schmale Scheiben, kaute gemächlich und zog seine Mahlzeit so sehr in die Länge, wie es nur irgend anging. Dann lehnte er sich hintenüber an die Wand und rauchte seine Pfeife. Man hätte ihn für einen guten dicken Familienvater halten können. Tagsüber dachte er an nichts, nachts schlief er einen schweren, traumlosen Schlaf. Das Gesicht rosig und fett, den Bauch voll, das Gehirn leer, so war er glücklich.

Sein Fleisch schien erstorben, kaum daß er jemals an Thérèse dachte. Bisweilen erinnerte er sich ihrer, wie man an eine Frau denkt, die man später einmal in unbestimmter Zukunft heiraten soll. Geduldig erwartete er die Stunde seiner Heirat, vergaß dabei die Frau und träumte nur von den neuen Verhältnissen, in denen er dann leben würde. Er würde sein Büro auf Nimmerwiedersehn verlassen und würde zu seinem Vergnügen malen und umherschlendern. Diese Hoffnungen trieben ihn jeden Abend in den Passageladen, trotz des leisen Unbehagens, das er jedesmal beim Eintritt verspürte.

Als er sich eines Sonntags langweilte und nicht wußte, was er unternehmen sollte, ging er zu seinem alten Schulfreund, dem jungen Maler, mit dem er lange zusammen gewohnt hatte. Der Künstler arbeitete an einem Bilde, das er auf die große Ausstellung zu schicken beabsichtigte. Es stellte eine nackte Bacchantin dar, die auf einem großen Stoffetzen ruhte. Im Hintergrund des Ateliers lag ein Modell, eine Frau mit nach hinten gebogenem Kopf, gewundenem Rumpf und hoher Hüfte. Diese Frau lachte manchmal, reckte die Brust, streckte die Arme und dehnte sich, um sich zu erholen. Lorenz, der sich ihr gegenüber hingesetzt hatte, betrachtete sie rauchend und mit seinem

Freunde plaudernd. Sein Blut pochte und seine Nerven erregten sich an diesem Anblick. Er blieb bis zum Abend und nahm die Frau mit nach Hause. Ungefähr ein Jahr lang behielt er sie als Geliebte. Das arme Mädchen hatte sich in ihn verliebt, weil sie fand, daß er ein schöner Mann sei. Morgens ging sie fort, stand den ganzen Tag über Modell und kam regelmäßig jeden Abend zur gleichen Stunde zurück. Sie nährte, kleidete und erhielt sich mit dem Gelde, das sie verdiente, und kostete auf diese Weise Lorenz nicht einen Pfennig. Er fragte weder danach, woher sie kam, noch, was sie getrieben haben mochte. Diese Frau brachte ein neues Gleichgewicht in sein Leben; er nahm sie wie ein nützliches und notwendiges Werkzeug, das seinen Körper ruhig und gesund erhielt. Niemals wurde er sich klar darüber, ob er sie liebe, und niemals kam es ihm ins Bewußtsein, daß er Thérèse untreu sei. Er fühlte sich fetter in seiner Haut und glücklicher. Das war alles.

Unterdessen war Thérèsens Trauerjahr verstrichen. Die junge Frau kleidete sich wieder hell, und so kam es, daß Lorenz sie eines Abends verjüngt und verschönt fand. Aber er verspürte ihr gegenüber noch immer ein gewisses Mißbehagen. Seit einiger Zeit erschien sie ihm aufgeregt, von seltsamen Launen erfüllt und grundlos heiter oder traurig. Die Unentschiedenheit, in der er sie verharren sah, erschreckte ihn; denn er erriet zum Teil ihre inneren Kämpfe und Nöte. Er wurde unsicher und bedenklich, denn er hatte schreckliche Angst, seine Ruhe aufs Spiel zu setzen. Was ihn betraf, so lebte er friedlich in weiser Stillung seiner Gelüste, und daher befürchtete er, das Gleichgewicht seines Lebens in Gefahr zu bringen, wenn er sich mit einer nervösen Frau vereinigte, deren Leidenschaft ihn bereits einmal bis zum Wahnsinn getrieben hatte. Aber er dachte über all das nicht nach, sondern empfand unwillkürlich die Beklemmungen voraus, die der Besitz Thérèsens ihm noch bringen würde.

Der erste Stoß, den er erhielt und der ihn aus seiner Erschlaffung aufrüttelte, war die Erkenntnis, daß er nun doch endlich an seine Heirat denken müßte. Seit dem Tode Kamills waren nahezu fünfzehn Monate verstrichen. Eine Weile lang dachte Lorenz daran, sich überhaupt nicht zu verheiraten, sondern Thérèse sitzenzulassen und sein Modell zu behalten, dessen willfährige und wohlfeile Liebe ihm genügte. Dann aber sagte er sich, daß er doch nicht für nichts und wieder nichts einen Menschen getötet haben könnte. Wenn er an das Verbrechen dachte und an seine furchtbaren Anstrengungen, für sich allein diese Frau zu besitzen, die ihm jetzt unbequem war, so fühlte er, daß der Mord unnütz und ungeheuerlich werden würde, wenn er sich nicht mit ihr verheiratete. Einen Menschen ins Wasser zu werfen, um ihm seine Witwe zu stehlen, fünfzehn Monate zu warten und dann den Entschluß zu fassen, mit einem kleinen Mädchen zu leben, das seinen Leib durch alle Malerateliers schleppte, dieser Gedanke erschien ihm ganz unsinnig. Er mußte darüber lächeln. Und war er denn andererseits nicht an Thérèse geschmiedet durch ein Band aus Blut und Grausen? Er fühlte sie doch tief in sich schreien und sich winden, er gehörte ihr! Außerdem hatte er Angst vor seiner Mitschuldigen: wenn er sie nicht heiratete, ging sie vielleicht aus Rache und Eifersucht hin und erzählte alles den Gerichten. Solche Gedanken wälzten sich in seinem Kopf. Er verlor seine Ruhe wieder.

Inzwischen verließ ihn plötzlich das Modell. Das Mädchen kam eines Sonntags nicht wieder. Zweifellos hatte sie ein wärmeres und bequemeres Nest gefunden. Lorenz war nicht übermäßig betrübt, aber er hatte sich doch daran gewöhnt, nachts eine Frau neben sich liegen zu sehn, und so empfand er eine plötzliche Leere in seinem Dasein. Acht Tage danach lehnten sich seine Sinne auf. Er ließ sich wieder für ganze Abende häuslich in dem Passageladen nieder und sah Thérèse aufs neue mit Augen an, in denen blitzende Lichter sprühten. Die junge Frau, welche tief aufgewühlt aus ihren langen Romanen kam, schmachtete unter diesen Blicken und gab sich ihnen hin.

Auf diese Weise waren sie alle beide nach einem langen Jahre gleichgültigen, widerstrebenden Wartens zurückgefallen in ihre alte Bedrängnis und Begier. Als Lorenz eines Abends den Laden schloß, hielt er Thérèse einen Augenblick in der Passage zurück:

»Willst du, daß ich heute abend in deine Stube komme?« fragte er sie mit heißer Stimme.

»Nein, nein, laß uns noch warten . . .«, sagte sie. »Wir wollen vorsichtig sein.«

»Ich warte lange genug, glaube ich«, erwiderte Lorenz. »Ich bin es müde. Ich will dich!«

Thérèse sah ihn mit heißen aufgerissenen Augen an. Glutwellen brannten in ihren Händen und in ihrem Gesicht. Sie schien zu zögern, dann plötzlich, in entschiedenem Ton:

»Heiraten wir – dann werde ich dein sein.«

17

Lorenz verließ die Passage mit gespanntem Denken und aufgeregtem Gefühl. Thérèsens heißer Atem und ihre Einwilligung hatten mit einem Schlage die alte Gier in ihm erweckt. Er schlug den Weg am Ufer ein und ging, den Hut in der Hand, um sein Gesicht von der frischen Nachtluft kühlen zu lassen.

Als er in der Sankt-Viktor-Straße vor der Tür seines Hauses angekommen war, hatte er Furcht, hinaufzugehn und allein zu sein. Eine plötzliche unerklärliche Kinderangst ließ ihn besorgen, er möchte einen Mann in seiner Bodenkammer versteckt finden. Niemals sonst war er solchen Furchtanfällen ausgesetzt gewesen. Er versuchte nicht einmal, den seltsamen Schauer, der ihn erfaßt hatte, durch Vernunft zu überwinden, sondern er trat in eine Weinstube ein und blieb dort eine Stunde lang bis Mitternacht starr und stumm an seinem Tisch sitzen und trank mechanisch ein Glas nach dem anderen. Er dachte an Thérèse, erboste sich gegen die junge Frau, weil sie ihn nicht sofort in ihre Stube hatte lassen wollen – und dachte, daß er in ihrer Gesellschaft keine Furcht bekommen haben würde.

Die Weinstube wurde geschlossen, man setzte ihn vor die Tür. Er ging wieder hinein, um Zündhölzer zu verlangen. Das Büro des Zimmervermieters in seinem Hause lag im ersten Stock. Lorenz mußte einen langen Flur durchschreiten und einige Stufen heraufsteigen, ehe er seine Kerze nehmen konnte. Dieser Flur, dieses Treppenstückchen, die beide in schrecklicher Finsternis lagen, flößten ihm Todesangst ein. Gewöhnlich durchschritt er diese Dunkelheit munter und keck. An diesem heutigen Abend aber wagte er nicht, die Tür aufzuschließen. Er sagte sich, daß in einer bestimmten, durch den Kellereingang gebildeten Vertiefung leicht Mörder stehen und ihm, wenn er vorbeiging, plötzlich an die Kehle springen könnten. Endlich schloß er auf, steckte ein Zündholz an und wollte in den Flur treten. Das Zündholz verlöschte. Unbeweglich blieb er mit benommenem Atem stehen, wagte weder fortzulaufen noch vorwärtszuschreiten und strich an der feuchten Wand mit vor Angst zitternden Händen ein Zündholz nach dem anderen an. Es war ihm, als hörte er Stimmen und das Geräusch von Schritten vor sich. Die Streichhölzer zerbrachen in seinen Fingern. Endlich gelang es ihm, eines zu entzünden. Der Schwefel fing an zu kochen und setzte dann das Holz mit einer Langsamkeit in Brand, die Lorenzens Ängste verdoppelte. In dem blassen und bläulichen Licht des Schwefels, in dem rings flackernden schwankenden Scheinen glaubte er ungeheuerliche Gestalten zu erkennen. Dann knisterte das Streichholz, und das Licht wurde weiß und klar. Erleichtert ging Lorenz vorsichtig vorwärts und sorgte ängstlich dafür, daß er nicht ohne Licht bleibe. Als er an dem Kellereingang vorbei mußte, drängte er sich dicht an die gegenüberliegende Mauer, dort drüben gähnte eine Schattenfinsternis, die ihm fürchterlich war. Dann sprang er schnell die wenigen Stufen hinauf, die ihn von dem offenen Büro des Vermieters trennten, und als er seine Kerze in der Hand hielt, glaubte er sich gerettet. Die folgenden Stockwerke stieg er langsamer hinauf, aber er hob seine Kerze in die Höhe und beleuchtete alle Ecken, an denen er vorbei mußte. Die großen, seltsamen Schatten, welche kommen und gehen, wenn man mit einem Licht eine Treppe heraufsteigt, erfüllten ihn mit einem unbestimmten Mißbehagen, wenn sie so plötzlich vor ihm aufwuchsen und dann wieder zusammenfielen.

Als er oben angelangt war, öffnete er seine Tür und schloß sich hastig ein. Seine erste Sorge bestand darin, unter sein Bett zu leuchten und die ganze Kammer ängstlich abzusuchen, ob sich auch niemand darin versteckt hätte. Er schloß das Dachfenster in dem Gedanken, daß sich von dort leicht jemand herunterlassen könnte. Nachdem er all diese Vorsichtsmaßregeln getroffen, fühlte er sich ruhiger. Er entkleidete sich und wunderte sich über seine Furcht. Zuletzt lächelte er und schalt sich kindisch.

Er war niemals furchtsam gewesen und konnte sich diesen plötzlichen Anfall nicht erklären.

Er legte sich zu Bett. Als er in den warmen Decken lag, dachte er von neuem an Thérèse, die er während seines Angstzustandes völlig vergessen hatte. Obwohl er die Augen fest geschlossen hielt und nach Schlaf suchte, fühlte er dennoch gegen seinen Willen seine Gedanken arbeiten, sich aufdrängen, sich miteinander verknüpfen und ihm immer wieder die Vorteile vorstellen, deren er durch eine schnelle Heirat teilhaftig werden würde. Von Zeit zu Zeit drehte er sich im Bett um und sagte sich: »Nicht denken! Schlafen. Ich muß morgen um acht Uhr aufstehen, um in mein Büro zu gehn!« Und er gab sich alle Mühe, einzuschlafen. Aber seine Gedanken kamen wieder, einer nach dem anderen. Dumpf wirkte die Arbeit seiner Überlegungen fort, und bald verfiel er in eine Art lebhaften Träumens, das in der Tiefe seines Hirns alle Notwendigkeiten seiner Heirat ausbreitete und alle Gründe, die seine Begierden und seine Vorsicht abwechselnd für und gegen den Besitz Thérèsens aufstellten.

Dann, als er sah, daß er nicht einschlafen konnte und daß diese Schlaflosigkeit ihn immer mehr erregte, legte er sich auf den Rücken, öffnete die Augen ganz groß und ließ sein Hirn sich erfüllen mit der Erinnerung an die junge Frau. Das Gleichgewicht war aufgehoben, aufs neue schüttelte ihn die heiße Gier von ehemals. Es kam ihm der Gedanke, aufzustehn und in die Brücken-Passage zurückzugehn. Er würde sich das Gitter öffnen lassen und an der kleinen Treppentür klopfen, und Thérèse würde ihn hereinlassen. Bei diesem Gedanken stieg ihm das Blut in den Hals.

Sein Träumen war von einer erstaunlichen Hellsichtigkeit begleitet. Er sah sich schnell durch die Straßen eilen, immer an den Häusern entlang, und er sagte zu sich selber:

»Diese Straße muß ich gehn, nun muß ich diesen Platz überqueren, um schneller da zu sein.« Dann knarrte das Gitter der Passage, er ging den schmalen, öden, dunklen Weg durch die Schaukästen und beglückwünschte sich, daß er zu Thérèse heraufgehen konnte, ohne von der Händlerin, die gegenüber den falschen Schmuck feilbot, gesehen zu werden. Dann bildete er sich ein, im Hausflur zu sein, auf der kleinen Treppe, über die er so oft gegangen war. Hier durchkostete er die heißen Freuden von ehemals, entsann sich der wonnigen Schrecken und bohrenden Lüste des Ehebruchs. Seine Erinnerungen wurden zu Wirklichkeiten, welche alle seine Sinne wachriefen: er roch den schalen Geruch des Flurs, berührte die glitschigen Wände, sah das schmutzige Dunkel gähnen. Und keuchend und lauschend stieg er jede einzelne Stufe hinauf und fühlte diese furchtsame Annäherung an die begehrte Frau bereits erfüllt von seinen Begierden. Endlich pochte er an die Tür, die Tür ging auf, im Unterrock stand Thérèse ganz hell vor ihm. Sie hatte ihn erwartet.

Seine Gedanken verdichteten sich vor ihm zu wirklichen Gesichten. Die Augen in das Dunkel gebohrt, sah er. Als er nach dem Wege durch die Straßen, nach dem Betreten der Passage und dem Ersteigen der kleinen Treppe Thérèse blaß und glühend vor sich zu sehen glaubte, sprang er lebhaft aus seinem Bett und murmelte: »Ich muß hingehen, sie erwartet mich.« Die heftige Bewegung, die er gemacht, verjagte das Gesicht: er spürte die Kälte der Diele und bekam Furcht. Einen Augenblick lang blieb er auf seinen bloßen Füßen regungslos stehen und lauschte. Er glaubte draußen auf dem Flur Geräusch zu hören. Wenn er zu Thérèse ging, so mußte er noch einmal unten an der Kellertür vorbei. Dieser Gedanke jagte ihm einen mächtigen kalten Schauer über den Rücken. Wieder überfiel ihn die Angst, eine dumme, zermürbende Angst. Mißtrauisch blickte er in seiner Kammer umher, er sah weißliche Fetzen und Helligkeiten schweben, und leise, voller Vorsicht und banger Eile, stieg er wieder ins Bett. Dort kauerte er sich zu einem Knäuel zusammen und versteckte sich, als gelte es, einer gezückten Waffe, einem stoßenden Messer zu entgehen.

Das Blut war ungestüm in seinen Hals hinaufgeschossen, und sein Hals brannte ihm nun. Er faßte mit seiner Hand hin, und seine Finger fühlten die Narbe vom Bisse Kamills. Er hatte diesen Biß fast vergessen. Es erfüllte ihn jetzt mit Schauder, ihn auf seiner Haut wiederzufinden. Es war ihm, als zerfräße er sein Fleisch. Heftig hatte er seine Hand zurückgezogen, um ihn nicht mehr zu fühlen, aber er fühlte ihn nun ununterbrochen, er fraß sich immer tiefer in seinen Hals hinein. Da versuchte er, ihn vorsichtig mit der Spitze des Nagels fortzukratzen, das furchtbare Brennen verdoppelte sich. Um sich nicht die Haut abzureißen, klemmte er seine beiden Hände zwischen die angezogenen Knie. Starr, gepeinigt, mit furchtklappernden Zähnen saß er da und fühlte das heiße Nagen an seinem Halse.

Mit erschreckender Unverrückbarkeit klammerten seine Gedanken sich jetzt an Kamill. Bis dahin hatte der Ertränkte Lorenzens Nächte nicht gestört. Und nun, auf einmal, zogen die Gedanken an Thérèse das Gespenst ihres Mannes herbei: der Mörder wagte nicht mehr, die Augen zu erheben, er fürchtete, sein Opfer in einer Ecke der Stube zu erblicken. Plötzlich war es ihm, als würde sein Bett seltsam gerüttelt, er bildete sich ein, Kamill habe sich darunter verkrochen und schüttelte es, um ihn herauszuschleudern und zu beißen. Verstört, mit gesträubten Haaren, klammerte er sich an seine Matratze, und ihm war, als würden die Stöße immer heftiger.

Dann wurde er plötzlich gewahr, daß das Bett sich gar nicht bewegte. Eine Gegenwirkung machte sich in ihm geltend. Er richtete sich auf, steckte seine Kerze an und schalt sich einen Dummkopf. Um seine Aufregung zu beschwichtigen, trank er ein großes Glas Wasser herunter.

»Ich hätte nicht soviel Wein trinken sollen«, dachte er ... »Ich weiß nicht, was in dieser Nacht mit mir los ist. Es ist zu dumm. Ich werde morgen kreuzlahm sein in meinem Büro. Ich hätte sofort einschlafen sollen, nachdem ich mich zu Bett gelegt, und nicht an einen Haufen von Dingen denken: das hat mir den Schlaf genommen ... Ich muß schlafen.«

Er löschte wieder das Licht und vergrub seinen Kopf in den Kissen, ein wenig erfrischt und fest entschlossen, nichts mehr zu denken und nicht mehr Furcht zu haben. Müdigkeit fing an, seine Nerven abzuspannen.

Er sank nicht wie sonst in einen schweren bleiernen Schlaf, sondern er fiel nur in einen leichten oberflächlichen Schlummer. Er lag wie von einer wohligen Lähmung befallen da. Er fühlte seinen Körper schlummern, aber sein Geist war in seinem erstorbenen Leibe wach geblieben. Er hatte die sich andrängenden Gedanken verjagt und sich gegen das Wachbleiben gesträubt. Aber nun, da er eingedämmert war, seine Kräfte matt wurden und sein Wille ihm entglitt, kamen die Gedanken zurück, sacht, einer nach dem anderen, und bemächtigten sich aufs neue seines verklingenden Bewußtseins. Sein Träumen begann von vorn. Er legte den Weg, der ihn von Thérèse trennte, noch einmal zurück. Er ging hinunter, lief an dem Kellereingang vorbei und war im Freien. Er durchschritt wieder dieselben Straßen, die er schon vordem gegangen war, als er noch mit offenen Augen träumte. Er betrat die Brücken-Passage. Stieg die kleine Treppe hinauf. Pochte leise an die Tür.

Aber an Stelle Thérèsens, an Stelle der jungen Frau im Unterrock mit entblößtem Busen, öffnete ihm Kamill, Kamill, so wie er ihn im Leichenschauhause gesehen: grün angelaufen und grauenhaft entstellt. Der Leichnam streckte ihm mit einem scheußlichen Lachen die Arme entgegen und zeigte zwischen dem Weiß der Zähne ein schwärzliches Zungenende.

Lorenz stieß einen Schrei aus und fuhr aus dem Schlaf in die Höhe. Er war mit eisigem Schweiß bedeckt. Wütend über sich und auf sich selber schimpfend, zog er die Bettdecke über seine Augen. Er wollte wieder einschlafen.

Genau wie vorher schlummerte er langsam ein, die gleiche Lähmung befiel ihn, und sobald in dem Dämmer des Halbschlafes sein Wille ihm aufs neue entglitten war, fing er wieder zu gehen an, kehrte dorthin zurück, wohin sein eigensinniger Wahn ihn trieb, lief, um Thérèse zu sehn, und wieder war es der Ertränkte, der ihm die Tür öffnete.

Schaudernd setzte der Unglückliche sich in seinem Bett aufrecht. Um alles in der Welt hätte er diesen unerbittlichen Traum verjagen mögen. Er flehte um einen bleiernen Schlaf, der seine Gedanken erdrückte. Solange er sich wach hielt, besaß er Kraft genug, das Gespenst seines Opfers zu verjagen, sobald er aber nicht mehr Herr seines Denkens war, führte es ihn über den Weg der Wollust in wildes Entsetzen.

Noch einmal versuchte er zu schlafen! Und nun trat ein ununterbrochener Wechsel ein zwischen wohligem Schlummer und markerschütterndem Auffahren. In wütender Besessenheit ging er immer wieder zu Thérèse, und immer wieder stieß er gegen den Körper Kamills. Mehr als zehnmal legte er den Weg zurück, brach auf mit flammendem Blut, ging die gleichen Straßen, hatte die gleichen Empfindungen, verrichtete mit peinlichster Genauigkeit die gleichen Handlungen, und zu mehr als zehn Malen sah er den Ertränkten sich seiner Umarmung anbieten, wenn er seine Arme ausstreckte, um seine Geliebte zu erfassen und zu umschlingen. Dieser immer gleiche, unheimliche Schluß, über den er jedesmal entsetzt und keuchend erwachte, verscheuchte nicht sein Verlangen, sobald er wenige Minuten später wieder eingeschlafen war, vergaß seine Begierde den scheußlichen, ihrer harrenden Leichnam und machte sich von neuem auf den Weg, den warmen, weichen Leib einer Frau zu suchen. Eine Stunde lang durchlebte Lorenz diesen Reihentanz von Alben, diesen bösen, ohne Unterlaß sich wiederholenden und immer wieder unerwarteten Traum, der ihn bei jedem Auffahren mit immer schrillerem Entsetzen zermürbte.

Eine der Erschütterungen, die letzte, war so furchtbar, so qualvoll, daß er den Kampf aufzugeben und aufzustehen beschloß. Der Tag brach an, ein grauer, trüber Schein fiel durch das Dachfenster, das aus dem Himmel ein weißliches, aschfarbenes Viereck schnitt.

Lorenz zog sich in dumpfer Erregung langsam an. Er war aufgebracht, nicht geschlafen zu haben, aufgebracht, von einer Furcht befallen worden zu sein, die er jetzt kindisch schalt. Während er seine Beinkleider anzog, dehnte und reckte er sich, rieb sich die Glieder und strich mit den Händen über sein von der fiebrigen Nacht gegeißeltes und zerwühltes Gesicht. Und er wiederholte:

»Ich hätte an alles das nicht denken sollen. Ich würde dann geschlafen haben und wäre jetzt frisch und munter. Oh, wenn Thérèse gestern abend nur eingewilligt, wenn sie nur mit mir geschlafen hätte . . .«

Der Gedanke, daß Thérèse ihn gehindert haben würde, sich zu fürchten, beruhigte ihn ein wenig. In seinem Innern besorgte er, noch andere ähnliche Nächte verbringen zu müssen, wie er deren eine eben durchgemacht.

Er goß sich Wasser übers Gesicht und kämmte sich. Das erfrischte seinen Kopf und verscheuchte sein letztes Furchtgefühl. Er konnte frei und klar denken und verspürte nur eine große Müdigkeit in allen seinen Gliedern.

»Und dennoch bin ich kein Hasenfuß«, sagte er zu sich, während er sich weiter ankleidete. »Ich schere mich den Teufel um Kamill ... Wie albern zu glauben, der arme Kerl läge unter meinem Bett. Vielleicht werde ich mir das jetzt jede Nacht einbilden ... Sicherlich muß ich schnellstens heiraten. Wenn Thérèse mich in ihren Armen hält, werde ich nicht gerade an Kamill denken. Sie wird mich auf den Hals küssen, und ich werde das wilde Brennen nicht mehr fühlen, das mich gequält ... Wir wollen uns diesen Biß doch einmal ansehen.«

Er stellte sich vor seinen Spiegel, reckte den Hals und schaute. Die Wunde war zartrosa. Als Lorenz die einzelnen Male der Zähne seines Opfers erkannte, verspürte er eine gewisse Erregung, das Blut stieg ihm in den Kopf, und nun wurde er einer seltsamen Erscheinung gewahr. Durch die aufsteigende Welle wurde die Narbe purpurn, lebendig und blutig: ganz rot stach sie von dem weißen fetten Halse ab. Und im gleichen Augenblick spürte Lorenz ein scharfes Prickeln, als bohre man Nadeln in die Wunde. Schnell schlug er den Kragen seines Hemdes in die Höhe.

»Bah«, fuhr er fort, »Thérèse wird das heilen ... Ein paar Küsse werden genügen ... wie dumm ich bin, an diese Dinge zu denken!«

Er setzte seinen Hut auf und ging hinunter. Er hatte das Bedürfnis, frische Luft zu atmen und zu gehn. Als er an der Kellertür vorüberkam, lächelte er, aber er vergewisserte sich dennoch der Festigkeit des Riegels, der diese Tür verschloß. Draußen ging er langsamen Schrittes durch die menschenleeren Straßen und durch die kühle Morgenluft. Es war ungefähr fünf Uhr.

Lorenz verbrachte einen gräßlichen Tag. Er mußte gegen einen überwältigenden Schlaf ankämpfen, der ihn nachmittags auf seinem Büro befallen wollte. Sein schwerer, schmerzender Kopf fiel wider seinen Willen herab, auffahrend riß er ihn in die Höhe, sobald er den Schritt eines seiner Vorgesetzten hörte. Dieser Kampf gegen den Schlaf und das ewige Auffahren erfüllten ihn mit einer unerträglichen peinigenden Unruhe und zerschlug seine Glieder vollends.

Trotz seiner Müdigkeit wollte er abends Thérèse sehn. Er fand sie so aufgeregt, so bedrängt und so müde, wie er selber es war.

»Unsere arme Thérèse hat eine schlechte Nacht gehabt«, sagte Frau Raquin zu ihm, nachdem er sich gesetzt hatte. »Sie scheint ein Albdrücken gehabt zu haben, eine schreckliche Schlaflosigkeit . . . Ich habe sie wiederholt aufschreien hören. Heute morgen war sie ganz krank.«

Während ihre Tante sprach, sah Thérèse Lorenz starr an. Zweifellos errieten sie ihre gemeinsamen Schrecken, denn ein gleicher nervöser Schauer rann über ihre Gesichter. Bis zehn Uhr blieben sie einander gegenüber, sprachen ganz Gleichgültiges und verstanden sich doch und beschworen sich mit Blicken, so schnell wie möglich die Stunde herbeizuführen, in der sie sich gegen den Ertränkten verbünden könnten.

18

Auch Thérèse war in dieser fiebrigen Nacht von dem Gespenste Kamills besucht worden.

Lorenzens glühender Vorschlag, seine Bitte um eine Zusammenkunft nach mehr als einem Jahr der Gleichgültigkeit, hatten sie mit einem Hiebe aufgepeitscht. Und als sie allein im Bette lag und daran dachte, daß die Heirat bald stattfinden würde, war ihr ganzes Blut ins Kochen geraten. Inmitten der Beklemmungen ihrer Schlaflosigkeit hatte sie dann den Ertränkten sich aufrichten sehen; wie Lorenz hatte sie sich in Lust und Entsetzen gewunden und gleich ihm hatte sie sich gesagt, daß sie nicht mehr Furcht haben, solche Qualen nicht mehr durchleben würde, wenn sie ihren Geliebten in ihren Armen hielte.

Zur gleichen Stunde hatte in dieser Frau und in diesem Manne eine nervöse Verwirrung eingesetzt, die sie keuchend und schaudernd in ihre schreckliche Liebe zurücktrieb. Eine Verwandtschaft des Blutes und der Lüste hatte sich zwischen ihnen hergestellt. Sie erschauerten in denselben Schauern, und ihre Herzen erbebten in einer Art qualvoller Geschwisterschaft, in denselben Bängen und Ängsten. Von nun an hatten sie einen einigen Leib und eine einige Seele, um zu genießen und um zu leiden. Diese Gemeinsamkeit, diese wechselseitige Durchdringung ist eine Tatsache der Seelen- und der Körperkunde, welche oft bei Menschen eintritt, die von großen nervösen Erschütterungen gewaltsam zusammengedrängt werden.

Länger als ein Jahr trugen Thérèse und Lorenz diese sie vereinigende, tief in ihre Glieder geschnürte Kette leicht. In der Erschlaffung, die nach dem heftigen Krampfe des Mordes eingetreten war, in dem gegenseitigen Widerwillen und dem Bedürfnis nach Ruhe und Vergessen, die dann folgten, konnten diese beiden Sträflinge sich einbilden, sie seien frei und keine eiserne Fessel verbände sie mehr. Die entspannte Kette schleifte am Boden, und sie, sie ruhten sich aus, sie waren von einer Art glücklicher Stumpfheit geschlagen, sie suchten, woanders zu lieben und in einem klugen Gleichgewicht zu leben. Aber an dem Tage, an dem sie, von den Umständen getrieben, wieder anfingen, heiße Worte miteinander zu wechseln, spannte sich die Kette heftig an, und sie erhielten einen solch gewaltigen Ruck, daß sie sich ihres Verknüpftseins auf ewig bewußt wurden.

Vom nächsten Morgen an begab sich Thérèse ans Werk, arbeitete verschwiegen an der Herbeiführung ihrer Heirat mit Lorenz. Es war das eine schwierige und gefahrvolle Aufgabe. Die Liebenden zitterten davor, eine Unklugheit zu begehen, Verdacht zu erregen, allzu ungestüm das Interesse zu verraten, das sie am Tode Kamills gehabt hatten. Da sie begriffen, daß sie selber von Heirat nicht sprechen durften, schmiedeten sie einen sehr klugen Plan, der darin bestand, sich von Frau Raquin selber und den Donnerstagsgästen das antragen zu lassen, was sie nicht zu fordern wagten. Dazu war nur nötig, diesen wackeren Leuten den Gedanken an eine Wiederverheiratung Thérèsens einzugeben und, vor allem, sie glauben zu machen, daß dieser Gedanke von ihnen käme und von ihnen zuerst gefaßt worden sei.

Die Komödie mußte langsam und zart gespielt werden. Thérèse und Lorenz hatten ein jeder die Rolle auf sich genommen, die ihnen am meisten zusagte. Sie gingen mit äußerster Klugheit vor und berechneten die geringste Gebärde, das geringste Wort. Im innersten Grunde wurden sie von einer Ungeduld verzehrt, die ihre Nerven spannte und gedehnt erhielt. Sie lebten in einem dauernd gereizten Zustand, und nur kraft der ganzen Feigheit, die sie erfüllte, brachten sie es fertig, sich heiter und ruhig zu stellen.

Sie hatten nur deshalb eine solche Eile, zum Ende zu kommen, weil sie nicht mehr getrennt voneinander und einsam zu leben vermochten. In jeder Nacht besuchte sie der Ertränkte. Schlaflosigkeit warf sie auf ein Bett aus glühenden Kohlen und drehte sie mit Feuerzangen um und um. Der Zustand der Entkräftung, in welchem sie lebten, steigerte jeden Abend noch das Fiebern ihres Blutes, in dem es ungeheuerliche Traumgesichte vor ihnen errichtete. Sobald die Abenddämmerung eingetreten war, wagte Thérèse nicht mehr, in ihr Zimmer hinaufzugehen. Sie stand Todesängste aus, wenn sie sich bis zum Morgen in das große Zimmer einschließen mußte, das von seltsamen Scheinen durchzuckt wurde und mit Schemen sich bevölkerte, sobald sie nur das Licht verlöschte. Sie kam schließlich so weit, ihre Kerze brennen zu lassen und überhaupt nicht mehr schlafen zu wollen, damit sie ihre Augen immer groß offenhalten konnte. Wenn aber Müdigkeit ihre Lider herabzwang, so sah sie sofort Kamill im Dunkel, und auffahrend öffnete sie ihre Augen wieder. Am Morgen schleppte sie sich gebrochen umher, denn sie hatte nur gegen Tagesanbruch ein paar Stunden geschlummert. Was Lorenz anging, so war er seit jenem Abend, an dem er im Vorbeigehn an der Kellertür Furcht gehabt hatte, zum ausgesprochenen Hasenfuß geworden. Früher hatte er mit stumpfsinniger Sicherheit gelebt, jetzt zitterte und erblaßte er wie ein kleiner Junge bei dem geringsten Geräusch. Ein großer Angstschauer war plötzlich in seine Glieder gefahren und hatte sie dann nie wieder verlassen. Nachts litt er noch ärger als Thérèse: in seinem weichlichen feigen Körper bewirkte die Angst tiefe Zerrüttungen. Er durchlebte das Sinken des Tages in grausamen Ahnungen. Zu wiederholten Malen begegnete es ihm, daß er sich nicht nach Hause traute, sondern ganze Nächte damit verbrachte, die leeren Straßen zu durchirren. Einmal blieb er in strömendem Regen bis zum Morgen unter einer Brücke. Ohne den Mut, aufzustehn und wieder ans Ufer hinaufzugehn, kauerte er dort frierend und sah fast zehn Stunden lang das schmutzige Wasser im weißlichen Dämmer vorüberfließen. In manchen Augenblicken warf ihn ein plötzliches Entsetzen auf die feuchte Erde nieder: er glaubte, unter dem Brückenbogen lange Reihen Ertrunkener mit der Strömung vorbeitreiben zu sehn. Als äußerste Ermattung ihn endlich nach Hause trieb, schloß er sich doppelt ein und schlug sich bis zum Morgengrauen mit fürchterlichen Angstzuständen herum. Der gleiche Albdruck kehrte beharrlich wieder: er glaubte, aus den glühenden, leidenschaftlichen Armen Thérèsens in die kalten glitschigen Arme Kamills zu sinken. Er träumte, daß seine Geliebte ihn in heißer Umschlingung fast erdrückte, und danach träumte er, daß der Ertrunkene ihn in eisiger Umarmung gegen seine verweste Brust drückte. Diese plötzlichen und wechselnden Gefühle der Lust und des Ekels, dieses aufeinanderfolgende Berühren eines liebeglühenden Frauenleibes und eines kalten, vom Moder aufgeweichten Körpers brachte ihn zum Schaudern, zum Keuchen und Röcheln vor Qual.

Und mit jedem Tage wuchsen die Schrecken des Liebespaares, mit jedem Tage zermürbten und zerstörten ihre Nachtgesichte sie tiefer und tiefer. Ihre einzige Hoffnung, ihre Schlaflosigkeit zu töten, beruhte nur noch auf ihren Küssen. Aus Vorsicht wagten sie nicht, sich heimlich zu treffen, sondern sie warteten auf den Tag der Heirat als auf einen Tag des Heils, auf den eine glückliche Nacht folgen würde.

Dergestalt strebten sie nach ihrer Vereinigung mit all der

Sehnsucht, die sie nach einem ruhigen Schlaf empfanden. Zu Zeiten ihrer gegenseitigen Gleichgültigkeit hatten sie gezögert, weil jeder von ihnen die leidenschafterfüllten und selbstischen Beweggründe vergessen hatte, welche gleichsam ohnmächtig geworden waren, nachdem sie sie zum Morde getrieben. Sobald aber das Liebesfieber neu in ihnen brannte, fanden sie auf dem Grunde ihrer Leidenschaft und ihrer Selbstsucht jene ursprünglichen Beweggründe wieder, die sie bestimmt hatten, Kamill zu töten, um dann jenes Glück zu genießen, das ihnen ihrer Meinung nach aus einer gesetzlichen Ehe erblühen mußte. Und dennoch war ihr äußerster Entschluß, sich offen zu verbinden, von unbestimmter Verzweiflung erfüllt. Tief in ihrem Innern herrschte Furcht. Ihr Begehren schauderte. Sie hatten sich gewissermaßen einer über den anderen wie über einen Abgrund gebeugt, dessen Schrecken sie anzogen: stumm sich anklammernd, neigten sie sich wechselseitig über ihr Wesen, während ein Schwindel glühender Wollust ihre Glieder streckte und sie mit dem Wahnsinn des Absturzes erfüllte. Dem gegenwärtigen Augenblick ihres bangen Wartens und furchtsamen Begehrens gegenüber empfanden sie jedoch die gebieterische Notwendigkeit, sich blind zu stellen und von einer Zukunft voller liebender Glückseligkeit und friedlichen Genusses zu träumen. Je tiefer sie voreinander erzitterten, desto deutlicher errieten sie das Grausen des Schlundes, in dessen Tiefe sie sich stürzen wollten, und desto leidenschaftlicher suchten sie sich selber Glückverheißungen einzureden und die unwiderleglichen Tatsachen vor Augen zu halten, die sie mit Schicksalsgewalt zur Heirat zwangen.

Thérèse wünschte einzig und allein sich zu verheiraten, weil sie Furcht hatte und weil ihr Organismus nach Lorenzens ungestümen Liebkosungen gierte. Sie befand sich in einem nervösen Zustand, der sie wahnsinnig machte. In Wahrheit überlegte sie kaum, sondern stürzte sich in die Leidenschaft, den Geist verwirrt durch die Romane, die sie gelesen, und ihr körperliches Wesen zerwühlt durch die grausame Schlaflosigkeit, welche sie seit mehreren Wochen wach hielt.

Lorenz verstand in seinem schwereren Temperament seinen Entschluß mit Gründen zu belegen, wenn er dabei auch nur seinen Angstzuständen und seiner Begierde nachgab. Um sich zu beweisen, daß seine Heirat notwendig sei und er endlich vollkommen glücklich werden würde, und um die unbestimmten Zweifel zu zerstreuen, die ihn bisweilen befielen, stellte Lorenz noch einmal all seine früheren Berechnungen an. Da sein Vater, der Bauer aus Jeufosse, sich eigensinnig darauf versteifte, nicht sterben zu wollen, sagte er sich, daß die Erbschaft recht lange auf sich warten lassen könne; er befürchtete sogar, diese Erbschaft möchte ihm entgehn und in die Tasche eines seiner Vettern wandern, eines strammen Burschen, der zur höchsten Befriedigung des alten Lorenz Ackerbauer geblieben war. Er würde also immer arm bleiben, ohne eine Frau in einer Dachkammer leben, schlecht schlafen und noch schlechter essen müssen. Andererseits wollte er auch nicht sein ganzes Leben lang arbeiten. Er fing bereits an, ganz absonderlich müde in seinem Büro zu werden. Die leichte Arbeit, die ihm dort anvertraut war, wurde drückend für seine Faulheit. Das Ergebnis aller seiner Überlegungen lautete stets, daß die höchste Glückseligkeit im Nichtstun bestünde. Und dann erinnerte er sich, daß er Kamill ertränkt hatte, um Thérèse zu heiraten und nicht mehr arbeiten zu müssen. Gewiß hatte der Wunsch, seine Geliebte für sich allein zu besitzen, großen Einfluß auf seinen Entschluß zum Verbrechen gehabt, aber vielleicht war er zu dem Morde doch noch mehr durch die Hoffnung getrieben worden, sich an Kamills Stelle zu setzen, sich gleich ihm pflegen zu lassen und ein stündliches Wohlbehagen zu genießen. Hätte Leidenschaft allein ihn getrieben, so würde er nicht soviel Feigheit und soviel Umsicht an den Tag gelegt haben. In Wahrheit hatte er sich durch einen Mord die Ruhe und Müßigkeit seines Lebens durch eine dauernde Stillung aller seiner Gelüste zu sichern versucht. Alle diese Gedanken, bewußte oder unbewußte, stellten sich wieder ein. Um sich Mut zu machen, wiederholte er sich in einem fort, daß es an der Zeit sei, den erwarteten Nutzen aus dem Tode Kamills zu ziehen. Und er baute die Vorteile, die Annehmlichkeiten seines künftigen Daseins vor sich auf: er würde seine Stellung kündigen, in wonniger Faulheit leben, nach Herzenslust essen, trinken und schlafen und stets eine liebeglühende Frau zur Hand haben, welche das Gleichgewicht seines Blutes und seiner Nerven herstellte. Bald würde er vierzigtausend und einige Franken von Frau Raquin erben, denn die arme Alte starb ja alle Tage ein wenig. Kurz, er würde sich das Leben eines glücklichen Tieres schaffen und dann alles vergessen. Seit die Heirat zwischen ihm und Thérèse eine beschlossene Sache war, sagte er sich diese Dinge zu jeglicher Stunde. Er forschte noch nach anderen Vorteilen und wurde ganz fröhlich und vergnügt, wenn er einen neuen Grund aus seiner Selbstsucht geschöpft zu haben glaubte, der ihm riet, die Witwe des Ertränkten zu heiraten. Aber er mochte sich immer wieder zur Hoffnung zwingen und von einer fetten, wollüstigen Zukunft träumen, stets fühlte er plötzliche Schauder eisig über seine Haut rieseln, stets spürte er von Zeit zu Zeit eine Bangigkeit, welche die Freude in seiner Kehle erstickte.

19

Unterdessen ließen Thérèsens und Lorenzens heimliches Wirken Erfolge heranreifen. Thérèse hatte eine so niedergeschlagene und verzweifelte Haltung angenommen, daß sich Frau Raquin nach Verlauf einiger Tage zu beunruhigen anfing. Die alte Händlerin wollte wissen, was ihre Nichte derart betrübe. Und nun spielte die junge Frau ihre Rolle einer ungetrösteten Witwe mit auserlesener Geschicklichkeit. Unbestimmt sprach sie von Langerweile, Mattigkeit und von nervösen Schmerzen, ohne sich jedoch genauer auszudrücken. Als ihre Tante sie mit Fragen bedrängte, antwortete sie, es ginge ihr gut, sie wisse selber nicht, was sie so niederschlage, sie müsse weinen, ohne zu wissen, warum. Und dann häuften sich diese dauernden Beklemmungen, das blasse, herzzerreißende Lächeln, das leere, verzweifelte, erdrückende Schweigen. Vor dieser in sich gekehrten Frau, welche langsam an einem unbekannten Leiden zu sterben schien, wurde Frau Raquin schließlich von ernsten Besorgnissen ergriffen. Sie hatte nichts mehr auf der Welt außer ihrer Nichte, und jeden Abend bat sie Gott, ihr dieses Kind zu erhalten, damit es ihr einst die Augen zudrücken könne. In diese letzte Liebe ihres Alters mischte sich etwas Selbstsucht. Wenn ihr der Gedanke kam, sie könne auch Thérèse verlieren und würde allein in dem feuchten Passageladen sterben müssen, so fühlte sie den letzten schwachen Trost bedroht, der sie noch am Leben erhielt. Von nun an ließ sie ihre Nichte nicht mehr aus den Augen, studierte mit Schrecken die Traurigkeiten der jungen Frau und fragte sich, was sie tun könne, um sie von ihrer stummen Verzweiflung zu heilen.

Unter so ernsten Umständen glaubte sie die Meinung ihres alten Freundes Michaud einholen zu müssen. Eines

Donnerstagabends hielt sie ihn im Laden zurück und vertraute ihm ihre Besorgnisse an.

»Weiß Gott«, antwortete ihr der Greis mit der freimütigen Roheit seines früheren Amtes, »seit langem sehe ich, daß Thérèse mault! Aber ich weiß nur allzugut, warum sie solch ein gelbes und verdrießliches Gesicht bekommen hat.«

»Sie wissen, warum?« fragte die Händlerin. »Schnell! Sprechen Sie! Ach, wenn wir sie heilen könnten!«

»Oh, die Behandlung ist nicht schwierig«, sagte lachend Michaud. »Ihre Nichte grämt sich, weil sie seit bald zwei Jahren abends in ihrer Stube allein ist. Sie braucht einen Mann, das sieht man ihr doch an den Augen an!«

Die rohe Offenheit des alten Polizisten traf Frau Raquin schmerzlich. Sie dachte, die Wunde, die seit dem entsetzlichen Unglück in Sankt Ouen ununterbrochen in ihr blutete, klaffe noch ebenso grausam offen in dem Herzen der jungen Witwe. Da ihr Sohn tot war, schien es ihr keinen Gatten mehr für ihre Nichte geben zu können. Und nun versicherte ihr Michaud laut lachend, daß Thérèse aus Bedürfnis nach einem Manne krank sei.

»Verheiraten Sie sie nur so bald wie möglich«, sagte er fortgehend, »wenn Sie sie nicht völlig eingehen sehn wollen. Das ist mein Rat, liebe Frau, und er ist gut, glauben Sie mir.«

Frau Raquin konnte sich nicht sofort an den Gedanken gewöhnen, daß ihr Sohn bereits vergessen sei. Aber der alte Michaud hatte ja den Namen Kamills nicht einmal ausgesprochen, und er hatte sogar zu scherzen angefangen, als er von der angeblichen Krankheit Thérèsens sprach. Die alte Mutter begriff, daß sie allein auf dem Grunde ihres Wesens die lebendige Erinnerung an ihr teures Kind treu bewahrte. Sie weinte. Kamill schien ihr ein zweites Mal gestorben zu sein. Dann, nachdem sie sich ausgeweint hatte und ihres

Kummers müde geworden war, mußte sie wider Willen an Michauds Worte denken. Langsam gewöhnte sie sich an den Gedanken, um den Preis einer Heirat, welche in ihrem zärtlichen Andenken ihren Sohn ein zweites Mal tötete, ein wenig Glück zu erkaufen. Wenn sie in der frostigen Stille des Ladens der trübsinnigen, niedergedrückten Thérèse allein gegenübersaß, fühlte sie sich feige. Sie gehörte nicht zu jenen starren, trockenen Gemütern, welche eine herbe Lust darin finden, von einem ewigen Schmerze zu leben. In ihr herrschte Weichheit, Güte, Zärtlichkeit, das Temperament einer guten, dicken, geselligen Frau, welches sie antrieb, in tätiger Liebe zu leben. Seit ihre Nichte nicht mehr sprach, sondern blaß und entkräftet vor ihr saß, wurde das Dasein unerträglich für sie: der Laden erschien ihr wie ein Grab. Sie ersehnte warme Neigung um sich, Leben, Liebkosung, etwas Sanftes und Fröhliches, das ihr half, friedlich dem Tode entgegen zu harren. Diese unbewußten Wünsche söhnten sie mit dem Plan einer Wiederverheiratung Thérèsens aus. Sie vergaß sogar ein wenig ihren Sohn. In das tote Dasein, das sie führte, trat etwas wie ein Erwachen, etwas wie ein Willen und eine neue geistige Beschäftigung. Sie suchte nach einem Mann für ihre Nichte, und das erfüllte ihren Kopf. Diese Wahl eines Gatten war eine große Angelegenheit. Die arme Alte dachte dabei noch mehr an sich als an Thérèse. Sie wollte sie so verheiraten, daß sie selber dabei auch glücklich werden könnte; denn sie besorgte lebhaft, der neue Gatte der jungen Frau könne kommen und die letzten Stunden ihres Alters stören. Der Gedanke, einen Fremden in ihr tägliches Dasein zu lassen, entsetzte sie und schreckte sie ab, offen mit ihrer Nichte von einer Heirat zu sprechen.

Während Thérèse mit jener vollendeten Heuchelei, welche ihre Erziehung in sie gelegt, die Komödie des Grämens und der Niedergeschlagenheit spielte, hatte Lorenz die Rolle des feinfühligen und hilfsbereiten Mannes erwählt. Er suchte den beiden Frauen jede kleinste Mühe zu ersparen, und vor allem Frau Raquin überhäufte er mit allen zarten Aufmerksamkeiten. Nach und nach machte er sich unentbehrlich in dem Laden und war es allein, der ein wenig Heiterkeit in dieses dunkle Loch trug. Wenn er abends nicht da war, so blickte die alte Händlerin voller Unbehagen rings umher, so als fehle ihr etwas, und als fürchte sie sich fast, mit Thérèsens Trostlosigkeit allein zu bleiben. Lorenz blieb nur gelegentlich einen ganzen Abend lang fort, um seine Macht fester zu begründen, sonst kam er alle Tage nach dem Verlassen des Büros in den Laden und blieb bis zum Schluß der Passage dort. Er machte alle Besorgungen und reichte Frau Raquin, die nur mit Mühe gehen konnte, die mancherlei Gegenstände, deren sie bedurfte. Dann setzte er sich und plauderte. Er hatte eine weiche tönende Schauspielerstimme angenommen, um den Ohren und dem Herzen der guten Alten zu schmeicheln. Vor allem schien er sich als Freund sehr über Thérèsens Gesundheit zu beunruhigen, als gefühlvoller Mann, dessen Seele unter dem Leiden des Nächsten leidet. Zu wiederholten Malen nahm er Frau Raquin beiseite und ängstigte sie, indem er selber äußerst erschreckt tat über Veränderungen und Verheerungen, die er in dem Gesichte der jungen Frau zu entdecken vorgab.

»Wir werden sie bald verlieren«, murmelte er mit Tränen in der Stimme. »Wir dürfen uns nicht verhehlen, daß sie sehr krank ist. Ach, unser armes Glück, unsere schönen ruhigen Abende.«

Frau Raquin hörte ihm ängstlich zu. Lorenz trieb die Vermessenheit so weit, von Kamill zu sprechen.

»Sehen Sie«, sagte er zu der Händlerin, »der Tod meines

armen Freundes ist ein furchtbarer Schlag für sie gewesen. Seit zwei Jahren, seit dem unseligen Tage, an dem sie Kamill verloren, stirbt sie dahin. Nichts wird sie trösten, nichts wird sie heilen. Wir müssen uns bescheiden.«

Über diese schamlosen Lügen weinte die alte Frau heiße Tränen. Die Erinnerung an ihren Sohn verwirrte sie und machte sie blind. Jedesmal, wenn man den Namen Kamills aussprach, brach sie in Schluchzen aus, verlor alle Beherrschung und hätte am liebsten immer den umarmt, der ihr armes Kind erwähnte. Lorenz hatte die verwirrende und rührende Wirkung beobachtet, die dieser Name auf sie ausübte. Er konnte sie nach Belieben zum Weinen bringen und in eine Rührung versetzen, welche ihr die klare Erkenntnis der Dinge benahm, und er mißbrauchte seine Macht, um sie dauernd willfährig und schmerzbewegt in seiner Gewalt zu erhalten. Trotz der dumpfen Auflehnung seines schaudernden Inneren brachte er jeden Abend das Gespräch auf die seltenen Eigenschaften, das zarte Gemüt und den Geist Kamills: mit vollendeter Schamlosigkeit pries er sein Opfer. Wenn er dabei bisweilen den seltsam starr auf sich gehefteten Blicken Thérèsens begegnete, erschauerte er, aber zuletzt glaubte er schließlich selber all das Gute, das er von dem Ertrunkenen sagte, und dann schwieg er plötzlich, von heftiger Eifersucht ergriffen, weil er befürchtete, die Witwe könnte den Mann lieben, den er ins Wasser geworfen hatte und den er jetzt mit der Überzeugung eines Besessenen pries. Während des ganzen Gespräches schwamm Frau Raquin in Tränen und sah nichts um sich her. Und mitten in ihren Tränen dachte sie, daß Lorenz doch ein liebevolles, edles Gemüt habe, er allein erinnerte sich ihres Sohnes, er allein sprach noch immer von ihm mit zitternder und bewegter Stimme. Sie trocknete ihre Tränen und sah den jungen Mann mit unendlicher Zärtlichkeit an, sie liebte ihn wie ihr eigenes Kind.

Eines Donnerstagsabends befanden sich Michaud und Grivet schon in dem Eßzimmer, als Lorenz hereinkam, auf Thérèse zutrat und sie mit sanfter Besorgnis in der Stimme nach ihrem Befinden fragte. Er setzte sich einen Augenblick lang neben sie und spielte vor den Anwesenden seine Rolle des wohlmeinenden und besorgten Freundes. Als die beiden jungen Leute so nebeneinandersaßen und einige Worte wechselten, betrachtete sie Michaud, neigte sich zu der alten Händlerin und sagte, auf Lorenz deutend, ganz leise zu ihr:

»Sehn Sie doch, da ist ja der Ehemann, den Ihre Nichte braucht. Bringen Sie diese Heirat schnell zustande. Wir werden Ihnen helfen, wenn es nötig ist.«

Michaud lächelte zweideutig dabei; denn seiner Meinung nach brauchte Thérèse eben einen recht kräftigen Mann. Frau Raquin wurde wie von einem Blitz erleuchtet, mit einem Schlage erkannte sie all die Vorteile, welche ihr persönlich aus einer Heirat zwischen Thérèse und Lorenz erwachsen mußten. Diese Heirat würde die Bande nur enger schlingen, welche sie bereits vereinigten, sie und ihre Nichte mit dem Freunde ihres Sohnes, mit diesem vortrefflichen Manne, der sie allabendlich zu unterhalten kam. Auf diese Art brauchte sie keinen Fremden in ihr Haus zu lassen und lief nicht Gefahr, unglücklich zu werden, im Gegenteil, während sie Thérèse eine Stütze gab, würde sie zugleich eine Freude mehr in ihr Alter bringen: sie würde einen zweiten Sohn mit diesem jungen Manne finden, der ihr seit drei Monaten eine kindliche Neigung entgegenbrachte. Und dann war es ihr auch, als würde Thérèse dem Andenken Kamills weniger untreu sein, wenn sie Lorenz heiratete. Die Religion des Herzens hat gar absonderliche Feinheiten! Frau Raquin, welche geweint haben würde, hätte sie einen Fremden die junge Witwe umarmen sehn, fühlte gar keine Auflehnung in sich bei dem Gedanken, sie den Umarmungen des alten Kameraden ihres Sohnes auszuliefern. Sie dachte, das bliebe – wie man zu sagen pflegt – in der Familie.

Den ganzen Abend über, während ihre Gäste Domino spielten, betrachtete die alte Händlerin das Paar mit einer Rührung, welche den jungen Mann und die junge Frau erraten ließ, daß ihre Komödie von Erfolg gewesen und die Lösung des Knotens nahe sei. Michaud hatte, ehe er fortging, eine kurze, leise geführte Unterredung mit Frau Raquin, dann nahm er Lorenz bedeutungsvoll-geziert unter den Arm und erklärte, daß er ihn ein Stück Wegs begleiten wolle. Im Fortgehn wechselte Lorenz einen schnellen Blick mit Thérèse, einen Blick voll inständiger Ratschläge.

Michaud hatte es auf sich genommen, einmal auf den Busch zu klopfen. Er fand den jungen Mann den beiden Frauen sehr ergeben, aber höchlichst überrascht durch den Plan einer Heirat zwischen Thérèse und sich. Lorenz fügte mit bewegter Stimme hinzu, daß er die Witwe seines armen Freundes zwar wie eine Schwester liebe, daß er aber einen Frevel zu begehen glauben würde, wenn er sie heiratete. Der alte Polizist widersprach, er führte hundert gewichtige Gründe an, um Lorenzens Einwilligung zu erlangen, ja, er ging so weit, dem jungen Mann vorzustellen, es sei seine Pflicht, Frau Raquin einen Sohn und Thérèse einen Gatten wiederzugeben. Nach und nach ließ Lorenz sich besiegen. Er tat so, als gebe er einer Gemütsbewegung nach und befreunde sich mit dem Gedanken der Heirat nur, weil er vom Himmel zu kommen schien und, so wie der alte Michaud es gesagt, von Pflicht und Freundschaft vorgeschrieben werde. Als dieser ein förmliches Ja erhalten hatte, verließ er, sich die Hände reibend, seinen Gefährten. Er bildete sich ein, einen großen Sieg erfochten zu haben, und beglückwünschte sich, als erster auf den Gedanken dieser Heirat verfallen zu sein, welche den Donnerstagabenden all ihre alte heitere Gemächlichkeit wiedergeben würde.

Während Michaud, langsam das Seineufer entlangschreitend, dergestalt auf Lorenz einsprach, hatte Frau Raquin mit Thérèse fast die gleiche Unterredung. Als ihre Nichte, blaß und wankend wie immer, sich zurückziehen wollte, hielt die alte Händlerin sie auf einen Augenblick fest. Mit zärtlicher Stimme befragte sie sie, beschwor sie, offen zu sein und ihr die Ursachen ihres Kummers einzugestehn, der sie so niederdrücke. Als sie darauf nur unbestimmte Antworten bekam, sprach sie von der Öde der Witwenschaft, ging nach und nach zu dem Anerbieten einer neuen Ehe über und fragte schließlich Thérèse unverhohlen, ob sie nicht den heimlichen Wunsch hege, sich wieder zu verheiraten. Thérèse erhob heftigen Widerspruch, sagte, daß sie nicht daran dächte und Kamill treu bleiben wolle. Frau Raquin fing zu weinen an. Sie nahm nun gegen ihr Herz Partei, führte aus, daß der Schmerz nicht ewig dauern dürfe, und schließlich, nachdem die junge Frau ausgerufen, daß sie niemals jemanden an Kamills Stelle treten lassen würde, nannte sie plötzlich und unvermittelt Lorenz. In einer Flut von Worten erging sie sich über die Schicklichkeit, über die Vorteile einer derartigen Verbindung. Sie schüttete ihr Herz aus und wiederholte laut, was sie den ganzen Abend über gedacht hatte: mit unschuldiger Selbstsucht malte sie das Bild ihrer letzten Freuden zwischen ihren beiden lieben Kindern. Gefaßt und fügsam und bereit, ihre geringsten Wünsche zu erfüllen, hörte Thérèse sie mit gesenktem Kopfe an.

»Ich liebe Lorenz wie einen Bruder«, sagte sie schmerzlich, als ihre Tante schwieg, »da du es jedoch wünschest, werde ich versuchen, ihn wie einen Gatten zu lieben. Ich möchte dich glücklich machen ... Ich hatte gehofft, du würdest mich meine Tränen in Frieden weinen lassen, ich will sie aber gern trocknen, wenn es sich um dein Glück handelt.«

Und sie küßte die alte Frau, welche überrascht und erschreckt darüber war, ihren Sohn als erste vergessen zu haben. Während sie sich zu Bett legte, schluchzte Frau Raquin bitterlich und klagte sich an, weniger stark als Thérèse zu sein und aus Selbstsucht eine Heirat zu wollen, welche die junge Witwe aus bloßer Selbstlosigkeit einzugehen bereit war.

Am nächsten Morgen hatten Michaud und seine alte Freundin eine kurze Unterredung vor der Ladentür in der Passage. Sie teilten sich das Ergebnis ihrer Bemühungen mit und kamen überein, die Angelegenheit schnell und ohne Umschweife zu Ende zu führen, indem sie die jungen Leute zwangen, sich noch am gleichen Abend zu verloben.

Abends um fünf Uhr war Michaud bereits in dem Geschäft, als Lorenz eintrat. Sobald sich der junge Mann gesetzt hatte, flüsterte ihm der ehemalige Polizeikommissar ins Ohr:

»Topp! Sie will!«

Dieses ungeschliffene Wort wurde von Thérèse gehört, sie blieb blaß, die Augen verschämt auf Lorenz geheftet. Die beiden Liebenden sahen sich einige Sekunden lang an, um zu beraten. Sie begriffen alle beide, daß es galt, die Gelegenheit ohne Zögern beim Schopfe zu ergreifen und mit einem Schlage zu Ende zu bringen. Lorenz stand auf und ergriff die Hand Frau Raquins, die sich alle Mühe gab, ihre Tränen zurückzuhalten.

»Liebe Mutter«, sagte er lächelnd zu ihr, »ich habe gestern abend mit Herrn Michaud über Ihr Glück gesprochen. Ihre Kinder wollen Sie glücklich machen.«

Als die arme Alte sich »liebe Mutter« nennen hörte, ließ sie ihren Tränen freien Lauf. Sie ergriff lebhaft die Hand Thérèsens und legte sie in Lorenzens Hand, ohne sprechen zu können.

Die beiden Liebenden durchfuhr ein Schauer, als sie ihre Haut sich berühren fühlten. Mit brennenden verschlungenen Fingern blieben ihre Hände in nervöser Verkrampfung ineinander. Mit zögernder Stimme sagte der junge Mann:

»Thérèse, wollen Sie, daß wir Ihrer Tante ein heiteres und friedliches Dasein schaffen?«

»Ja«, erwiderte die junge Frau leise, »es ist wohl unsere Pflicht.«

Da wandte sich Lorenz zu Frau Raquin und fügte sehr bleich hinzu:

»Als Kamill ins Wasser gefallen war, rief er mir zu: ›Rette meine Frau, ich vertraue sie dir an.‹ Ich glaube, seinen letzten Willen zu erfüllen, wenn ich Thérèse heirate.«

Als Thérèse diese Worte hörte, ließ sie Lorenzens Hand fahren. Sie hatte etwas wie einen Stich ins Herz bekommen. Die freche Schamlosigkeit ihres Geliebten vernichtete sie. Sie starrte ihn mit verstörten Augen an, während Frau Raquin von Schluchzen geschüttelt stammelte:

»Ja, ja, mein Freund, heiraten Sie sie, machen Sie sie glücklich. Mein Sohn wird es Ihnen im Grabe danken!«

Lorenz fühlte sich dem Umfallen nahe und stützte sich auf eine Stuhllehne. Michaud, der auch zu Tränen gerührt war, schob ihn auf Thérèse zu und sagte:

»Umarmt euch, dies ist eure Verlobung.«

Der junge Mann wurde von einem seltsamen Unbehagen ergriffen, als er seine Lippen auf die beiden Wangen der Witwe drückte, und diese sich, wie verbrannt von den beiden Küssen ihres Geliebten, heftig zurückzog. Dieses war die erste Liebkosung, die sie von diesem Manne vor

Zeugen empfing. Ihr ganzes Blut stieg ihr ins Gesicht, sie fühlte sich rot und glühend, sie, welche Scham nicht kannte und niemals in ihrer Liebe Schande errötet war.

Nach diesem Höhepunkt atmeten die beiden Mörder auf. Ihre Heirat war beschlossen, endlich waren sie an das Ziel gelangt, das sie seit so langer Zeit verfolgt hatten. Alles wurde noch am gleichen Abend geregelt. Am folgenden Donnerstag wurde die Heirat Grivet, Olivier und seiner Frau mitgeteilt. Michaud war selig, während er die Mitteilung machte. Er rieb sich die Hände und sagte:

»Auf diesen Gedanken bin ich gekommen, ich habe sie verheiratet . . . Ihr sollt sehn, welch ein hübsches Paar das gibt.«

Susanne umarmte Thérèse schweigend. Dieses arme, ganz bleiche und ganz erstorbene Geschöpf hatte Freundschaft für die junge, starre und düstere Witwe gefaßt. Sie liebte sie kindlich mit einer Art ehrerbietiger Furcht. Olivier beglückwünschte die Tante und die Nichte, und Grivet wagte ein paar gepfefferte Scherze, welche jedoch nur mittelmäßigen Erfolg hatten. Alles in allem bezeigte sich die Gesellschaft hoch erfreut und entzückt und erklärte, daß gar nichts Schöneres hätte geschehen können. In Wahrheit sah sich die Gesellschaft schon beim Hochzeitsmahle!

Thérèsens und Lorenzens Haltung blieb würdig und klug. Sie bezeigten einander nichts weiter als eine zärtliche, zuvorkommende Freundschaft. Es war, als vollzögen sie eine Handlung höchster Selbstentäußerung. Nichts in ihren Gesichtern ließ etwas von dem Schrecken und den Begierden ahnen, von denen sie geschüttelt wurden. Frau Raquin schaute auf sie mit bleichem Lächeln, mit sanftem dankbarem Wohlwollen.

Einige Förmlichkeiten waren noch zu erfüllen. Lorenz mußte an seinen Vater schreiben und seine Einwilligung erbitten. Der alte Bauer aus Jeufosse, der fast vergessen, daß er einen Sohn in Paris hatte, antwortete ihm mit vier Zeilen, er könne sich verheiraten oder sich hängen lassen, ganz wie es ihm beliebe. Und er gab ihm zu verstehen, daß er beschlossen habe, ihm niemals mehr einen Pfennig zu geben, deshalb sei er völlig Herr seiner selbst und könne seinetwegen alle Torheiten der Welt begehen. Diese solchermaßen ausgesprochene Einwilligung beunruhigte Lorenz auf eine seltsame Weise.

Als Frau Raquin den Brief dieses entarteten Vaters gelesen, erschwoll ihr Herz in einem Überschwang an Güte und ließ sie eine Torheit begehen. Sie überschrieb die vierzig und einigen tausend Franken, die sie besaß, auf ihre Nichte, entäußerte sich dergestalt zugunsten des neuen Ehepaars ihres ganzen Vermögens, vertraute sich seiner Gutherzigkeit an und wollte ihr ganzes Glück und Wohlergehen nur ihren Kindern zu danken haben. Lorenz brachte nichts in die Ehegemeinschaft, er gab sogar zu verstehen, daß er sein Amt nicht für immer behalten, sondern sich vielleicht wieder auf die Malerei werfen würde. Übrigens war die Zukunft der kleinen Familie gesichert: von den Zinsen der vierzig und einigen tausend Franken, zusammen mit den Einkünften aus dem Schnittwarengeschäft, mußten drei Menschen bequem leben können. Sie hatten sogar genug, um gut und auskömmlich zu leben.

Die Vorbereitungen für die Hochzeit wurden beschleunigt. Man kürzte die Formalitäten, so sehr es nur anging. Man hätte sagen können, jeder habe Eile, Lorenz in Thérèsens Zimmer zu drängen. Endlich brach der ersehnte Tag an.

20

Lorenz und Thérèse erwachten am Morgen, jeder in seinem Zimmer mit dem gleichen beseligenden Gedanken: beide sagten sich, daß ihre letzte Schreckensnacht vorüber sei. Sie würden fortan nicht mehr allein schlafen und sich wechselseitig gegen den Ertränkten verteidigen.

Thérèse blickte rings um sich, und ein seltsames Lächeln kam auf ihre Lippen, als sie mit den Augen ihr breites Bett maß. Sie stand auf, zog sich langsam an und wartete auf Susanne, die ihr ihr Hochzeitskleid anlegen helfen sollte.

Lorenz setzte sich in seinem Bett aufrecht hin. So verharrte er einige Minuten und sagte seiner Dachkammer Lebewohl, welche er seiner stets unwürdig gefunden hatte. Endlich würde er also dieses Hundeloch verlassen und eine Frau haben! Man war im Dezember. Er fröstelte. Er sprang mit den Füßen auf die Diele und sagte sich, daß er es schon am Abend warm haben würde.

Frau Raquin, welche wußte, wie bedrängt seine Verhältnisse waren, hatte ihm acht Tage vorher eine Geldbörse mit fünfhundert Franken Inhalt, ihren gesamten Ersparnissen, in die Hand gedrückt. Der junge Mann hatte sie ohne weiteres angenommen und sich neu ausgestattet. Das Geld der alten Händlerin hatte ihm darüber hinaus erlaubt, Thérèse die üblichen Geschenke zu machen.

Die schwarze Hose, der Rock, die weiße Weste, das Hemd und die Halsbinde aus Batist, alles lag auf zwei Stühlen ausgebreitet. Lorenz wusch sich reichlich mit Seife, besprengte sich den Körper mit Kölnischem Wasser, und dann ging er mit umständlicher Sorgfalt ans Ankleiden. Er wollte schön sein. Als er seinen Hemdkragen anknöpfte, einen hohen, steifen Kragen, fühlte er einen heftigen Schmerz am Halse. Der Hemdknopf entglitt ihm immer wieder aus den Fingern, er wurde ungeduldig, und es war ihm, als schnitte ihn der gestärkte Stoff in den Hals. Er wollte nachsehn und hob das Kinn, da gewahrte er den ganz roten Biß Kamills. Der Kragen hatte die Narbe leicht aufgekratzt. Lorenz biß die Zähne aufeinander und wurde blaß. Der Anblick dieses Fleckens auf seinem Halse erschreckte und erboste ihn in dieser Stunde. Er knüllte den Hemdkragen zusammen, nahm einen anderen und band ihn unter tausend Vorsichtsmaßregeln um. Dann kleidete er sich vollends an. Als er die Treppe hinunterging, hielten ihn seine neuen Kleider ganz steif, sein Hals saß in der gestärkten Leinwand so gefangen, daß er den Kopf nicht zu drehen wagte. Bei jeder Bewegung, die er machte, kniff eine Falte des Hemdansatzes in die Narbe, welche die Zähne des Ertränkten in sein Fleisch gehöhlt hatten. Von solchem Kneifen und Stechen gequält, bestieg er den Wagen, um Thérèse abzuholen und aufs Standesamt und in die Kirche zu führen.

Unterwegs nahm er noch einen Beamten der Eisenbahnverwaltung und den alten Michaud in den Wagen: sie sollten seine Trauzeugen sein. Als sie in dem Laden anlangten, waren schon alle bereit. Es waren erschienen Grivet und Olivier als Thérèsens Zeugen und Susanne, welche die Braut anschaute, wie kleine Mädchen die Puppen anschauen, die sie frisch angezogen haben. Obwohl Frau Raquin nicht mehr ordentlich gehen konnte, wollte sie ihre Kinder doch unter allen Umständen begleiten. Man schob und hob sie in einen Wagen und brach auf.

Auf dem Standesamt und in der Kirche verlief alles sehr schicklich. Die stille und schlichte Haltung der Eheleute wurde allgemein bemerkt und gewürdigt. Sie sprachen das sakramentale Ja mit einer Ergriffenheit aus, die sogar Grivet rührte. Sie fühlten sich wie in einem Traum. Während sie ruhig Seite an Seite saßen oder knieten, durchstürmten sie wider ihren Willen wilde Gedanken und zerwühlten sie. Sie vermieden es, sich ins Gesicht zu sehen. Als sie wieder in den Wagen stiegen, war es ihnen, als seien sie einander fremder geworden als vorher.

Es war beschlossen worden, das Hochzeitsmahl ganz in der Familie in einem kleinen Gasthause auf den Belleviller Höhen einzunehmen. Die Michauds und Grivet waren die einzig Geladenen. Die sechste Stunde erwartend, fuhr die Hochzeitsgesellschaft die Boulevards entlang. Dann begab sie sich in die kleine Schenke, wo in einem besonderen, gelb getünchten Zimmer, in dem es nach Staub und Wein roch, ein Tisch mit sieben Gedecken aufgestellt war.

Das Mahl verlief nicht allzu heiter. Die Ehegatten waren ernst und nachdenklich. Seit dem Morgen spürten sie seltsame Regungen, über die sie sich selber keine Rechenschaft abzulegen suchten. Sie waren von Anfang an wie benommen durch die Schnelligkeit der Formalitäten und der Feier, welche sie für immer verband. Danach hatte sie die lange Wagenfahrt über die Boulevards gewissermaßen gewiegt und eingeschläfert. Es war ihnen, als habe diese Spazierfahrt ganze Monate gedauert. Übrigens hatte dieses langsame Fahren durch die Eintönigkeit der Straßen sie keineswegs ungeduldig gemacht. Erstorbenen Auges hatten sie die Läden und die Vorübergehenden betrachtet, hatten sich von einer dumpfen Betäubung befallen gefühlt und von Zeit zu Zeit durch unnatürlich lautes Auflachen versucht, sie von sich abzuschütteln. Nachdem sie das Gasthaus betreten hatten, lastete niederdrückende Müdigkeit auf ihren Schultern, und eine wachsende Verstörtheit erfüllte sie.

Bei Tisch saßen sie einander gegenüber, lächelten gezwungen und versanken stets aufs neue in schweres Sinnen.

Sie aßen, antworteten und bewegten sich wie Maschinen. Durch die müde Trägheit ihres Geistes zog ununterbrochen ein und dieselbe flüchtige Gedankenreihe. Sie hatten sich verheiratet und waren sich keiner Wandlung bewußt geworden, das verwunderte sie tief. Sie hatten das Gefühl, als trenne sie noch ein Abgrund, und von Zeit zu Zeit fragten sie sich, wie sie diesen Abgrund überbrücken könnten. Sie glaubten, wie vor dem Morde zu sein, als noch ein lebendiges Hindernis zwischen ihnen aufragte. Und dann fiel ihnen plötzlich ein, daß sie ja am Abend, in wenigen Stunden, zusammen im Bette liegen würden, und dann sahen sie sich erstaunt an und begriffen nicht, warum ihnen das erlaubt sein sollte. Sie empfanden ihre Vereinigung nicht, sie hatten im Gegenteil das Gefühl, als habe man sie gewaltsam getrennt und weit voneinander gerissen.

Die Geladenen, welche rings um sie albern und anzüglich grinsten, wollten, daß sie einander Du nennten, damit alle Scheu zwischen ihnen schwände; aber sie stammelten, erröteten und konnten sich nicht dazu entschließen, sich vor aller Welt wie ein Liebespaar zu geben.

Durch das lange Warten und Harren hatten sich ihre Begierden abgenutzt, die ganze Vergangenheit war verschwunden. Sie verloren ihre ungestüme Gier nach Lust, sie vergaßen sogar die Freude, die sie morgens empfunden, diese tiefe Freude bei dem Gedanken, daß sie fortan keine Furcht mehr haben würden. Sie waren einfach müde und bestürzt über alles, was vorging. Die Geschehnisse des Tages drehten sich unverständlich und ungeheuerlich in ihrem Kopf. Stumm und lächelnd saßen sie da, erwarteten nichts und erhofften nichts. In der Tiefe ihrer Abgespanntheit aber regte sich eine sie leise quälende Beklemmung.

Und Lorenz spürte bei jeder Bewegung seines Halses ein feuriges Brennen in sein Fleisch beißen: sein Kragen schnitt und kniff in Kamills Biß. Während der Standesbeamte ihnen das Gesetz vorgelesen, während der Priester zu ihnen von Gott gesprochen, in allen Minuten dieses langen Tages hatte er die Zähne des Ertränkten in seine Haut dringen gefühlt. Von Zeit zu Zeit bildete er sich ein, ein Blutstrom riesele auf seine Brust herab und würde die Weiße seiner Weste rot flecken.

Frau Raquin war dem Ehepaar für seinen Ernst innerlich dankbar. Laute Fröhlichkeit hätte die arme Mutter verletzt. Für sie war unsichtbar ihr Sohn zugegen und überantwortete Thérèse Lorenzens Händen. Grivet hegte nicht ihre Auffassung, er fand die Hochzeit traurig. Trotz der Blicke Michauds und Oliviers, die ihn jedesmal auf seinem Stuhle festnagelten, wenn er sich erheben wollte, um irgendeine Dummheit zu sagen, versuchte er immer wieder, die Stimmung zu erheitern. Und einmal gelang es ihm denn auch, aufzustehn. Er brachte einen Trinkspruch aus.

»Ich trinke auf die Kinder des jungen Paares«, sagte er in schalkhaftem Tone.

Es mußte angestoßen werden. Als Thérèse und Lorenz die Worte Grivets hörten, waren sie blaß geworden. Sie hatten niemals daran gedacht, daß sie vielleicht Kinder haben könnten. Dieser Gedanke durchfuhr sie wie ein eiskalter Schauer. Mit einer nervösen Bewegung stießen sie ihre Gläser aneinander. Erstaunt und erschreckt, sich Angesicht zu Angesicht gegenüberzustehn, prüften sie einander scheu.

Man stand frühzeitig vom Tisch auf. Die Geladenen wollten das junge Paar bis an die Schwelle des ehelichen Gemaches geleiten. Es war kaum später als neuneinhalb Uhr, als die Hochzeitsgesellschaft in den Passageladen zurückkehrte. Die Händlerin, die den falschen Schmuck feilbot, saß noch vor der mit blauem Samt ausgeschlagenen

Schachtel in ihrem Schauschrank. Sie hob neugierig den Kopf und sah die neuen Eheleute mit einem Lächeln an. Diese fingen ihren Blick auf und entsetzten sich darüber. Vielleicht hatte diese alte Frau Lorenz ehedem in den Hausflur schleichen sehen und hatte Kenntnis von ihren einstigen Zusammenkünften.

Thérèse zog sich mit Frau Raquin und Susanne fast auf der Stelle zurück. Während die junge Frau sich zur Nacht zurechtmachte, blieben die Männer im Eßzimmer versammelt. Lorenz war schlaff und niedergedrückt und verriet nicht die geringste Ungeduld. Liebenswürdig hörte er die groben Scherze des alten Michaud und Grivets an, welche jetzt, wo die Frauen nicht mehr da waren, nach Herzenslust aus dem vollen schöpften. Als Susanne und Frau Raquin aus dem Ehegemach kamen und die alte Händlerin dem jungen Manne mit bewegter Stimme sagte, daß seine Frau ihn erwarte, erbebte er und blieb einen Augenblick lang bestürzt und verstört sitzen, dann schüttelte er aufgeregt die Hände, die sich ihm entgegenstreckten, und trat zu Thérèse ein. Wie ein betrunkener Mensch mußte er sich an der Tür festhalten.

21

Sorgsam schloß Lorenz die Tür hinter sich, blieb einen Augenblick lang gegen den Pfosten gelehnt stehen und sah sich mit unruhiger und bedrängter Miene in dem Zimmer um.

Ein helles Feuer flammte im Kamin und warf große gelbe Scheine, die an der Decke und auf den Wänden tanzten. Dergestalt wurde die Stube von einem so lebhaften, schwankenden Licht erhellt, daß die Lampe auf dem

Tisch verblaßte. Frau Raquin hatte das Zimmer schmuck und zierlich herrichten wollen. Es dämmerte ganz weiß und voller Duft, als solle es einer jungen erwachenden Liebe zum Neste dienen. Sie hatte sich darin gefallen, ein paar Spitzenenden am Bette anzubringen und die Vasen auf dem Kamin mit großen Rosensträußen zu füllen. Sanfte Wärme und laue Düfte hauchten. Die Luft war unbewegt und still, wie erfüllt von wohliger Trägheit. Das Knistern des Kamins warf kleine trockene Geräusche in die webende Stille. Man hätte von einer glücklichen Insel, einem heimlichen, warmen, duftenden, gegen alle Geräusche geschützten Winkel sprechen können, von einem jener eigens für die Sinne und Rätselbedürfnisse der Liebe geschaffenen und hergerichteten Winkel.

Thérèse saß auf einem niedrigen Sessel zur Rechten des Kamins. Das Kinn in der Hand, starrte sie in die züngelnden Flammen. Als Lorenz eintrat, wendete sie nicht den Kopf. Sie war mit einem Unterrock und einer mit Spitzen besetzten Nachtjacke bekleidet und strahlte in der glühenden Helligkeit des Kamins in grellem Weiß. Ihre Jacke glitt herab, und eine rosige, halb von einer dunklen Haarsträhne verborgene Schulter tauchte auf.

Lorenz machte einige Schritte, ohne zu sprechen. Er zog seinen Rock und seine Weste aus. Als er in Hemdsärmeln war, schaute er wieder auf Thérèse, die sich noch nicht gerührt hatte. Er schien zu zögern. Dann gewahrte er das Schulterende und beugte sich zitternd nieder, um seine Lippen auf dieses Stück nackte Haut zu pressen. Die junge Frau zog ihre Schulter zurück und wandte sich hastig um. Sie heftete auf Lorenz einen so seltsamen Blick voller Widerwillen und Schrecken, daß er verwirrt und unangenehm berührt zurücktrat, als werde er selber von Schrecken und Ekel ergriffen.

Lorenz setzte sich Thérèse gegenüber auf die andere Seite des Kamins. So blieben sie, starr und stumm, fünf endlose Minuten lang. Bisweilen sprühten rötliche Flammengarben aus dem Holz, und dann liefen blutige Scheine über die Gesichter der Mörder.

Beinahe zwei Jahre lang hatte sich das Liebespaar nicht mehr ohne Zeugen in ein und demselben verschlossenen Zimmer befunden, frei, sich einander hinzugeben. Seit dem Tage, an dem Thérèse Lorenz in der Sankt-Viktor-Straße aufgesucht und ihm zusammen mit ihrem Leib den Mordgedanken zugetragen, hatten sie kein Liebesstelldichein mehr gehabt. Vorsicht hatte ihr Fleisch entwöhnt. Kaum hatten sie sich hier und da einen Händedruck, einen flüchtigen Kuß erlaubt. Als nach der Ermordung Kamills neue Begierden sie brannten, hatten sie sich in dem Gedanken an ihre Hochzeitsnacht beherrscht. Unausdenkliche Lüste hatten sie sich innerlich verheißen, wenn sie erst ihrer Straflosigkeit sicher sein würden. Und nun war diese Hochzeitsnacht endlich herangekommen, und sie saßen einander voller Bangigkeit und plötzlichem Unbehagen gegenüber. Sie brauchten nur die Arme auszustrecken, um sich leidenschaftlich umschlingen zu können, aber ihre Arme waren so schlaff, als seien sie schon liebesmüde und gestillt. Die Abspannung nach dem anstrengenden Tage erdrückte sie mehr und mehr. Ohne Verlangen, in scheuer Verlegenheit, sahen sie einander an und litten darunter, derart stumm und kühl zu sein. Ihre glühenden Träume mündeten in einer seltsamen Wirklichkeit: es genügte, daß es ihnen gelungen war, Kamill zu töten und sich zu heiraten, es genügte, daß Lorenzens Mund Thérèsens Schulter gestreift, um ihre Wollust bis zum Ekel und Abscheu voreinander gestillt sein zu lassen.

Verzweifelt suchten sie in sich nach einem Hauch jener

Leidenschaft, die einst in ihnen gebrannt hatte. Es war, als sei ihre Haut von Muskeln und von Nerven leer. Ihre Verlegenheit, ihre Unruhe wuchs. Sie schämten sich, so stumm und so starr voreinander zu sitzen. Sie hätten die Kraft besitzen mögen, sich zu umschlingen und zu erschöpfen, um nicht ihren eigenen Augen als dumme Narren zu erscheinen. Wohlan! sie gehörten einander, sie hatten einen Menschen getötet und eine abscheuliche Komödie gespielt, um sich schamlos in stündlicher Sättigung sielen zu können, und nun saßen sie mit verstörten Herzen und totem Fleisch an den beiden Ecken eines Kamins starr und erschöpft voreinander da! Eine solche Lösung kam ihnen schließlich wie eine schaurige, grausame Lächerlichkeit vor. Da versuchte Lorenz von Liebe zu sprechen und die Erinnerung an ehemals heraufzubeschwören, indem er seine Phantasie anrief, um auf diese Weise seine zärtlichen Gefühle wachzurütteln.

»Thérèse«, sagte er, indem er sich zu der jungen Frau neigte, »erinnerst du dich unserer Nachmittage in diesem Zimmer? . . . Ich kam durch jene Tür dort . . . Heute bin ich durch diese eingetreten . . . Wir sind frei, wir werden uns in Frieden lieben können.«

Er sprach mit zögernder, weicher Stimme. Die junge Frau kauerte auf dem niedrigen Sessel und starrte noch immer versonnen in die Flammen, ohne zuzuhören. Lorenz fuhr fort:

»Entsinnst du dich? Ich hatte einmal einen heißen Wunsch, ich wollte eine ganze Nacht bei dir verbringen, in deinen Armen einschlafen und am anderen Morgen unter deinen Küssen aufwachen. Dieser Traum wird sich mir jetzt erfüllen.«

Wie überrascht, eine Stimme zu hören, die an ihren Ohren flüsterte, machte Thérèse eine Bewegung. Sie wandte sich zu

Lorenz, auf dessen Gesicht der Kamin in diesem Augenblick einen breiten rötlichen Schein malte, sie sah dieses blutige Gesicht an und erschauerte.

Verwirrter, beunruhigter fuhr der junge Mann fort:

»Es ist uns gelungen, Thérèse, wir haben alle Hindernisse niedergeworfen, und wir gehören einander ... Die Zukunft ist unser, nicht wahr? Eine Zukunft voll ruhigen Glückes und gestillter Liebe ... Kamill ist nicht mehr da ...«

Mit trockener Kehle, würgend, hielt Lorenz inne. Er konnte nicht weitersprechen. Bei dem Namen Kamills hatte Thérèse einen plötzlichen Stoß bis tief in ihre Eingeweide gefühlt. Die beiden Mörder betrachteten sich stumpf, blaß und zitternd. Die gelben Scheine des Kamins tanzten noch immer an der Decke und auf den Wänden. Der laue Geruch der Rosen hauchte noch, und das Knistern des Holzes warf noch immer kurze trockene Geräusche in die Stille des Zimmers.

Die Erinnerungen waren losgelassen. Das Gespenst Kamills setzte sich dem Feuer gegenüber zwischen die Neuvermählten. Thérèse und Lorenz spürten den kalten feuchten Geruch des Ertränkten in der warmen Luft, die sie einatmeten. Sie empfanden, daß dicht neben ihnen ein Leichnam sei, und sie beobachteten einander, ohne eine Bewegung zu wagen. Und nun zog die ganze furchtbare Geschichte ihres Verbrechens durch ihr Gedächtnis. Der Name ihres Opfers genügte, um sie mit der Vergangenheit zu erfüllen und sie zu zwingen, aufs neue alle Bangigkeiten und Ängste des Mordes zu durchleben. Sie öffneten die Lippen nicht, sie sahen sich nur an, und alle beide hatten zu gleicher Zeit das gleiche Schreckensgesicht, alle beide fingen an, sich mit den Augen gegenseitig dieselbe grausame Geschichte zu erzählen. Dieses Wechseln schaudernder Blicke, dieses stumme Erzählen des Mordes, das sie jetzt begannen, erfüllte sie mit einer furchtbaren unerträglichen Angst. Ihre gespannten Nerven drohten mit einem Ausbruch, sie könnten schreien, vielleicht sich schlagen. Um die Erinnerungen zu verjagen, entriß sich Lorenz mit Gewalt der von Entsetzen erfüllten Starre, in die ihn die Blicke Thérèsens gebannt hatten. Er machte einige Schritte durch das Zimmer, zog seine Stiefel aus und trat in seine Pantoffeln. Dann setzte er sich wieder an die Kaminecke und versuchte von gleichgültigen Dingen zu sprechen. Thérèse begriff seinen Wunsch. Sie bemühte sich, auf seine Fragen zu antworten. Sie sprachen von Regen und gutem Wetter. Sie wollten sich zu einer alltäglichen Plauderei zwingen. Lorenz fand es heiß im Zimmer, Thérèse sagte, unter der kleinen Tür nach der Treppe käme ein Luftzug herein. Und sie wandten sich mit plötzlichem Erzittern nach der kleinen Tür um. Der junge Mann beeilte sich, von den Rosen zu sprechen, vom Feuer, von allem, was ihm in die Augen fiel. Die junge Frau zwang sich und gab einsilbige Antworten, um das Gespräch nicht stocken zu lassen. Sie waren weit voneinander abgerückt und gaben sich eine ungezwungene Haltung. Sie suchten zu vergessen, wer sie waren, und sich wie Fremde zu behandeln, die irgendein Zufall zusammengeführt hatte.

Aber während sie leere Worte sprachen, errieten sie wider Willen wie durch ein Wunder die Gedanken, die sie unter der Alltäglichkeit ihrer Worte verbargen. Unentrinnbar dachten sie an Kamill. Ihre Augen fuhren in der Erzählung der Vergangenheit fort. Unter ihrem lauten, aufs Geratewohl hin und her springenden Gespräch dauerte das stumme zusammenhängende Gespräch ihrer Augen unentwegt fort. Die Worte, die sie beliebig hinwarfen, besagten nichts, stellten keine Verbindung zwischen ihnen her und widersprachen sich: ihr ganzes Wesen war auf den stummen Austausch ihrer schreckensvollen Erinnerungen eingestellt. Wenn Lorenz von den Rosen oder von dem Feuer sprach, von dieser Sache oder von jener, verstand Thérèse ausgezeichnet, daß er sie an das Ringen im Boote erinnerte, an den dumpfen Fall Kamills. Und wenn Thérèse auf eine gleichgültige Frage mit einem Ja oder einem Nein antwortete, so verstand Lorenz, daß sie sich einer Einzelheit des Verbrechens noch oder nicht mehr erinnerte. So schütteten sie einander ihr Herz aus, ohne der Worte zu bedürfen. Mit Worten sprachen sie nur von Gleichgültigem. Da andererseits die Worte, die sie sprachen, gar nicht in ihr Bewußtsein drangen, folgten sie ihren heimlichen Gedanken Satz für Satz. Sie würden ihre Geständnisse plötzlich laut haben fortsetzen können, ohne aufzuhören, einander zu verstehn. Diese Art Hellsichtigkeit, dieser Eigensinn ihres Gedächtnisses, ihnen unaufhörlich das Bild Kamills zu malen, verstörte sie allmählich. Sie merkten sehr wohl, daß sie einander errieten, und daß, wenn sie nicht schwiegen, die Worte endlich von selbst auf ihre Lippen steigen, den Ertränkten nennen und den Mord ausschreien würden. Da preßten sie ihre Lippen hart aufeinander und endigten ihr Gespräch.

Und in der nun eintretenden, niederdrückenden Stille unterhielten sich die beiden Mörder weiter über ihr Opfer. Es war ihnen, als drängten ihre Blicke gegenseitig in sie ein und sprächen vor ihrem inneren Gehör klare scharfe Sätze. Bisweilen glaubten sie sich mit lauter Stimme sprechen zu hören. Ihre Sinne verwirrten sich, ihr Schauen wurde gewissermaßen zu einem sonderbaren, zarten Gehör: Sie lasen ihre Gedanken so klar auf ihren Gesichtern, daß diese Gedanken einen sonderbaren lauten Klang annahmen, der ihren ganzen Organismus erschütterte. Sie würden einander nicht besser gehört haben, wenn sie sich mit gellender

Stimme zugeschrien hätten: »Wir haben Kamill getötet, und sein Leichnam liegt hier zwischen uns und strömt eisigen Hauch in unsere Leiber.« Und diese furchtbaren Geständnisse hielten nicht inne, sie wurden in der stillen feuchten Luft des Zimmers nur immer sichtbarer, immer hallender.

Lorenz und Thérèse hatten ihre stumme Erzählung bei der Schilderung ihrer ersten Begegnung im Laden angefangen, und dann waren die Erinnerungen, eine nach der anderen, in voller Ordnung aufmarschiert. Sie hatten sich die Geschichte ihrer Lust erzählt, die Zeiten des Zögerns und des Unwillens, und dann den furchtbaren Augenblick des Mordes. Und hier hatten sie aufgehört, von diesem und von jenem zu plaudern, und hatten ihre Lippen fest aufeinandergepreßt aus Angst, plötzlich, ohne es zu wollen, Kamill zu nennen. Da ihre Gedanken nicht anhielten, leiteten sie sie auch in die Bangigkeiten und Ängste, in das beklommene Harren, das auf den Mord gefolgt war. So kamen sie dazu, an den auf einer Steinfliese des Leichenschauhauses liegenden Leichnam Kamills zu denken. Lorenz gestand Thérèse in einem Blick sein ganzes Grausen, und Thérèse, zum Äußersten getrieben, wurde von einer eisernen Hand gezwungen, ihre Lippen zu lösen. Und so setzte sie denn plötzlich das Gespräch mit lauter Stimme fort:

»Du hast ihn im Leichenschauhaus gesehn?« fragte sie Lorenz, ohne Kamill zu nennen.

Lorenz schien auf diese Frage gefaßt gewesen zu sein. Seit einer Weile las er sie auf dem weißen Gesicht der jungen Frau.

»Ja«, erwiderte er mit geschnürter Stimme.

Die Mörder durchfuhr ein Schauer. Sie rückten näher an das Feuer heran und streckten ihre Hände gegen die Flammen, als habe plötzlich ein eisiger Hauch das warme Zimmer durchweht. Zu einem Knäuel zusammengekauert und nach vorn übergebeugt, schwiegen sie eine Weile. Dann fuhr Thérèse dumpf fort:

»Schien er sehr gelitten zu haben?«

Lorenz konnte nicht antworten. Er machte eine entsetzte Gebärde, wie um einen scheußlichen Anblick von sich abzuwehren. Er stand auf, ging zum Bett und kehrte dann, mit geöffneten Armen ungestüm auf Thérèse zuschreitend, zurück:

»Küsse mich«, sagte er zu ihr, indem er seinen Kopf vorstreckte.

Thérèse war aufgestanden. Ganz blaß stand sie in ihrem Nachtkleid da. Die Ellenbogen auf den Kaminsims gestützt, bog sie sich weit zurück. Sie betrachtete Lorenzens Hals. Auf der weißen Haut hatte sie einen rosigen Fleck bemerkt. Das aufsteigende Blut vergrößerte diesen Fleck und färbte ihn feurig rot.

»Küsse mich, küsse mich«, wiederholte Lorenz mit brennendem Gesicht und brennendem Hals.

Die junge Frau warf ihren Kopf noch mehr nach hintenüber, um einem Kusse zu entgehn, und fragte ihren Mann, indem sie eine Fingerspitze auf den Biß Kamills legte:

»Was hast du da? Ich kannte diese Verwundung nicht an dir.«

Es war Lorenz, als durchbohre Thérèsens Finger seine Kehle. Sobald ihn dieser Finger berührte, fuhr er zurück und stieß einen leisen Schmerzensschrei aus.

»Das«, sagte er stammelnd, »das . . .«

Er zögerte, aber er konnte nicht lügen, wider Willen sagte er die Wahrheit:

»Kamill hat mich gebissen. Du weißt doch, im Boot. Es ist nichts, es ist verheilt . . . Küsse mich, küsse mich.«

Und der Elende reckte seinen brennenden Hals vor. Er

wollte, Thérèse sollte ihn auf die Narbe küssen, er glaubte, der Kuß dieser Frau würde die tausend Stiche beschwichtigen, die ihm das Fleisch zerfetzten. Das Kinn in der Luft, den Hals vorgestreckt, bot er sich dar. Thérèse lag fast auf dem Kaminsims, sie machte eine Gebärde äußersten Abscheus und rief mit flehender Stimme:

»Ah! Nein, nicht dort . . . dort ist Blut.«

Bebend, den Kopf in den Händen, fiel sie auf den Sessel zurück. Lorenz stand starr. Er senkte das Kinn und sah Thérèse unbestimmt an. Dann, plötzlich, riß er mit dem Zupacken eines wilden Tieres ihren Kopf in seine großen Hände und führte mit Gewalt ihre Lippen auf Kamills Biß an seinem Halse. Einen Augenblick lang hielt er, preßte er diesen Frauenkopf gegen seine Haut. Thérèse hatte sich unterworfen, sie stieß dumpfe Klagelaute aus, sie erstickte an seinem Halse. Als sie sich von seinen Fingern befreit hatte, wischte sie sich ungestüm den Mund und spie in den Kamin. Sie hatte nicht ein Wort gesprochen.

Beschämt über seine Roheit, fing Lorenz an, langsam zwischen dem Bett und dem Fenster auf und ab zu gehen. Einzig der Schmerz, das grauenhafte Brennen hatte ihn dazu getrieben, einen Kuß von Thérèse zu fordern, und als er dann Thérèsens Lippen kalt auf der brennenden Narbe gefühlt, hatte er noch ärger gelitten. Dieser durch Gewalt erzwungene Kuß brach ihn vollends. Um nichts in der Welt hätte er einen zweiten bekommen mögen, so qualvoll war die Berührung gewesen. Und er betrachtete die Frau, mit der er leben sollte und die zitternd vor dem Feuer kauerte und ihm den Rücken drehte. Er gestand sich, daß er diese Frau und daß diese Frau ihn nicht mehr liebe. Nahezu eine Stunde lang blieb Thérèse zusammengebrochen sitzen, ging Lorenz schweigend auf und ab. Alle beide gestanden sich mit Schrecken, daß ihre Leidenschaft gestorben sei, daß sie ihre Begierden getötet hatten, indem sie Kamill töteten. Das Feuer erlosch langsam, die Asche leuchtete in rosiger Glut. Nach und nach war die Hitze in dem Zimmer erstickend geworden, die Blumen welkten und erschlafften mit ihren schweren Düften die dicke Luft.

Plötzlich glaubte Lorenz eine Halluzination zu haben. Als er, vom Fenster zum Bett gehend, sich umwandte, sah er in einer dunklen Ecke zwischen dem Kamin und dem Glasschrank Kamill. Das Gesicht seines Opfers war grünlich und gekrampft, so wie er es auf der Steinfliese des Leichenschauhauses gesehen. Halb umsinkend und sich gegen ein Möbel lehnend, blieb er, auf dem Teppich festgebannt, stehen. Bei dem dumpfen Röcheln, das er ausstieß, hob Thérèse den Kopf.

»Dort, dort«, sagte Lorenz mit entsetzenerfüllter Stimme.

Mit ausgestrecktem Arm wies er auf die dunkle Ecke, in der er das unheimliche Gesicht Kamills sah. Von der Furcht angesteckt, drängte sich Thérèse dicht an ihn.

»Es ist sein Porträt«, murmelte sie mit leiser Stimme, als ob die gemalte Gestalt ihres früheren Mannes sie hätte hören können.

»Sein Porträt«, wiederholte Lorenz, dessen Haare sich sträubten.

»Ja, das Bild, das du gemalt hast. Meine Tante sollte es von heute an zu sich hinübernehmen. Sie wird es abzuhängen vergessen haben.«

»Sicher, sicher, es ist sein Porträt . . .«

Der Mörder zögerte, die Leinwand wiederzuerkennen. In seiner Verwirrung vergaß er, daß er diese verzerrten Züge, diese schmutzigen Töne, vor denen er sich jetzt entsetzte, einst selber gemalt hatte. Die Angst ließ ihn das Bild so sehen, wie es in Wirklichkeit war: scheußlich, verzeichnet, schlammig zeigte es auf schwarzem Hintergrund ein fratzenhaftes Leichenantlitz. Sein Werk erstaunte ihn und bedrückte ihn durch seine furchtbare Häßlichkeit. Vor allem hatte es zwei weiße, in schlaffen gelblichen Höhlen schwimmende Augen, die ihn genau an die verwesten Augen des Ertrunkenen im Leichenschauhause erinnerten. Einen Augenblick noch stand er keuchend da, er glaubte, Thérèse löge, um ihn zu beschwichtigen. Dann erkannte er den Rahmen und wurde nach und nach ruhiger.

»Nimm ihn von der Wand«, sagte er ganz leise zu der jungen Frau.

»Oh! Nein, ich habe Furcht«, erwiderte sie schaudernd.

Lorenz fing zu zittern an. Bisweilen verschwand der Rahmen, und er sah nur noch die beiden weißen Augen, die sich fest auf ihn hefteten.

»Ich bitte dich«, flehte er seine Gefährtin an, »nimm ihn von der Mauer!«

»Nein, nein.«

»Wir stellen das Bild umgedreht gegen die Wand und haben dann keine Angst mehr.«

»Nein, ich kann nicht.«

Niedrig und feige drängte der Mörder die junge Frau auf das Bild zu und versteckte sich selber hinter ihr, um sich den Blicken des Ertränkten zu entziehen. Sie riß sich los. Da faßte er sich ein Herz, trat vor das Bild, hob die Hand und suchte den Nagel. Aber das Porträt hatte einen so niederschmetternden, so unbeirrbaren, so scheußlichen Blick, daß Lorenz, nachdem er Auge in Auge mit seinem Blick dagegen anzukämpfen gesucht, bezwungen und vernichtet zurückwich:

»Nein, Thérèse«, murmelte er, »du hast recht, wir können es nicht . . . Deine Tante soll es morgen abhängen.«

Mit gesenktem Kopf nahm er seinen Gang durch das

Zimmer wieder auf und fühlte, daß das Bildnis ihn ansah, ihm mit den Augen folgte. Manchmal konnte er sich nicht entbrechen, einen Blick auf die Leinwand zu werfen, und immer wieder gewahrte er dann im Dunkel den toten, glanzlosen Blick des Ertränkten. Der Gedanke, daß Kamill dort in einer Ecke sei, ihn belaure, seiner Hochzeitsnacht beiwohne und ihn und Thérèse ausforsche, machte Lorenz vollends irrsinnig vor Schrecken und Verzweiflung.

Ein Vorfall, über den jeder andere gelächelt hätte, ließ ihn völlig den Kopf verlieren. Als er gerade vor dem Kamin war, hörte er eine Art Kratzen. Er erblaßte und bildete sich ein, dieses Kratzen töne von dem Bildnis herüber, Kamill steige aus seinem Rahmen. Dann wurde er gewahr, daß das Geräusch von der kleinen, auf die Treppe führenden Tür herkam. Er sah Thérèse an, welche ebenfalls von neuer Angst geschüttelt wurde.

»Jemand ist auf der Treppe«, murmelte er, »wer kann von dort kommen?«

Die junge Frau antwortete nicht. Alle beide dachten sie an den Ertränkten, und kalter Schweiß trat ihnen auf die Stirn. Sie flohen in die äußerste Zimmerecke und erwarteten, daß die Tür sich plötzlich öffnen und den Leichnam Kamills auf die Diele stürzen lassen würde. Das Geräusch fuhr lauter und unregelmäßiger fort, es klang, als kratze ihr Opfer mit seinen Nägeln das Holz fort, um hereinzudringen. Beinahe fünf Minuten lang wagten sie nicht, sich zu bewegen. Endlich wurde ein Miauen vernehmlich. Lorenz trat herzu und erkannte Frau Raquins getigerten Kater, der aus Versehen in das Zimmer eingeschlossen worden war und jetzt herauszukommen versuchte, indem er mit seinen Pfoten gegen die kleine Tür kratzte. Franz bekam Angst vor Lorenz. Mit einem Satz sprang er auf einen Stuhl und sah mit gesträubtem Fell und gereckten Krallen seinem neuen Herrn hart und wild ins Gesicht. Der junge Mann liebte Katzen nicht, Franz fürchtete er fast. In dieser Stunde voller Angst und Erregung glaubte er, der Kater würde ihm ins Gesicht springen, um Kamill zu rächen. Dieses Tier mußte alles wissen: in seinen unheimlich erweiterten, runden Augen schlummerten Gedanken. Lorenz senkte vor diesem starren Tierblick die Lider. Und als er Franz einen Fußtritt versetzen wollte, rief Thérèse:

»Tu ihm nicht weh!«

Dieser Ruf machte ihm einen sonderbaren Eindruck. Ein dummer, unmöglicher Gedanke fuhr ihm in den Kopf.

»Kamill ist in diesen Kater gefahren«, dachte er. »Ich muß die Bestie töten ... Sie sieht aus wie ein Mensch.«

Aus Furcht, Franz mit Kamills Stimme zu sich sprechen zu hören, gab er den Fußtritt nicht. Er erinnerte sich dann der Scherze Thérèsens aus den Zeiten ihrer Lust, wenn der Kater Zeuge ihrer Küsse gewesen war. Er sagte sich, daß dieses Tier wirklich allzuviel wisse und daß er es aus dem Fenster werfen müsse. Aber er hatte nicht den Mut, seine Absicht auszuführen. Franz bewahrte eine kriegerische Haltung: sein Rücken war in dumpfem Zorn zum Bogen gekrümmt, seine Krallen starrten hervor, und so verfolgte er in hochmütiger Ruhe die geringsten Bewegungen seines Feindes. Lorenz fühlte sich durch den metallischen Glanz seiner Augen gepeinigt und öffnete ihm eilig die Tür nach dem Eßzimmer: mit einem lauten Miauen sprang der Kater hinaus.

Thérèse hatte sich vor den erloschenen Kamin zurückgesetzt. Lorenz nahm seinen Gang vom Bett zum Fenster wieder auf. Auf diese Weise erwarteten sie den Tag. Sie dachten nicht daran, sich zusammen zu Bett zu legen. Ihre Leiber und ihre Herzen waren völlig tot. Ein einziger Wunsch erfüllte sie, der Wunsch, dieses Zimmer, in dem sie erstickten, verlassen zu können. Sie empfanden ein tiefes Unbehagen, zusammen in demselben Raum zu sein und die gleiche Luft zu atmen. Sie hätten gewünscht, es wäre jemand dagewesen, um ihr einsames Zusammensein zu unterbrechen und sie aus der grausamen Bedrängnis zu befreien, in die sie durch dieses wortlose Beisammensein und durch die Ohnmacht versetzt wurden, ihre Liebe wieder zu erwecken. Ihr langes Schweigen marterte sie, dieses Schweigen war schwer von bitteren, verzweifelten Klagen und stummen Vorwürfen; sie hörten sie deutlich in der stillen Luft.

Endlich kam weißlich und schmutzig der Tag und führte eine durchdringende Kälte mit sich.

Als eine fahle Helligkeit das Zimmer erfüllte, fühlte sich Lorenz, der zuletzt geschlottert hatte, ruhiger. Er betrachtete von nahebei das Bildnis Kamills und sah es so, wie es war, abgeschmackt und kindisch. Achselzuckend nahm er es von der Wand und schalt sich dumm. Thérèse war aufgestanden und brachte das Bett in Unordnung, um ihre Tante zu täuschen, um eine glückliche Nacht vorzuspiegeln.

»Oha«, sagte Lorenz roh zu ihr, »ich hoffe, wir werden die kommende Nacht schlafen . . . Diese Kindereien müssen aufhören.«

Thérèse warf ihm einen schweren, tiefen Blick zu.

»Du begreifst«, fuhr er fort, »daß ich mich nicht verheiratet habe, um schlaflose Nächte zu verbringen . . . Wir sind Kinder . . . Mit deinem feierlichen Getue hast du mich ganz verwirrt. Heute abend wirst du versuchen, fröhlich zu sein und mich nicht zu erschrecken.«

Er zwang sich, zu lachen, ohne zu wissen, weshalb er lachte.

»Ich werde es versuchen«, erwiderte dumpf die junge Frau.

So verlief Lorenzens und Thérèsens Hochzeitsnacht.

22

Die folgenden Nächte wurden noch grausamer. Die Mörder hatten nachts zusammen sein wollen, um sich gegen den Ertränkten zu schützen, und seit sie zusammen waren, durchlebten sie sonderbarerweise noch größere Schauder. Sobald sie nur ein einziges Wort, einen einzigen Blick wechselten, gerieten sie außer sich, reizten ihre Nerven und erduldeten furchtbare Zustände von Qual und Schrecken. Bei dem geringsten Gespräch, das sich zwischen ihnen herstellte, bei dem kürzesten Alleinsein, das zwischen ihnen eintrat, gerieten sie in Brand und Raserei.

Die trockene nervöse Natur Thérèsens hatte in wunderlicher Weise auf Lorenzens schwere, vollblütige Natur gewirkt. Einst, in den Tagen der Leidenschaft, hatte ihr Temperamentsunterschied aus diesem Mann und dieser Frau ein mächtig verbundenes Paar gemacht, indem er zwischen ihnen eine Art Gleichgewicht herstellte und sozusagen ihren Organismus vervollständigte. Der Geliebte gab von seinem Blut, die Geliebte von ihren Nerven, sie lebten, der eine in dem anderen, und bedurften ihrer Küsse, um den Mechanismus ihres Wesens in geregeltem Gang zu erhalten. Aber dann hatte das Gefüge sich plötzlich verschoben: die überreizten Nerven Thérèsens hatten die Oberhand bekommen. Mit einem Schlage sah sich Lorenz in einen nervösen Gemütszustand gedrängt; unter dem glühenden Einfluß der jungen Frau war sein Wesen allmählich das eines jungen, von heftigen Nervenzuständen gepeinigten Mädchens geworden. Es wäre reizvoll, die Veränderungen zu studieren, die manchmal in gewissen Organismen durch bestimmte Ereignisse bewirkt werden. Diese Veränderungen gehen vom Leibe aus und brauchen wohl lange, um sich bei jedem Individuum dem Gehirn mitzuteilen.

Ehe er Thérèse kannte, hatte Lorenz die Schwere, die kluge Ruhe, das vollblütige Wesen eines Bauernsohnes. Er schlief und aß und trank mit stumpfen Sinnen. Zu jeglicher Stunde und jeglichem Geschehen des täglichen Lebens atmete er mit breitem tiefem Atem, zufrieden mit sich und nur ein wenig verdummt durch sein Fett. Kaum, daß er bisweilen in der Tiefe seines trägen Fleisches ein Kitzeln verspürte. Und dieses leise Kitzeln hatte Thérèse zu furchtbaren Erschütterungen entwickelt. Sie hatte in diesem großen, fetten, schlaffen Körper ein Nervensystem von erstaunlicher Feinfühligkeit zur Entfaltung gebracht. Lorenz, welcher vordem das Leben mehr durch das Blut als durch die Nerven genossen hatte, besaß nicht gleich grobe Sinne. Bei den ersten Küssen seiner Geliebten wurde ihm mit einem Schlage ein für ihn neues, gefühlsreiches und ergreifendes Dasein offenbart. Dieses Dasein koppelte seine Lüste los und gab seinen Freuden einen so heftigen Charakter, daß er darüber anfangs wie verstört gewesen war. Betäubt und außer sich, gab er sich Trunkenheiten hin, wie sein Blut sie ihm niemals verschafft haben würde. Und nun vollzog sich in ihm langsam eine sonderbare Umschichtung. Seine Nerven entwickelten sich und gewannen die Oberhand über sein Blut, und diese Tatsache allein wandelte seine Natur. Er verlor seine Ruhe, seine Schwere und lebte kein dumpfes Schlafleben mehr. Eine Zeit kam, in der seine Nerven und sein Blut sich das Gleichgewicht hielten, und das war eine Zeit tiefen Genusses, vollkommenen Daseins. Dann bekamen die Nerven die Herrschaft, und er geriet in die qualvollen Zustände, welche jeden aus seinen Geleisen geratenen Körper und Geist erschüttern.

So war es gekommen, daß Lorenz vor einer dunklen Ecke erzitterte wie ein furchtsames Kind. Das schauernde und verstörte Wesen, das neue Individuum, das sich in ihm aus dem dicken und stumpfen Bauern entwickelt hatte, spürte alle Ängste und Bangigkeiten der nervösen Temperamente. Alle Umstände, die wilden Zärtlichkeiten Thérèsens, der Krampf des Mordes und das entsetzenerfüllte Warten seiner Wollust hatten ihn wie irrsinnig gemacht, indem sie seine Sinne überreizten und in plötzlichen und wiederholten Schlägen auf seine Nerven trommelten. Und wie ein Verhängnis war dann die Schlaflosigkeit gekommen und hatte die Halluzination mit sich gebracht. Von da an war Lorenz in das unerträgliche Leben, in den ewigen Schrecken verfangen, in dem er sich jetzt zu Tode würgte.

Seine Gewissenbisse waren rein körperlich. Sein Körper, seine gereizten Nerven und sein bebendes Fleisch allein hatten Angst vor dem Ertrunkenen. Sein Gewissen hatte mit seinen Ängsten nichts zu tun, er fühlte nicht das geringste Bedauern, Kamill getötet zu haben: solange er ruhig war, solange das Gespenst nicht vor ihm stand, würde er den Mord stets noch einmal begangen haben, wenn er geglaubt hätte, daß sein Vorteil es erfordere. Tagsüber spottete er über seine Angst, schwur sich zu, stark zu sein, und schalt Thérèse aus, die er beschuldigte, ihn zu verwirren, denn seiner Meinung nach war es Thérèse, die schauderte. Thérèse allein lockte abends in dem Zimmer jene grauenvollen Auftritte herbei. Und sobald dann die Nacht herabsank, sobald er mit seiner Frau allein zusammen war, trat kalter Schweiß auf seine Haut, und Kinderfurcht schüttelte ihn. Er machte auf diese Weise gewissermaßen periodische Krämpfe durch, Nervenanfälle, die alle Abende wiederkehrten und seine Sinne verstörten, indem sie ihm das grüne, scheußliche Gesicht seines Opfers vortäuschten. Man hätte von den Anfällen einer schrecklichen Krankheit sprechen können, einer Art Hysterie des Mordes. Die Bezeichnung Krankheit, nervöses Leiden war in der Tat die einzige, welche Lorenzens Angstzuständen entsprach. Sein Gesicht bekam Zuckungen, und seine Glieder wurden starr, man sah, daß seine Nerven in ihm sich verwirrten. Der Körper litt grauenhaft, die Seele blieb abwesend. Der Elende verspürte keine Reue, die Liebe zu Thérèse hatte ihm ein entsetzliches Leiden eingetragen, und das war alles.

Auch Thérèse war das Opfer tiefer Erschütterungen. Aber bei ihr hatte sich die ursprüngliche Natur nur über alles Maß hinaus überspannt. Seit ihrem zehnten Jahre war diese Frau von nervösen Wirrungen verstört worden, die zum Teil der Art und Weise entsprangen, in der sie in der lauen, eklen Luft der Stube aufgewachsen war, in welcher der kleine Kamill röchelte. Es stauten sich in ihr Stürme, mächtige Wetterfluten, die sich später in wahren Gewitterrasereien entladen mußten. Lorenz war für sie gewesen, was sie für Lorenz gewesen war: gleichsam ein gewaltiger Anstoß. Von der ersten Umarmung an hatte sich ihr hartes, lüsternes Temperament mit wilder Kraft entfaltet. Fortan hatte sie nur noch für die Leidenschaft gelebt, und indem sie sich tiefer und tiefer den sie durchglühenden Süchten hingegeben, war sie schließlich in eine Art krankhafter Betäubung verfallen. Die Geschehnisse erdrückten sie, alles trieb sie in den Wahnsinn. In ihrer Furcht erwies sie sich mehr als Frau denn ihr neuer Gatte als Mann: sie fühlte unbestimmte Gewissensbisse, uneingestandene Reue. Es wandelte sie Lust an, sich in die Knie zu werfen und das Gespenst Kamills um Verzeihung anzuflehen mit dem Schwur, durch Reue seine Vergebung zu erwerben. Vielleicht bemerkte Lorenz diese feigen Anwandlungen Thérèsens. Wenn gemeinsames Entsetzen sie schüttelte, war er innerlich stets zornig auf Thérèse und behandelte sie roh.

In den ersten Nächten brachten sie es nicht über sich, sich zu Bett zu legen. Wie in ihrer Hochzeitsnacht harrten sie, vor dem Feuer sitzend oder auf und ab gehend, dem Tage entgegen. Der Gedanke, sich Seite an Seite auf dem Bett auszustrecken, erfüllte sie gleichsam mit Schrecken und Abscheu. Auf stumme Vereinbarung hin unterließen sie es, sich zu umarmen, sie blickten nicht einmal auf das Lager, das Thérèse am Morgen in Unordnung brachte. Wenn Müdigkeit sie überwältigte, so schliefen sie eine oder zwei Stunden lang in ihren Stühlen, um unter dem Stoß irgendeines grauenvollen Alpdruckes wieder aufzufahren. Beim Erwachen waren ihre Glieder steif und zerschlagen, und ihre Gesichter waren mit fahlen Flecken bedeckt, sie schlotterten vor Kälte und Unbehagen und sahen sich erstaunt und betroffen darüber an, daß sie zusammen da waren, denn sie fühlten eine sonderbare Scham voreinander, eine Scheu, ihren Jammer und ihre Angst einander zu verraten.

Andererseits kämpften sie gegen den Schlaf, so sehr sie nur konnten. Sie setzten sich zu beiden Seiten des Kamins, sprachen über tausend Kleinigkeiten und trugen ängstlich Sorge, daß das Gespräch nicht einschlief. Vor dem Kamin blieb zwischen ihnen ein großer freier Raum. Wenn sie den Kopf wandten, bildeten sie sich ein, Kamill habe einen Stuhl an diese Stelle gerückt, sich niedergelassen und wärme sich jetzt auf eine unheimlich höhnische Art die Füße. Diese Vision, die sie in der Hochzeitsnacht gehabt hatten, kam jede Nacht wieder. Dieser Leichnam, der stumm und höhnisch ihren Unterhaltungen beiwohnte, dieser grauenhaft entstellte Körper, der stets zugegen war, hielt sie in einer dauernden furchtbaren Beklemmung. Sie wagten nicht, sich zu rühren, sie blendeten ihre Augen durch das ununterbrochene Starren in die glühenden Flammen, und wenn sie, unwiderstehlich getrieben, einen furchtsamen Blick zur Seite warfen, so schufen ihre von den glühenden Kohlen gereizten Augen jene Vision und übergossen sie noch mit rötlichen Widerscheinen.

Lorenz wollte sich schließlich nicht mehr hinsetzen, ohne Thérèse den Grund dieser Laune einzugestehen. Thérèse begriff, daß Lorenz also Kamill genau so erblickte, wie sie ihn sah, und erklärte nun ihrerseits, daß die Wärme ihr unangenehm sei und sie lieber in einiger Entfernung vom Kamin sitzen wolle. Sie schob ihren Sessel an das Fußende des Bettes und kauerte sich dort nieder, während ihr Mann seinen Spaziergang durch das Zimmer wieder aufnahm. Manchmal öffnete er das Fenster und ließ die kalten Januarnächte mit ihrem eisigen Hauch das Zimmer erfüllen. Das beruhigte sein Fieber.

Eine Woche lang verbrachten die Neuvermählten dergestalt die ganzen Nächte. Am Tage schlummerten sie ein wenig und ruhten sich aus, Thérèse hinter dem Ladentisch, Lorenz in seinem Büro. Nachts gehörten sie der Qual und der Furcht. Und das Sonderbarste dabei war die Haltung, die sie gegeneinander beobachteten. Sie sprachen kein Wort der Liebe zueinander, sie taten so, als hätten sie die Vergangenheit vergessen, sie schienen sich zu dulden und zu ertragen wie Kranke, die ein heimliches Mitleid für ihr gemeinsames Leiden empfinden. Alle beide hegten die Hoffnung, ihren Widerwillen und ihre Ängste zu verbergen, und keiner von beiden schien über die Absonderlichkeit der Nächte nachzudenken, die sie verbrachten und die sie doch gegenseitig über den wahren Zustand ihres Inneren aufklären mußten. Wenn sie bis zum Morgen aufblieben, kaum miteinander sprachen, bei dem geringsten Geräusch erblaßten, so gaben sie sich den Anschein, zu glauben, daß alle Neuvermählten in den ersten Tagen ihrer Ehe sich so benähmen. Es war die ungeschickte Heuchelei zweier Wahnsinniger.

Aber schließlich wurden sie von ihrer Müdigkeit derart zernagt, daß sie eines Abends den Entschluß faßten, sich auf das Bett zu legen. Sie zogen sich nicht aus, sondern warfen sich in Kleidern auf die Bettdecke, weil sie fürchteten, ihre Haut könne sich berühren. Es war ihnen, als würden sie bei der geringsten Berührung von einem qualvollen Schlag getroffen werden. Endlich, nachdem sie zwei Nächte dergestalt in unruhigem Schlaf geschlummert hatten, wagten sie es, sich zu entkleiden und unter die Bettdecke zu legen. Aber sie hielten sich fern voneinander, sie trafen Vorsorge, einander nicht zu berühren. Thérèse stieg zuerst ins Bett und legte sich nach hinten an die Wand. Lorenz wartete, bis sie sich zurechtgelegt hatte, dann wagte er es, sich selber ganz am Rand in dem vorderen Teil des Bettes auszustrecken. Zwischen ihnen blieb ein leerer Platz. Dort schlief der Leichnam Kamills.

Sobald die beiden Mörder unter derselben Decke lagen und ihre Augen schlossen, glaubten sie den nassen Körper ihres Opfers in der Mitte des Bettes liegen und ihre Leiber eisig anhauchen zu fühlen. Wie ein scheußliches Hindernis trennte er sie. Fieber und Wahnwitz befiel sie, und nun wurde das Hindernis für sie greifbar; sie berührten den Körper, sie sahen ihn wie einen grünlichen, aufgelösten Lappen ausgestreckt daliegen, und sie atmeten den stinkenden Geruch dieses Hauches menschlicher Verwesung ein. Alle ihre Sinne halluzinierten und verliehen ihren Empfindungen eine unerträgliche Schärfe. Die Gegenwart dieses unsauberen Bettgenossen hielt sie unbeweglich, stumm und verstört vor Angst. Lorenz dachte manchmal daran, Thérèse mit Gewalt in seine Arme zu nehmen, aber er wagte nicht, sich zu rühren, er sagte sich, daß er ja nicht einmal die Hand würde ausstrecken können, ohne sie im Greifen mit dem aufgeweichten Fleische Kamills zu erfüllen. Er dachte, daß der Ertränkte sich zwischen sie gelegt habe, um sie zu verhindern, einander zu umarmen. Schließlich begriff Lorenz, daß der Ertränkte eifersüchtig war.

Manchmal versuchten sie es trotz alledem, sich einen zaghaften Kuß zu geben, um zu sehen, was geschehen würde. Der junge Mann verspottete seine Frau und hieß sie ihn küssen. Aber die Lippen waren so kalt, als läge der Tod zwischen ihren Mündern. Übelkeit befiel sie, Thérèse schauerte vor Entsetzen, und Lorenz, der seine Zähne klappern hörte, wurde zornig auf sie.

»Warum zitterst du?« schrie er sie an. »Hast du vielleicht Angst vor Kamill? Geh, der arme Kerl fühlt seine Knochen schon lange nicht mehr!«

Sie vermieden alle beide, sich die Ursache ihres Schauerns anzuvertrauen. Wenn vor einem von ihnen in einer Halluzination das fahle Antlitz des Ertrunkenen auftauchte, so schloß er die Augen, kapselte sich in seine Angst ein und wagte nicht, zu dem anderen von seinem Gesicht zu sprechen, aus Furcht, dadurch eine noch schrecklichere Erscheinung herbeizulocken. Als Lorenz, zum Äußersten getrieben, in der Wut der Verzweiflung Thérèse beschuldigte, sich vor Kamill zu fürchten, führte dieser laut ausgesprochene Name eine Verdoppelung des Entsetzens herbei. Der Mörder sprach wie im Wahn.

»Ja, ja«, stammelte er, zu der jungen Frau gewandt, »du hast Furcht vor Kamill . . . ich sehe es doch, zum Teufel! Du bist eine Närrin, du hast nicht für zwei Groschen Mut! Ah, schlafe gut! Glaubst du denn, dein früherer Mann wird kommen und dich an den Füßen ziehen, weil du mit mir schläfst?«

Dieser Gedanke, diese Vermutung, der Ertrunkene könne kommen und sie an den Füßen ziehen, ließ Lorenzens Haare sich sträuben. Sich selbst zerfleischend, fuhr er noch heftiger fort:

»Ich werde dich eines Nachts auf den Kirchhof bringen müssen ... Wir wollen Kamills Sarg öffnen, du wirst dann den verfaulten Haufen sehen. Dann wirst du vielleicht nicht mehr Furcht haben ... Geh, er weiß gar nicht, daß wir ihn ins Wasser geworfen haben.«

Den Kopf in die Kissen gepreßt, stieß Thérèse erstickte Klagelaute aus.

»Wir haben ihn ins Wasser geworfen, weil er uns hinderte«, fuhr ihr Mann fort ... »wir würden ihn ja noch einmal hineinwerfen, nicht wahr? ... Sei doch also kein Kind. Sei stark. Es ist doch dumm, so unser Glück zu stören ... Glaube mir, meine Gute, wenn wir tot sind, werden wir uns weder glücklicher noch unglücklicher in der Erde fühlen, weil wir einen einfältigen Dummkopf in die Seine geworfen und unsere Liebe freier genossen haben, was immer ein Vorteil ist ... Komm, küsse mich.«

Eiskalt und wie irrsinnig küßte ihn die junge Frau, und er zitterte ebensosehr wie sie.

Mehr als vierzehn Tage lang fragte sich Lorenz, wie er es anstellen sollte, Kamill noch einmal zu töten. Er hatte ihn ins Wasser geworfen, und nun war er plötzlich noch nicht tot genug, sondern kam jede Nacht wieder und legte sich in Thérèsens Bett. Als die Mörder glaubten, den Mord endgültig vollbracht zu haben und sich nun in Frieden den Süßigkeiten ihrer Liebe hingeben zu können, erstand ihr Opfer und erfüllte ihr Lager mit Eis. Thérèse war nicht Witwe, sondern Lorenz war der Gatte einer Frau geworden, die schon einen Ertrunkenen zum Mann hatte.

23

Nach und nach wurde Lorenz von einer an Wahnsinn grenzenden Wut ergriffen. Er beschloß, Kamill aus seinem Bett zu verjagen. Anfangs hatte er sich in Kleidern zu Bett gelegt, dann hatte er, ausgezogen, ängstlich vermieden, Thérèsens Haut zu berühren. Aus Wut, aus Verzweiflung wollte er endlich seine Frau an seine Brust nehmen und sie lieber vernichten, als sie dem Gespenst seines Opfers lassen. Es war eine in ihrer Roheit prachtvolle Auflehnung.

Schließlich hatte ihn doch allein die Hoffnung, Thérèsens Küsse würden ihn von seiner Schlaflosigkeit heilen, in das Schlafzimmer der jungen Frau geführt. Als er sich dann als Herr in diesem Zimmer befand, hatte sein von noch schrecklicheren Anfällen gepeinigter Leib nicht einmal mehr daran gedacht, die Heilung zu versuchen. Und drei Wochen lang blieb er wie zerschmettert und dachte gar nicht daran, daß er alles getan, um Thérèse zu besitzen. Und jetzt, wo er sie besaß, konnte er sie nicht einmal berühren, ohne seine Qualen zu steigern!

Das Übermaß seiner Pein trieb ihn endlich aus dieser Stumpfheit. In der ersten Zeit der Verstörtheit, in der sonderbaren Bestürzung der Hochzeitsnacht hatte er die Gründe vergessen können, die ihn zur Heirat getrieben. Aber unter der unaufhörlichen Folter seiner schlechten Träume wuchs eine dumpfe Reizung in ihm, triumphierte über seine Feigheit und gab ihm das Gedächtnis wieder. Er erinnerte sich, geheiratet zu haben, um seine Alpdrücke dadurch zu verjagen, daß er seine Frau eng an sich preßte. Da nahm er eines Nachts, auf die Gefahr hin, über die Leiche des Ertrunkenen zu gleiten, Thérèse plötzlich in seine Arme und zog sie mit Gewalt an sich.

Auch die junge Frau war bis zum Äußersten getrieben,

sie würde sich sogar ins Feuer gestürzt haben, hätte sie angenommen, das Feuer könnte ihr Fleisch läutern und sie von ihren Leiden erlösen. Sie erwiderte Lorenzens Umarmung, entschlossen, in den Liebkosungen dieses Mannes zu verbrennen oder in ihnen eine Erleichterung zu finden.

Und so umschlangen sie einander in einer grauenvollen Umarmung. Pein und Angst ersetzten ihnen die Begier. Wenn ihre Glieder sich berührten, war es ihnen, als seien sie auf einen glühenden Rost gefallen. Sie schrien auf und drängten sich noch enger zusammen, um zwischen ihren Leibern keinen Platz für den Ertrunkenen zu lassen. Aber sie fühlten stets Fetzen von Kamill sich scheußlich zwischen ihnen zerquetschen und stellenweise ihre Haut eisig kälten, während ihr übriger Leib glühte.

Ihre Küsse waren grauenhaft und grausam. Thérèse suchte mit den Lippen auf Lorenzens geblähtem starrem Hals den Biß Kamills und preßte wild ihren Mund darauf. Dort, dort war die lebendige Wunde: dieses Mal geheilt, und die Mörder schliefen in Frieden!

Die junge Frau begriff es, und sie suchte das Übel mit dem Feuer ihrer Liebkosungen wegzubeizen. Aber sie verbrannte sich die Lippen, und Lorenz stieß sie aufheulend von sich. Es war ihm, als hätte man ein glühendes Eisen auf seinen Hals gestemmt. Wie irrsinnig drängte sich Thérèse wieder herzu und wollte die Narbe noch einmal küssen, es bereitete ihr eine bittere Wollust, ihren Mund auf die Hautstelle zu pressen, in die Kamills Zähne eingedrungen waren. Einen Augenblick lang kam ihr der Gedanke, ihren Mann an dieser selben Stelle zu beißen, ein großes Stück Fleisch fortzureißen, eine neue, eine tiefere Wunde zu graben, welche die Male der alten verlöschen sollte. Sie sagte sich, daß sie beim Anblick des Abdruckes ihrer eigenen Zähne dann nicht mehr erbleichen würde. Aber Lorenz verteidigte seinen Hals gegen ihre Küsse, er fühlte einen allzu fressenden Brand; jedesmal, wenn sie die Lippen reckte, stieß er sie zurück. Keuchend rangen sie so miteinander und wanden sich zuckend in dem Grausen ihrer Liebkosungen.

Sie fühlten sehr wohl, daß sie ihre Qualen nur steigerten. Sie mochten sich in solchen furchtbaren Umarmungen erschöpfen, so viel sie nur wollten – sie schrien vor Schmerz, verbrannten sich und folterten sich –, aber sie konnten ihre vom Entsetzen geschüttelten Nerven nicht beschwichtigen. Jede Umarmung verschärfte nur ihren Abscheu. Während sie solche grausigen Küsse wechselten, wurden sie von furchtbaren Halluzinationen überfallen, sie bildeten sich ein, der Ertrunkene zöge sie an den Füßen und rüttelte das Bett in heftigen Stößen.

Für einen Augenblick ließen sie sich fahren. Sie empfanden Widerwillen, unbesiegliche nervöse Auflehnung. Aber sie wollten sich nicht besiegen lassen, sie stürzten sich in eine neue Umarmung und waren doch wieder gezwungen, sich loszulassen, so als drängen glühende Stacheln in ihr Fleisch. Zu mehreren Malen versuchten sie dergestalt über ihren Widerwillen zu triumphieren und alles zu vergessen, indem sie ihre Nerven ermüdeten und erschöpften. Und jedesmal erregten und spannten sich ihre Nerven zu einer derartigen Raserei, daß ihr Kräfteverlust sie vielleicht getötet haben würde, wären sie einander nicht aus den Armen geflohen. Dieser Kampf gegen ihren eigenen Leib hatte sie bis zur Wut überreizt, sie ließen nicht locker, sie wollten ihn besiegen. Da aber zerbrach sie schließlich eine noch furchtbarere Gegenwehr dieses Leibes, es durchfuhr sie ein Blitzschlag von so ungeheurer Gewalt, daß sie einen epileptischen Anfall zu bekommen fürchteten.

Glühend und zerschlagen gegen die beiden Bettkanten geschleudert, brachen sie in Schluchzen aus.

Und inmitten ihres Schluchzens glaubten sie das Triumphgelächter des Ertrunkenen zu hören, der höhnend wieder unter die Bettdecke glitt. Sie hatten ihn nicht aus dem Bett verjagen können, sie waren besiegt. Gemächlich streckte sich Kamill zwischen ihnen aus, während Lorenz seine Ohnmacht beweinte und Thérèse vor Angst zitterte, den Leichnam könne die Lust anwandeln, seinen Sieg auszunützen und sie seinerseits als gesetzmäßiger Herr in seine verwesten Arme zu schließen. Sie hatten ein äußerstes Mittel versucht, nach ihrer Niederlage begriffen sie, daß sie künftighin nicht mehr wagen würden, auch nur den flüchtigsten Kuß zu tauschen. Der wahnsinnige Liebestaumel, in den sie sich zu stürzen versucht, um ihre Schrecken zu töten, hatte sie noch tiefer ins Entsetzen geschleudert. Die Kälte des Leichnams fühlend, der sie jetzt für immer trennen mußte, vergossen sie blutige Tränen und fragten sich in qualvoller Bangigkeit, was aus ihnen werden solle.

24

So wie der alte Michaud es erhofft, als er an dem Zustandekommen der Heirat zwischen Lorenz und Thérèse gewirkt, gewannen die Donnerstagabende sofort nach der Hochzeit ihre alte Heiterkeit wieder. Nach dem Tode Kamills hatten diese Abende in großer Gefahr geschwebt. Nur zagend hatten sich die Gäste in das Trauerhaus gewagt und allwöchentlich stets aufs neue gefürchtet, für immer verabschiedet zu werden. Der Gedanke, daß die Tür des Ladens schließlich doch einmal für sie geschlossen bleiben könnte, hatte Michaud und Grivet, welche an ihren Gewohnheiten mit dem Instinkt und dem Eigensinn von Tieren festhielten, mehr und mehr bedrückt. Sie hatten besorgt, die alte Mutter und die junge Witwe möchten eines schönen Morgens auf und davon gehn, um ihren Toten in Vernon oder sonstwo zu beweinen, und sie würden dann am Donnerstagabend auf die Straße gesetzt sein, ohne zu wissen, was sie anfangen sollten.

Damals sahen sie sich schon kläglich durch die Passage irren und von riesenhaften Dominopartien träumen. Auf solche schlechten Zeiten gefaßt, hatten sie sich zagend ihres letzten Glückes erfreut, waren mit besorgter und zuckersüßer Miene in den Laden getreten und wiederholten sich jedesmal, daß sie nun vielleicht niemals wieder hinkommen würden. Länger als ein Jahr hindurch hegten sie diese Befürchtungen. Und angesichts der Tränen Frau Raquins und Thérèsens Schweigsamkeit wagten sie nicht mehr, sich breitzumachen und zu lachen. Sie fühlten sich nicht mehr zu Hause wie zu Zeiten Kamills, sondern es schien ihnen, als müßten sie sich jeden Abend, den sie noch um den Eßzimmertisch verbringen durften, gewissermaßen stehlen. Unter solchen mißlichen Umständen hatte des alten Michaud Selbstsucht ihn dazu getrieben, durch die Verheiratung der Witwe des Ertrunkenen ein Meisterstück zu vollführen.

An dem auf die Hochzeit folgenden Donnerstage trafen Grivet und Michaud triumphierend ein. Sie hatten gesiegt. Das Eßzimmer gehörte ihnen wieder, sie besorgten nun nicht mehr, daß man sie daraus verabschieden könne. Wie glückliche Menschen traten sie ein, machten sich breit und schnurrten ihre alten Witze wie am Faden ab. An ihrer verklärten und selbstsicheren Haltung sah man, daß für sie eine große Umwälzung stattgefunden hatte. Das Andenken Kamills war nicht mehr da. Der tote Gatte, dieses Gespenst, das sie kalt angehaucht hatte, war durch den lebenden Gatten verdrängt worden. Die Vergangenheit erstand mit all ihren Freuden aufs neue. Lorenz ersetzte Kamill. Jeder Grund, traurig zu sein, war verschwunden. Die Geladenen konnten lachen, ohne jemanden zu kränken, ja, sie hatten sogar die Pflicht zu lachen, um die vortreffliche Familie, von der sie gastlich aufgenommen wurden, heiter zu unterhalten.

Von nun an konnten Grivet und Michaud, die sich seit beinahe zehn Monaten unter dem Vorwande einstellten, Frau Raquin zu trösten, ihre kleine Heuchelei fahrenlassen und offen hinkommen, um sich von dem klirrenden Geräusch der Dominosteine sanft einlullen zu lassen.

Und jede Woche führte einen Donnerstagabend mit sich, jede Woche vereinigte einmal um den Tisch diese wunderlichen toten Gesichter, welche Thérèse einst so aufgebracht hatten. Die junge Frau sprach davon, diese Leute vor die Tür zu setzen, sie ärgerten sie mit ihrem albernen Lachen und ihren dummen Reden. Aber Lorenz machte ihr begreiflich, daß ein solcher Bruch ein Fehler sein würde. Die Gegenwart mußte, so sehr dies nur immer möglich, der Vergangenheit ähneln. Vor allem galt es, die Freundschaft der Polizei zu bewahren, denn diese Einfaltspinsel schützten sie vor jedem Verdacht. Thérèse gab nach. Die freundlich aufgenommenen Gäste sahen glückselig eine lange Reihe gemütlicher Abende vor sich.

Es war ungefähr um diese Zeit, als das Leben der Ehegatten sich gewissermaßen in zwei Hälften spaltete.

Wenn morgens der Tag die Schrecken der Nacht verjagte, kleidete Lorenz sich hastig an. Er fühlte sich erst wohl und bekam seine selbstische Gelassenheit wieder, wenn er im Eßzimmer vor einer von Thérèse bereiteten mächtigen Kanne Milchkaffee saß. Die halb gelähmte Frau

Raquin, welche kaum noch in den Laden hinuntergehn konnte, sah mit mütterlichem Lächeln zu, wie er aß. Er verschlang sein geröstetes Brot, stopfte sich den Magen voll und erholte sich allmählich. Nach dem Kaffee trank er ein kleines Glas Kognak. Das stellte ihn völlig wieder her. Er sagte: »Auf Wiedersehn abends« zu Frau Raquin und Thérèse, ohne sie jemals zu küssen, und dann begab er sich gemächlich in sein Büro. Der Frühling kam, die Bäume an den Seineufern bedeckten sich mit Laub, mit einem leichten, blaßgrünen Flaum. Unten rann der Fluß mit schmeichelnden Geräuschen, oben verbreiteten die Strahlen der Frühlingssonne sanfte Wärme. Lorenz fühlte sich in der frischen Luft wie neugeboren. Tief sog er den Hauch jungen Lebens ein, der von dem April- und Maihimmel herniedersank. Er suchte die Sonne, blieb stehn, um die silbernen Lichter zu betrachten, die auf der Seine schaukelten, lauschte auf den Lärm an den Ufern, ließ sich von den frischen Morgendüften durchdringen und genoß mit allen seinen Sinnen den hellen glücklichen Morgen. Sicherlich dachte er kaum an Kamill. Bisweilen begegnete es ihm, von der anderen Seite des Wassers aus mechanisch das Leichenschauhaus zu betrachten. Er dachte dann an den Ertränkten, wie ein mutiger Mann an eine dumme Stunde denkt, die er gehabt hat. Sobald sein Magen voll und sein Gesicht erfrischt war, fand er seine dickfellige Ruhe wieder. Er langte in seinem Amt an und verbrachte dort den Tag mit Gähnen und der Erwartung auf den Büroschluß. Er war ein gelangweilter, stumpfsinniger Beamter mit leerem Hirn wie alle anderen. Der einzige Gedanke, den er damals hegte, war der Plan, seine Stellung zu kündigen und ein Atelier zu mieten. Er träumte unbestimmt von einem neuen faulen Dasein, und das genügte, um ihn bis zum Abend zu beschäftigen. Niemals störte ihn die Erinnerung an den

Passageladen. Und nachdem er von morgens an den Büroschluß herbeigesehnt, brach er abends mit Bedauern auf und ging dumpf erregt und beunruhigt an den Seineufern zurück. Er mochte so langsam gehn, wie er nur wollte, schließlich mußte er den Passageladen doch wieder betreten. Dort erwartete ihn das Entsetzen.

Thérèse durchlebte dieselben Empfindungen. Sobald Lorenz nicht mehr in ihrer Nähe war, fühlte sie sich wohl. Unter dem Vorwande, daß alles liederlich gehalten, in Wohnung und Laden alles schmutzig sei, hatte sie die Aufwärterin entlassen. Sie wurde von einem großen Ordnungssinn befallen. In Wahrheit hatte sie das Bedürfnis, zu gehn, tätig zu sein, ihre steifen Glieder zu regen. Den ganzen Vormittag über wirtschaftete sie umher, fegte und scheuerte die Zimmer, staubte ab, wusch das Geschirr und verrichtete Arbeiten, vor denen sie sich früher geekelt haben würde. Bis zum Mittag hielten sie diese Hauspflichten stumm und tätig auf den Beinen, ohne ihr Zeit zu lassen, an etwas anderes als an die Spinnweben zu denken, die von der Decke herabhingen, und an das Fett, das die Schüsseln beschmutzte. Dann begab sie sich in die Küche und bereitete das Mittagessen. Bei Tisch betrübte es Frau Raquin, sie stets hin und her laufen zu sehn, um die Gerichte zu holen, sie war über die von ihrer Nichte entfaltete Tätigkeit gerührt und geärgert: sie schalt sie, aber Thérèse erwiderte, es müsse gespart werden. Nach dem Essen kleidete sich die junge Frau an und entschloß sich endlich, zu ihrer Tante hinter den Ladentisch zu kommen. Dort überfiel sie eine große Schläfrigkeit. Erschöpft durch die schlaflosen Nächte, gab sie der wohltuenden Betäubung nach, die sie befiel, sobald sie sich nur gesetzt hatte, und ruhig schlummerte sie vor sich hin. Dieses leichte, von unbestimmtem Wohlgefühl erfüllte Hindämmern beschwichtigte ihre Nerven. Der Gedanke an Kamill verschwand, sie genoß jene tiefe Ruhe der Kranken, deren Schmerzen plötzlich nachlassen. Sie fühlte ihren Leib entspannt und geschmeidig, ihren Geist befreit und versank so in eine behagliche und erquickende Bewußtlosigkeit. Ohne diese wenigen Augenblicke der Ruhe würde ihr Organismus unter der Überreizung ihres Nervensystems zusammengebrochen sein; sie schöpfte daraus die notwendigen Kräfte, um weiter leiden und sich in der folgenden Nacht wieder fürchten zu können. Sie schlief übrigens nicht wirklich ein, kaum daß sie, in ihren Ruhetraum verloren, die Lider ein wenig senkte. Sobald eine Kundin eintrat, öffnete sie die Augen, verabfolgte die geforderte Pfennigware und sank dann wieder in ihren Dämmer zurück. So verbrachte sie vollkommen glücklich drei oder vier Stunden, antwortete einsilbig ihrer Tante und gab sich mit wirklichem Genuß dieser Abblendung ihres Bewußtseins hin, welche ihr alles Denken benahm und sie gewissermaßen tief in sich selbst versenkte. Kaum, daß sie von Zeit zu Zeit einen Blick in die Passage warf. Vor allem fühlte sie sich bei grauem Wetter wohl, wenn es finster war und sie ihre Mattigkeit tief im Dunklen verbergen konnte. Die feuchte scheußliche Passage, durch die ein Volk armer durchnäßter Teufel schritt, deren Regenschirme auf die Fliesen tropften, erschien ihr wie der Weg durch einen verrufenen Ort, wie ein schmutziger, unheimlicher Flur, in dem sie niemand suchen und stören würde. Manchmal, wenn sie das schlammige Licht um sich dämmern sah und den scharfen Dunst der Feuchtigkeit atmete, bildete sie sich ein, lebendig begraben zu sein. Sie glaubte, sie sei in der Erde, in der Tiefe eines Massengrabes, in dem Tote schwankten. Und dieser Gedanke tröstete sie und beruhigte sie. Sie sagte sich, daß sie dort unten in Sicherheit sei, daß sie sterben, daß sie nicht mehr leiden würde. Zu andern Malen mußte sie ihre Augen schon aufbehalten: Susanne besuchte sie und blieb den ganzen Nachmittag über stickend neben dem Ladentisch sitzen. Die Frau Oliviers mit ihrem schlaffen Gesicht und ihren müden Gebärden gefiel jetzt Thérèse, welche eine absonderliche Erleichterung darin fand, dieses arme, ganz zerstörte Geschöpf anzuschaun. Sie hatte sie zu ihrer Freundin gemacht und hatte es gern, wenn sie neben ihr saß, blaß lächelte, halb lebte und in dem Laden einen welken Kirchhofshauch verbreitete. Wenn Susannens blaue, gläsern durchsichtige Augen sich auf die ihren hefteten, so empfand sie bis tief ins Mark hinein eine wohltuende Kühle. Auf diese Weise verbrachte Thérèse die Zeit bis vier Uhr nachmittags. Um diese Stunde ging sie wieder in die Küche und versuchte aufs neue, sich müde zu machen. Mit fiebriger Eile bereitete sie das Abendessen für Lorenz. Und wenn ihr Mann auf der Schwelle erschien, schnürte sich ihr die Kehle zu, und ihr ganzes Wesen wand sich wieder in Angst und Bangigkeit.

Jeden Tag waren die Empfindungen der Eheleute ungefähr die gleichen. Tagsüber, wenn sie sich nicht sahen, genossen sie die Stunden köstlicher Ruhe, sobald sie aber abends wieder zusammen waren, erfüllte sie die gleiche, beklemmende innere Not.

Im übrigen verliefen ihre Abende still und ruhig. Thérèse und Lorenz schauderten bei dem Gedanken, in ihre Stube zu gehn, und suchten daher das Aufbleiben so lange wie möglich auszudehnen. Frau Raquin lag halb in einem großen Lehnstuhl zwischen ihnen und plauderte mit ihrer sanften Stimme. Sie sprach von Vernon, dachte dabei immer an ihren Sohn, vermied aus einer Art Scham aber, ihn zu erwähnen. Sie lächelte ihren lieben Kindern zu und schmiedete Zukunftspläne für sie. Die Lampe warf auf ihr weißes Antlitz blasse Scheine, und ihre Worte bekamen in der stillen, toten Luft eine außerordentliche Milde. Und ihr zur Seite saßen starr und stumm die beiden Mörder und schienen ihr aufmerksam zuzuhören. In Wahrheit achteten sie nicht auf den Sinn des Geplauders der guten Alten, sie waren nur glücklich über das Geräusch sanfter Worte, das sie hinderte, den Lärm ihrer Gedanken zu hören. Sie wagten nicht, sich anzusehen, sondern sie sahen Frau Raquin an, um ihre Selbstbeherrschung zu bewahren. Niemals sprachen sie davon, schlafen zu gehn. Sie wären bis zum Morgen in dem schmeichelnden Wortgeplätscher der alten Händlerin, in der Beschwichtigung, die sie um sich verbreitete, sitzen geblieben, hätte sie nicht selber den Wunsch geäußert, zu Bett zu gehen. Dann erst verließen sie die Eßstube und gingen voller Verzweiflung zu sich hinüber, wie man sich in die Tiefe eines Abgrundes stürzt.

Diesen Familienabenden zogen sie bald die Donnerstagabende bei weitem vor. Wenn sie mit Frau Raquin allein waren, konnten sie sich nicht völlig betäuben, das dünne Stimmchen ihrer Tante, ihre gerührte Heiterkeit erstickte nicht das Schreien, das ihr inneres Ohr zerriß. Sie fühlten die Stunde des Schlafengehens herannahen, sie erbebten, wenn sie zufällig mit dem Blick ihre Schlafzimmertür streiften, und die Erwartung des Augenblickes, in dem sie wieder allein sein würden, wurde mit dem Fortschreiten des Abends von Minute zu Minute qualvoller. Am Donnerstag hingegen benebelten sie sich mit Dummheiten, vergaßen gegenseitig ihre Anwesenheit und litten weniger. Sogar Thérèse selber sehnte schließlich diese Empfangsabende glühend herbei. Wären Michaud und Grivet nicht gekommen, sie würde sie holen gegangen sein. Wenn in dem Eßzimmer zwischen ihr und Lorenz Fremde waren, so fühlte sie sich ruhiger, sie hätte dort immer Gäste, Lärm, irgend etwas haben mögen, was sie betäubte und absonderte. Vor der Welt trug sie eine Art nervöser Heiterkeit zur Schau. Auch Lorenz fand seine groben Bauernscherze, sein breites Lachen, seine alten Atelierpossen wieder. Die Donnerstage waren niemals so heiter und so geräuschvoll gewesen.

Auf diese Weise konnten Lorenz und Thérèse einmal in der Woche zusammensein, ohne zu schaudern.

Bald jedoch kam ihnen eine Befürchtung! Frau Raquins Lähmung schritt immer weiter fort: sie sahen den Tag voraus, an dem sie bewegungslos und stumpfsinnig in ihren Sessel gebannt sein würde. Die arme Alte fing an, Satzfetzen zu stammeln, die nicht mehr recht aneinander paßten, ihre Stimme wurde schwächer und schwächer, und ihre Glieder starben eines nach dem anderen ab. Sie wurde zu einem Gegenstand. Mit Schrecken sahen Thérèse und Lorenz das einzige Wesen vergehen, das sie noch trennte und dessen Stimme sie ihren bösen Träumen entriß. Wenn der Verstand die alte Händlerin erst völlig verlassen haben und sie starr und stumm in ihrem Sessel liegen würde, so waren sie allein, so konnten sie abends einem furchtbaren Zusammensein nicht mehr entgehen. Dann würde also ihr Entsetzen schon um sechs Uhr seinen Anfang nehmen anstatt erst um Mitternacht, und sie würden darüber wahnsinnig werden.

Alle ihre Bemühungen strebten danach, Frau Raquin die ihnen so wertvolle Gesundheit zu erhalten. Sie ließen Ärzte kommen und scheuten keine Mühe und Pflege, sie fanden sogar in diesem Krankendienst ein Vergessen, eine Erleichterung, welche sie antrieb, ihren Eifer zu verdoppeln. Sie wollten den Dritten nicht verlieren, der ihnen die Abende erträglich machte, sie wollten nicht, daß das Eßzimmer, daß das ganze Haus ein grausamer und unheimlicher Ort werde gleich ihrem Schlafzimmer. Frau Raquin war tief gerührt über die eifrige Pflege, die sie ihr angedeihen ließen. Mit Tränen in den Augen beglückwünschte sie sich, sie zusammengegeben und ihnen ihre vierzigtausend und einige Franken überlassen zu haben. Niemals hatte sie nach dem Tode ihres Sohnes noch auf eine solche, in ihre letzten Lebensstunden getragene Liebe gerechnet. Durch die Zärtlichkeit ihrer beiden lieben Kinder wurde ihr ihr Alter so leicht gemacht, daß sie das unerbittliche Fortschreiten der Lähmungen gar nicht empfand, welche sie nichtsdestoweniger mit jedem Tage unbeweglicher machten.

Unterdessen führten Thérèse und Lorenz ihr Doppeldasein weiter. In beiden von ihnen lebten gewissermaßen zwei deutlich unterschiedene Seelen: eine fühlende und furchterfüllte Seele, welche vor Angst schauerte, sobald die Abenddämmerung herabsank, und eine betäubte und vergeßliche Seele, die frei und wohlig atmete, sobald die Sonne am Himmel stand. Sie lebten zwei Leben. Wenn sie miteinander allein waren, schrien sie vor Angst, und wenn andere bei ihnen waren, lächelten sie glücklich. Unter Menschen verriet ihr Antlitz niemals die Qualen, von denen sie in der Einsamkeit zerrissen wurden, sie erschienen still und glücklich: instinktiv verbargen sie ihre Pein.

Niemand, der sie tagsüber so ruhig sah, hätte vermuten können, daß in jeder Nacht Halluzinationen sie marterten. Man hätte sie für ein vom Himmel gesegnetes, in Glückseligkeit lebendes Paar gehalten. Grivet nannte sie artig »die Turteltauben«. Wenn ihre Augen vom langen Wachbleiben blau umrändert waren, so neckte er sie und fragte, wann die Taufe sein würde. Und die ganze Gesellschaft lachte. Lorenz und Thérèse erblaßten kaum. Es gelang ihnen sogar, zu lächeln. Sie gewöhnten sich an die gewagten Scherze des alten Beamten. Solange sie sich in dem Eßzimmer aufhielten, waren sie Herren ihrer Ängste. Niemand aber vermöchte sich die furchtbare Wandlung vorzustellen, die in ihnen vorging, sobald sie das Schlafzimmer betreten hatten. Besonders am Donnerstagabend war dieser Wechsel von einer so gewaltigen Wildheit, daß er in einer überirdischen Welt vor sich zu gehen schien. Das Drama ihrer Nächte überstieg durch seine Absonderlichkeit und seine wilden Ausbrüche jede Vorstellung und blieb tief auf dem Grunde ihres schmerzzerrissenen Wesens verborgen. Hätten sie gesprochen, so würde man sie für wahnsinnig gehalten haben.

»Was sind diese Verliebten doch glücklich miteinander«, sagte der alte Michaud oft. »Sie sprechen kaum, aber sie denken darum nicht weniger. Ich wette, daß sie sich vor Zärtlichkeit auffressen, wenn wir nicht da sind.«

Das war die Meinung der ganzen Gesellschaft, und so konnte es geschehen, daß Thérèse und Lorenz als eine Musterehe hingestellt wurden. Die ganze Brücken-Passage pries die Liebe, das stille Glück, den ewigen Honigmond der beiden Ehegatten. Sie allein wußten, daß der Leichnam Kamills zwischen ihnen schlief, sie allein fühlten unter dem ruhigen Fleisch ihrer Gesichter die nervösen Verzerrungen, welche nachts ihre Züge krampften und den friedlichen Ausdruck ihres Antlitzes in eine scheußliche, qualgepeinigte Maske verwandelten.

25

Nach vier Monaten dachte Lorenz daran, die Zinsen flüssigzumachen, die er sich von seiner Heirat versprochen hatte. Er würde seine Frau drei Tage nach der Hochzeit verlassen und das Gespenst Kamills geflohen haben, hätte sein Interesse ihn nicht in dem Passageladen zurückgehalten. Er nahm die Schreckensnächte auf sich und harrte inmitten der würgenden Ängste aus, um der Vorteile seines Verbrechens nicht verlustig zu gehen. Verließ er Thérèse, so sank er in seine Not zurück und war gezwungen, sein Amt zu behalten. Blieb er aber bei ihr, so konnte er im Gegenteil seine faulen Gelüste befriedigen und von den Zinsen, die Frau Raquin auf seine Frau übertragen hatte, im Fette leben, ohne irgend etwas zu tun. Es ist wahrscheinlich, daß er mit den vierzigtausend Franken auf und davon gegangen sein würde, hätte er sie abheben können; aber auf den Rat Michauds hin war die alte Händlerin so vorsichtig gewesen, die Rechte ihrer Nichte in dem Ehevertrag sicherzustellen. So sah sich Lorenz durch ein mächtiges Band an Thérèse geknüpft. Um sich für seine furchtbaren Nächte zu entschädigen, wollte er wenigstens in glücklicher Faulheit, wohlgenährt und warm gekleidet und mit genügendem Geld für seine Launen in der Tasche ausgehalten werden. Um diesen Preis allein war er bereit, mit dem Leichnam des Ertränkten zu schlafen.

Eines Abends verkündigte er Frau Raquin und seiner Frau, daß er seine Entlassung eingereicht habe und sein Amt mit Ablauf des Monats verlassen würde. Thérèse machte eine Bewegung voller Bestürzung. Er beeilte sich, hinzuzufügen, daß er ein kleines Atelier mieten und sich wieder auf die Malerei werfen würde. Er verbreitete sich lange über die Öde seines Amtes und die Aussichten, welche sich in der Kunst vor ihm öffneten. Jetzt, da er ein paar Pfennige habe und Erfolg zu erringen trachten könne, wolle er doch einmal versuchen, ob er nicht zu Großem berufen sei. Das tönende Gerede, das er über diesen Gegenstand von sich gab, verbarg nichts anderes als die wilde Lust, sein früheres Atelierleben wieder aufzunehmen. Thérèse kniff die Lippen zusammen und antwortete nichts. Sie war durchaus nicht willens, ihr kleines Vermögen, das ihr ihre Freiheit gewährleistete, von Lorenz verbrauchen zu lassen. Als ihr Mann sie mit Fragen bedrängte, um ihre Einwilligung zu erlangen, gab sie ein paar trockene Antworten und machte ihm begreiflich, daß er völlig ihr zur Last fallen würde, wenn er sein Amt verließe und fortan nichts mehr verdiente. Während sie sprach, sah Lorenz sie so schroff an, daß sie sich beunruhigt fühlte und die Weigerung, die sie aussprechen wollte, in ihrer Kehle zurückhielt. Sie glaubte in den Augen ihres Mitschuldigen den drohenden Gedanken zu lesen: »Ich sage alles, wenn du nicht einwilligst.« Sie fing zu stammeln an. Da sagte Frau Raquin, der Wunsch ihres lieben Sohnes sei nur allzu gerechtfertigt, es sei durchaus notwendig, ihm die Mittel zu gewähren, ein talentvoller Mensch zu werden. Die gute Frau verwöhnte Lorenz, wie sie Kamill verwöhnt hatte. Sie fühlte sich ganz erweicht von den Zärtlichkeiten, mit denen der junge Mann sie stets überhäufte, und war ihm innerlich so völlig hingegeben, daß sie keine andere Meinung als die seine kannte.

Es wurde also beschlossen, daß der Künstler ein Atelier mieten und für die verschiedenen Ausgaben, die er zu machen haben würde, hundert Franken im Monat bekommen solle. Die Ausgaben der Familie wurden folgendermaßen geregelt: von dem Erlös aus dem Schnittwarenhandel sollten die Miete für Laden und Wohnung und die täglichen Ausgaben des Haushaltes bestritten werden, dazu reichte er fast aus; von den zweitausend und einigen Franken Zinsen sollte Lorenz die Miete für sein Atelier und seine monatlichen hundert Franken bekommen, und der Rest dieser Zinsen würde für gemeinsame Ausgaben verwandt werden. Auf diese Weise brauchte man das Kapital nicht anzutasten. Thérèse beruhigte sich etwas. Sie ließ ihren Mann schwören, niemals die ihm bewilligte Summe zu überschreiten. Im übrigen sagte sie sich, daß Lorenz sich ja ohne ihre Unterschrift der vierzigtausend Franken nicht bemächtigen könne, und sie wollte sich wohl hüten, irgend etwas zu unterschreiben.

Am nächsten Morgen mietete Lorenz im unteren Teil der Mazarine-Straße ein kleines Atelier, auf das er schon seit einem Monat erpicht gewesen war. Er wollte sein Amt nicht verlassen, ohne eine Zufluchtsstätte zu haben, in der er seine Tage ruhig und fern von Thérèse verbringen konnte. Am Ende des Monats sagte er seinen Amtsgenossen Lebewohl. Grivet war starr über seinen Austritt. Ein junger Mann, sagte er, der eine so schöne Zukunft vor sich habe, ein junger Mann, der im Verlauf von vier Jahren eine Gehaltsstufe erreicht, die er, Grivet, erst in zwanzig Jahren erklommen! Lorenz verblüffte ihn noch mehr, als er ihm mitteilte, daß er sich wieder ganz der Malerei widmen wolle.

Der Künstler richtete sich in seinem Atelier ein. Dieses Atelier bestand in einer Art viereckigen, ungefähr fünf oder sechs Meter langen und breiten Kammer; die Decke fiel steil schräg ab und hatte ein großes Fenster, durch das weißes grelles Licht auf die Diele und auf die schwärzlichen Mauern fiel. Der Lärm der Straße drang nicht bis zu dieser Höhe hinauf. Der stille, fahle Raum, der sich nach oben gegen den Himmel öffnete, glich einem Loch, einem in grauen Schiefer gehöhlten Keller. Lorenz stattete diesen Keller, so gut es gehen wollte, aus. Er schaffte zwei Stühle mit zerrissenem Geflecht hinein, einen Tisch, den er gegen die Wand stellte, damit er nicht umfiel, einen alten Küchenschrank, seinen Farbenkasten und seine alte Staffelei. Der ganze Luxus des Raumes bestand in einem breiten Diwan, den er für dreißig Franken bei einem Trödler gekauft hatte.

Vierzehn Tage ließ er verstreichen, ohne auch nur daran

zu denken, seine Pinsel zu berühren. Zwischen acht und neun Uhr kam er hin, rauchte, legte sich auf den Diwan und erwartete die Mittagsstunde, glücklich darüber, daß es noch am Morgen sei und lange Tagesstunden vor ihm lägen. Mittags ging er zum Essen. Dann beeilte er sich, in das Atelier zurückzukommen, um allein zu sein und das blasse Gesicht Thérèsens nicht mehr zu sehn. Dann verdaute er, schlief und suhlte sich bis zum Abend auf dem Diwan herum. Sein Atelier war ein Ort des Friedens, an dem er nicht zitterte. Eines Tages bat ihn seine Frau, seine liebe Zufluchtsstätte besuchen zu dürfen. Er schlug es ihr ab, und als sie trotzdem hinkam und an die Tür klopfte, öffnete er ihr nicht. Abends sagte er, er habe den Tag im Louvre-Museum verbracht. Er befürchtete, Thérèse könnte das Gespenst Kamills mit sich in das Atelier bringen.

Schließlich bedrückte ihn das Nichtstun. Er kaufte eine Leinwand und Farben und machte sich ans Werk. Da er nicht genug Geld hatte, ein Modell zu bezahlen, entschloß er sich, aus seiner Phantasie zu malen, ohne sich um die Natur zu kümmern. Er fing einen Männerkopf an.

Übrigens sperrte er sich nicht mehr so lange ein, er arbeitete jeden Morgen zwei bis drei Stunden und benutzte die Nachmittage, um in Paris und seiner Umgebung umherzustreifen. Bei der Rückkehr von einem dieser langen Spaziergänge begegnete er vor der Akademie seinem alten Schulfreund, der auf der letzten Ausstellung unter seinen Kameraden einen hübschen Erfolg davongetragen hatte.

»Was!? Du bist das?« rief der Maler. »Aber mein armer Lorenz, ich hätte dich niemals wiedererkannt! Du bist abgemagert!«

»Ich habe mich verheiratet«, antwortete Lorenz verlegen.

»Verheiratet! Du! Dann wundert es mich nicht mehr, daß du so drollig geworden bist. Und was treibst du jetzt?«

»Ich habe ein kleines Atelier gemietet und male morgens ein wenig.«

Lorenz erzählte in wenigen Worten seine Heirat, dann setzte er mit aufgeregter Stimme seine Zukunftspläne auseinander.

Mit erstaunter Miene sah ihn sein Freund an, wodurch Lorenz sich bedrängt und beunruhigt fühlte. In Wahrheit erkannte der Maler in dem Gatten Thérèsens den dicken, gewöhnlichen Burschen von früher nicht wieder. Es erschien ihm, als habe Lorenz ein vornehmes Gebaren angenommen. Sein Gesicht war schmaler geworden und hatte eine verfeinerte Blässe, der ganze Körper hielt sich würdiger und geschmeidiger.

»Weiß Gott, du bist ein hübscher Bengel geworden«, konnte der Maler sich nicht enthalten auszurufen. »Du hast die Haltung eines Gesandten. Ganz vortrefflich! In wessen Schule bist du denn?«

Das Examen, das er über sich ergehen lassen mußte, drückte schwer auf Lorenz. Dennoch wagte er nicht, einfach fortzugehn.

Und da sein Freund ihn nicht losließ, fragte er ihn schließlich:

»Willst du einen Augenblick in mein Atelier heraufkommen?«

»Gern«, antwortete jener.

Der Maler, der sich die an Lorenz wahrgenommenen Veränderungen nicht zu erklären wußte, war begierig, das Atelier seines alten Kameraden kennenzulernen. Er stieg sicherlich nicht fünf Stockwerke herauf, um Lorenzens neue Arbeiten zu sehn, vor denen ihm fraglos übel werden würde, er wollte einzig und allein seine Neugier befriedigen.

Nachdem sie oben angekommen und er einen flüchtigen Blick auf die rings an die Mauern gehängten Leinwände geworfen, verdoppelte sich sein Erstaunen. Es hingen fünf Studien da, zwei Frauen- und drei Männerköpfe, die mit wirklicher Kraft gemalt waren. Die Haltung der Studien war voll und fest, jedes Stück stand in prachtvoll hingesetzten Flächen auf dem lichtgrauen Hintergrunde. Der Maler trat lebhaft näher und war so verwundert, daß er seine Überraschung nicht einmal zu verbergen suchte.

»Das hast du gemacht?« fragte er Lorenz.

»Ja«, erwiderte dieser. »Es sind Skizzen für ein großes Bild, das ich vorhabe.«

»Komm, mach keine Scherze! Du hast wirklich diese Köpfe gemalt?«

»Aber, ja doch! Warum soll ich sie denn nicht gemalt haben?«

Der Maler wagte nicht zu antworten: »Weil diese Leinwände von einem Künstler herrühren und du immer nur ein gemeiner Kleckser gewesen bist.« Lange stand er stumm vor den Skizzen. Gewiß, sie waren linkisch, aber sie zeigten eine solche Eigenart, einen so starken Charakter, daß sie einen hochentwickelten, künstlerischen Sinn verrieten. Man hätte von erlebter Malerei sprechen können. Lorenzens Freund hatte noch niemals so vielverheißende Skizzen gesehn. Nachdem er die Leinwände lange betrachtet hatte, wandte er sich zu Lorenz um:

»Offen gestanden«, sagte er, »niemals hätte ich dir zugetraut, daß du so malen könntest. Wo zum Teufel hast du gelernt, Talent zu haben? Gewöhnlich lernt sich das nicht!«

Und er betrachtete Lorenz, dessen Stimme ihm weicher erschien und dessen Bewegungen alle eine gewisse Feinheit bekommen hatten. Er konnte die furchtbaren Erschütterungen unmöglich erraten, welche diesen Menschen verwandelt und Frauennerven und zarte zugespitzte Empfindungen in ihm entwickelt hatten. Zweifellos hatte sich in dem Organismus des Mörders Kamills eine seltsame Erscheinung vollzogen. Es ist für jede Zergliederung schwer, bis in solche Tiefen zu dringen. Lorenz war vielleicht ebenso Künstler geworden, wie er infolge der großen Umwälzung, die seinen Leib und seinen Geist aufgewühlt hatte, furchtsam geworden war. Früher war er unter der schweren Last seines Blutes erstickt und blind geblieben in dem dichten Gesundheitsdunst, der ihn umgab; jetzt, da er abgemagert war und erschauern konnte, hatte er den zitternden Schwung, die lebhaften, durchdringenden Erregungen der nervösen Temperamente. In dem Leben voller Schrecken, das er führte, delirierte sein Denken und stieg bis zu den Verzückungen des Genies hinauf. Die in gewisser Weise seelische Krankheit, die Neurose, von der sein ganzes Wesen geschüttelt wurde, hatte in ihm einen künstlerischen Sinn von seltsamer Klarheit entwickelt. Seit er getötet hatte, war sein Fleisch wie erleichtert, sein erregtes Hirn erschien ihm unermeßlich, und in dieser plötzlichen Erweiterung seines Denkens sah er erlesene Schöpfungen und Dichterträume durch sein Inneres schweben. Auf die gleiche Weise hatten auch seine Bewegungen plötzlich etwas Besonderes bekommen, und seine Arbeiten waren schön geworden, weil sie mit einem Schlage persönlich und lebendig wurden.

Sein Freund versuchte nicht länger, sich die Entstehung dieses Künstlers zu erklären. Staunend ging er fort. Ehe er aufbrach, besah er noch einmal die Bilder und sagte zu Lorenz:

»Ich finde nur eines zu tadeln, nämlich, daß alle deine Studien etwas Familienhaftes haben. Diese fünf Köpfe ähneln einander. Sogar die Frauen haben irgendeine so schroffe Haltung, daß sie wie verkleidete Männer aussehen ... Du begreifst, daß du ein paar der Gesichter ändern mußt, wenn du aus den Skizzen ein Bild machen willst. Deine Gestalten dürfen nicht alle Geschwister sein, darüber würde man lachen.«

Er ging aus dem Atelier und fügte auf dem Flur lachend hinzu: »Wahrhaftig, mein Alter, es freut mich, dich wiedergesehn zu haben. Von jetzt ab werde ich an Wunder glauben ... Guter Gott, du bist wirklich etwas geworden!«

Er ging hinunter. Lorenz kehrte heftig erregt in sein Atelier zurück. Als sein Freund ihm die Bemerkung gemacht, daß allen seinen Studienköpfen etwas Familienmäßiges anhafte, hatte er sich schnell abgedreht, um seine Blässe zu verbergen. Diese verhängnisvolle Ähnlichkeit war ihm selber bereits aufgefallen. Langsam setzte er sich vor die Bilder, und in dem Maße, in dem er sie betrachtete und miteinander verglich, lief ihm ein kalter Schweiß den Rücken herunter.

»Er hat recht«, murmelte er, »sie ähneln sich alle ... Sie gleichen Kamill.«

Er wich zurück und setzte sich auf den Diwan, ohne seine Blicke von den Studienköpfen abwenden zu können. Der erste stellte einen Greis in langem weißem Bart dar; unter diesem weißen Barte aber erkannte der Künstler das magere Kinn Kamills. Der zweite stellte ein junges blondes Mädchen dar, und dieses junge Mädchen sah ihn aus den blauen Augen seines Opfers an. Die drei anderen Gesichter hatten ebenfalls jedes irgendeinen Zug des Ertränkten. Man hätte sagen können: Kamill als Greis, Kamill als junges Mädchen, in jeder Vermummung, die ihm der Maler zu geben beliebt, stets aber war der allgemeine Charakter seines Antlitzes gewahrt geblieben, und noch eine schreckliche Ähnlichkeit herrschte zwischen den Köpfen: sie schienen alle entsetzt zu sein und zu leiden, sie waren alle wie erdrückt von der gleichen Empfindung des Grausens. Jeder von ihnen hatte links vom Mund eine leise Falte, welche die Lippen langzog und sie grinsen ließ. Diese Falte, welche Lorenz auf dem verkrampften Gesicht des Ertränkten gesehen zu haben sich erinnerte, stempelte sie alle mit dem Male einer scheußlichen Verwandtschaft.

Lorenz begriff, daß er Kamill im Leichenschauhause allzu lange angesehen hatte. Das Bild des Leichnams hatte sich tief in ihn eingegraben. Und nun zog seine Hand, ohne daß er sich dessen bewußt wurde, immer wieder die Linien dieses furchtbaren Gesichtes, das ihn überallhin verfolgte.

Nach und nach glaubte der Maler, der sich auf den Diwan geworfen hatte, die Gesichter sich beleben zu sehn. Und er hatte fünf Kamills vor sich, fünf Kamills, die seine eigenen Finger kraftvoll geschaffen und die, erschreckend und absonderlich, jedes Alter und jedes Geschlecht angenommen. Er stand auf, zerfetzte die Leinwände und warf sie vor die Tür. Er sagte sich, daß er vor Angst und Schrecken in seinem Atelier sterben würde, wenn er es selber mit den Bildnissen seines Opfers ausschmückte.

Eine Sorge ergriff ihn: er fürchtete, keinen Kopf mehr zeichnen zu können, ohne den Kopf des Ertränkten zu zeichnen. Er wollte augenblicklich feststellen, ob er noch Herr seiner Hand sei. Er stellte eine leere Leinwand auf seine Staffelei, und dann skizzierte er mit Kohle in wenigen Strichen ein Gesicht. Das Gesicht ähnelte Kamill. Heftig wischte Lorenz die Skizze fort und versuchte eine andere. Eine Stunde lang kämpfte er gegen das Verhängnis an, das seine Finger beherrschte. Bei jedem neuen Versuch kam immer wieder der Kopf des Ertränkten zum Vorschein. Er mochte seinen Willen anspannen, soviel er nur wollte, um die ihm so wohlbekannten Linien zu vermeiden, wider seinen Willen zeichnete er sie, wider Willen mußte er seinen eigenwilligen Muskeln und Nerven gehorchen. Anfangs hatte er die Skizzen schnell hingeworfen, dann aber zwang er sich, die Kohle ganz langsam zu führen. Das Ergebnis war das gleiche: grinsend und schmerzvoll erschien Kamill immer wieder auf der Leinwand. Der Künstler skizzierte nacheinander die verschiedensten Köpfe, Engelsköpfe, Jungfrauen unter dem Heiligenschein, römische Krieger im Helm, blonde, rosige Kinder, alte, mit Narben bedeckte Banditen, immer, immer wieder erstand der Ertrunkene, nacheinander war er Engel, Jungfrau, Krieger, Kind und Bandit. Da warf sich Lorenz auf die Karikatur, er übertrieb die Züge, machte ungeheuerliche Profile, erfand groteske Köpfe, und die schlagende Ähnlichkeit mit seinem Opfer wurde dadurch immer nur noch grauenhafter. Schließlich zeichnete er Tiere, Hunde, Katzen; die Tiere, die Hunde, die Katzen erinnerten alle an Kamill.

Eine dumpfe Wut hatte sich Lorenzens bemächtigt. Er zersprengte die Leinwand mit einem Faustschlag und dachte voller Verzweiflung an sein großes Bild. Er wußte, daß er es niemals würde malen können, er fühlte, daß er in alle Zukunft niemals etwas anderes würde zeichnen können als den Kopf Kamills und, wie es ihm sein Freund gesagt, Gesichter, die sich alle untereinander ähneln und zum Lachen reizen würden. Er stellte sich vor, wie sein Werk ausgesehen hätte, er sah auf den Schultern seiner Gestalten, Männer und Frauen, das fahle entsetzte Gesicht des Ertränkten: der seltsame Anblick, den er so in seinem Innern erstehn ließ, schien ihm eine furchtbare Lächerlichkeit zu besitzen und brachte ihn außer sich.

Da es so stand, würde er also nicht mehr zu arbeiten wagen, sondern mit jedem kleinsten Pinselstrich stets sein Opfer aufzuerwecken fürchten. Wollte er in seinem Atelier friedlich leben, so durfte er niemals darin malen. Der Gedanke, daß seine Finger die verhängnisvolle und unbewußte Fähigkeit besaßen, unaufhörlich das Bildnis Kamills hervorzubringen, ließ ihn mit Schrecken auf seine Hand blicken. Es war ihm, als gehöre ihm diese Hand nicht mehr.

26

Das Unglück, von dem Frau Raquin bedroht war, brach herein. Die Lähmung, die seit Monaten über ihren Gliedern schwebte und stets bereit schien, sie zu befallen, packte sie plötzlich bei der Kehle und machte ihren Körper starr und steif. Als sie sich eines Abends ruhig mit Thérèse und Lorenz unterhielt, blieb sie plötzlich mitten in einem Satz mit aufgesperrtem Munde stecken, es war ihr, als erwürge man sie. Als sie schreien, um Hilfe rufen wollte, kam nur ein rauhes Gurgeln aus ihrer Kehle. Ihre Zunge war zu Stein, ihre Hände und ihre Füße waren starr und steif geworden. Sie war mit Stummheit und mit Unbeweglichkeit geschlagen.

Thérèse und Lorenz sprangen entsetzt auf bei diesem Blitzstrahl, welcher die alte Händlerin in weniger als fünf Sekunden vernichtet hatte. Als sie in ihrer Starre flehende Blicke auf sie heftete, überhäuften sie sie mit Fragen nach der Ursache ihrer Qual. Sie konnte nicht antworten, sie fuhr nur fort, sie in tiefster Angst anzusehen. Da begriffen sie, daß sie nur noch einen Leichnam vor sich hatten, einen halb lebenden Leichnam, der sie sah und sie hörte, der aber nicht mit ihnen zu sprechen vermochte. Diese Wendung erfüllte sie mit Verzweiflung: im Grunde scherten sie sich wenig um die Qual der Gelähmten, sie beweinten sich selbst, die sie nun künftighin zu einem ewigen Zusammensein zu zweien verurteilt sein würden.

Von diesem Tage an wurde das Leben des Ehepaares unerträglich. Sie verbrachten grausame Abende in Gegenwart der armen Gelähmten, welche ihre Schreckensangst nicht mehr mit ihrem sanften Geplauder einschläferte. Wie ein Paket, wie ein Gegenstand lag sie in einem Stuhl, und Thérèse und Lorenz saßen bedrängt und verstört an den beiden Enden des Tisches sich allein gegenüber. Dieser Leichnam trennte sie nicht mehr. Manchmal vergaßen sie ihn und rechneten ihn unbewußt unter die Möbel. Dann wurden sie von den Schrecken ihrer Nächte ergriffen, das Eßzimmer wurde wie das Schlafzimmer ein furchtbarer Ort, an dem das Gespenst Kamills emporwuchs. Auf diese Weise wurden sie täglich fünf oder sechs Stunden länger gepeinigt. Von Sonnenuntergang an erschauerten sie, ließen den Lampenschirm tief herunter, um sich nicht zu sehen, und versuchten, sich einzubilden, Frau Raquin werde jeden Augenblick zu sprechen anfangen und sie so an ihre Gegenwart erinnern. Wenn sie sie bei sich behielten und sich ihrer nicht entledigten, so geschah es nur, weil ihre Augen noch lebten und sie manchmal eine Erleichterung darin fanden, diese Augen sich bewegen und glänzen zu sehn.

Sie setzten die gelähmte Alte stets in das volle Licht der Lampe, um ihr Gesicht gut zu erhellen und es immer deutlich vor sich zu haben. Für andere wäre dieses fahle schlaffe Gesicht ein unerträglicher Anblick gewesen, sie aber empfanden ein solches Bedürfnis nach Gesellschaft, daß sie mit wirklicher Freude ihre Blicke darauf ruhen ließen. Man hätte von dem aufgelösten Antlitz einer Toten sprechen können, in das zwei lebende Augen gefügt waren. Allein diese Augen regten sich, rollten schnell in ihren Höhlen hin und her, die Wangen, der Mund dagegen waren wie versteinert, sie verharrten in einer grausigen Unbeweglichkeit. Wenn Frau Raquin einschlummerte und die Lider schloß, wurde ihr dann ganz weißes und ganz stummes Gesicht wirklich zu einem Leichenantlitz. Thérèse und Lorenz, die so niemanden mehr um sich fühlten, machten so lange Geräusch, bis die Gelähmte die Lider hob und sie ansah. So zwangen sie sie, wach zu bleiben.

Sie betrachteten sie als eine Zerstreuung, die sie aus ihren bösen Träumen scheuchte. Seit sie gelähmt war, mußte sie wie ein Kind gepflegt werden. Die Sorgfalt, die sie auf sie verwandten, lenkte ihre Gedanken ab. Morgens wusch Lorenz sie und trug sie auf ihren Stuhl, und abends legte er sie wieder in ihr Bett. Sie war noch schwer, er mußte seine ganze Kraft aufwenden, um sie behutsam in seine Arme nehmen und tragen zu können. Er war es auch, der ihren Sessel schob. Die übrige Pflege fiel auf Thérèse: sie kleidete die Gelähmte an, gab ihr zu essen und versuchte ihre geringsten Wünsche zu erraten. Frau Raquin behielt einige Tage lang noch den Gebrauch ihrer Hände, sie konnte auf eine Schiefertafel schreiben und so das fordern, dessen sie bedurfte. Dann starben auch diese Hände, es wurde ihr unmöglich, sie zu heben und einen Griffel zu halten. Von da an besaß sie nur noch die Sprache des Blicks, ihre Nichte mußte erraten, was sie wollte. Die junge Frau widmete sich gern dem harten Dienst der Krankenwärterin, das schuf ihr eine körperliche und geistige Beschäftigung, die ihr sehr wohl tat.

Um nicht allein zu bleiben, schob das Ehepaar schon am frühen Morgen den Sessel der armen Alten in das Eßzimmer. Sie schleppten sie mit sich, als wäre sie zu ihrem Dasein notwendig; sie ließen sie ihren Mahlzeiten und jedem Zusammensein beiwohnen. Sie taten so, als verständen sie nicht, wenn sie den Wunsch äußerte, in ihre Stube gebracht zu werden. Sie war nur dazu gut, ihr Alleinsein zu hindern; irgendwie für sich zu leben, hatte sie kein Recht. Um acht Uhr ging Lorenz in sein Atelier, Thérèse begab sich in den Laden hinunter, und die Gelähmte blieb bis Mittag allein im Eßzimmer, und dann, nach dem Essen, blieb sie wieder bis sechs Uhr allein dort. Tagsüber kam ihre Nichte oftmals zu ihr herauf, sah nach ihr und vergewisserte sich, daß sie nichts brauchte. Die Freunde der Familie wußten gar nicht, durch welche Lobsprüche sie Lorenzens und Thérèsens Tugenden in ein gerechtes Licht rücken sollten.

Die Donnerstagempfänge dauerten an, und die Gelähmte wohnte ihnen wie früher bei. Man schob ihren Sessel an den Tisch, und von acht bis elf Uhr hielt sie die Augen groß offen und sah die Geladenen nacheinander mit durchdringenden Blicken an. Anfangs waren der alte Michaud und Grivet vor dem Leichnam ihrer alten Freundin etwas befangen: sie wußten nicht recht, wie sie sich benehmen sollten. Ihr Kummer war nicht übermäßig groß, aber sie fragten sich, bis zu welchem Maße es schicklich sein würde, Betrübnis an den Tag zu legen. Sollte man zu diesem toten Gesicht sprechen, sollte man sich überhaupt nicht darum kümmern? Allmählich entschlossen sie sich, Frau Raquin so zu behandeln, als wäre überhaupt nichts mit ihr geschehen. Und schließlich taten sie so, als ob ihnen ihr Zustand vollkommen unbekannt sei. Sie plauderten mit ihr, indem sie sowohl die Fragen stellten wie die Antworten darauf gaben, für sich und für sie lachten und sich niemals durch den starren Ausdruck ihres Gesichtes aus der Fassung bringen ließen. Das war ein absonderliches Schauspiel: diese Leute schienen so vernünftig mit einer Bildsäule zu sprechen, wie sich etwa kleine Mädchen mit ihrer Puppe unterhalten. Die Gelähmte lag starr und stumm vor ihnen, und sie schwatzten und machten Gebärden über Gebärden und hatten so die lebhaftesten Unterhaltungen miteinander. Michaud und Grivet waren ungemein stolz auf ihr vortreffliches Benehmen. Sie glaubten außerordentlich höflich zu sein und entgingen überdies noch dem Lästigen der üblichen Mitleidsbezeugungen. Frau Raquin mußte sich geschmeichelt fühlen, als gesunder Mensch behandelt zu werden, und so war es ihnen wohl auch erlaubt, in ihrer Gegenwart ohne Skrupel vergnügt zu sein.

Grivet hatte eine Narrheit. Er behauptete, daß er sich mit Frau Raquin vollkommen verständige, sie könne ihn nicht ansehen, ohne daß er sofort wüßte, was sie wolle. Auch das war eine zarte Aufmerksamkeit. Nur täuschte Grivet sich jedesmal. Oft unterbrach er die Dominopartie, sah die Gelähmte, deren Augen still dem Spiel folgten, prüfend an und erklärte, daß sie dieses oder jenes verlange. Machte man die Probe, so stellte sich jedesmal heraus, daß Frau Raquin nichts oder etwas ganz anderes verlangt hatte. Das entmutigte aber Grivet keineswegs, sondern er rief triumphierend ein: »Hatte ich es nicht gesagt«, und fing ein paar Minuten später von vorne an. Etwas ganz anderes war es, wenn die Gelähmte wirklich deutlich zu erkennen gab, daß sie etwas wünsche. Thérèse, Lorenz und alle Gäste nannten dann nacheinander die Gegenstände, nach denen sie Verlangen tragen konnte, und Grivet fiel dabei jedesmal durch die Ungeschicklichkeit seiner Vorschläge auf. Er nannte alles, was ihm zufällig in den Kopf kam, und schlug stets das Gegenteil von dem vor, was Frau Raquin forderte. Das hinderte ihn aber nicht, unentwegt zu wiederholen:

»Ich lese in ihren Augen wie in einem Buch. Sehn Sie nur, sie blinkt mir zu, daß ich recht habe ... Ist es nicht so, liebe Frau? ... Ja, ja.«

Übrigens war es nicht leicht, die Wünsche der armen Alten zu erfassen. Thérèse allein besaß diese Fertigkeit. Sie verständigte sich ziemlich leicht mit diesem eingemauerten, noch lebendigen, in einem toten Leibe begrabenen Verstande. Was mochte in diesem unglückseligen Geschöpf vorgehn, das gerade genug lebte, um dem Leben beizuwohnen, ohne jedoch daran teilnehmen zu können? Es sah, es hörte, es dachte zweifellos deutlich und klar, und es besaß weder Stimme noch Gebärde, um äußerlich die Gedanken seines Inneren kenntlich zu machen. Vielleicht wurde Frau Raquin von ihren Gedanken erstickt! Sie hätte nicht die Hand zu erheben, nicht den Mund zu öffnen vermocht, wenn eine ihrer Bewegungen, eines ihrer Worte auch über das Schicksal der Welt bestimmt hätte. Ihr Geist glich einem jener aus Versehen lebendig Begrabenen, welche zwei oder drei Meter unter dem Boden in der Finsternis der Erde plötzlich erwachen. Sie schreien, sie schlagen um sich, aber man schreitet über sie hinweg, ohne ihren furchtbaren Jammer zu hören. Oft beobachtete Lorenz, wie Frau Raquin mit aufeinandergepreßten Lippen, die steinernen Hände auf den steinernen Knien, ihr ganzes Leben in ihre schnellen lebhaften Augen legte, und er sagte sich:

»Wer weiß, woran sie in ihrer Einsamkeit denken mag ... Irgendein grausames Drama muß sich in dieser Toten abspielen ...«

Lorenz täuschte sich, Frau Raquin war glücklich, glücklich über die Sorgfalt und Hingabe ihrer lieben Kinder. Sie hatte stets davon geträumt, einst von Liebe und Zärtlichkeit umgeben langsam dahinzugehn. Gewiß, des Wortes hätte sie mächtig bleiben mögen, um ihren Freunden zu danken, daß sie ihr in Frieden sterben halfen. Aber sie fügte sich ohne Auflehnung in ihren Zustand; das stille, zurückgezogene Leben, das sie stets geführt, und die Sanftheit ihres Temperamentes hinderten sie, die Qualen der Stummheit und der Unbeweglichkeit allzu hart zu empfinden. Sie war wieder zum Kinde geworden und verbrachte ihre Tage ohne Verdruß damit, vor sich hinzusehen und an die Vergangenheit zu denken. Schließlich fand sie sogar einen Reiz darin, hübsch artig wie ein kleines Mädchen in ihrem Stuhl zu liegen.

Ihre Augen bekamen mit jedem Tage eine durchdringendere Klarheit und Sanftheit. Sie war dahin gekommen, sich ihrer Augen wie einer Hand, wie eines Mundes zu bedienen, um zu bitten und zu danken. So ersetzte sie auf eine seltsame und rührende Weise die Organe, die ihr fehlten. Inmitten ihres Gesichtes, von dem das Fleisch weichlich und verzerrt herabhing, hatten ihre Augen eine himmlische Schönheit. Seit ihre gezerrten, starren Lippen nicht mehr lächeln konnten, lächelte sie in anbetungswürdiger Zärtlichkeit mit den Augen: feuchte Lichter flossen, Morgenstrahlen schossen aus ihren Augenhöhlen. Nichts konnte eigentümlicher sein als diese Augen, die wie Lippen in dem toten Antlitz lächelten. Der untere Teil des Gesichtes war finster und bleiern, der obere göttlich erhellt. Vor allem für ihre lieben Kinder legte sie so ihre ganze Dankbarkeit und alle Liebe ihrer Seele in einen einzigen Blick. Wenn Lorenz sie morgens und abends in seine Arme nahm, um sie zu tragen, so dankte sie ihm liebevoll mit Blicken zärtlichsten Überströmens.

So lebte sie einige Wochen lang, wartete auf den Tod und glaubte sich vor jedem neuen Unglück geschützt. Sie wähnte, ihren Teil an Leid bezahlt zu haben. Sie täuschte sich. Eines Abends zerschmetterte sie der furchtbare Schlag.

Thérèse und Lorenz mochten sie immer zwischen sich in den vollen Schein der Lampe rücken, sie lebte nicht mehr genug, um sie zu trennen und sie vor ihren Schrecken zu schützen. Wenn sie vergaßen, daß sie da sei und sie sehen und hören könne, so ergriff sie der Wahnsinn, sie gewahrten Kamill und versuchten, ihn zu vertreiben. Und dann stammelten sie abgerissene Worte, dann ließen sie sich wider Willen Geständnisse entschlüpfen, Äußerungen, welche schließlich Frau Raquin alles enthüllten. Lorenz hatte eine Art Anfall bekommen, in dem er wie ein Halluzinierender sprach. Mit einem Schlage begriff die Gelähmte alles.

Ein furchtbares Zucken lief über ihr Gesicht, und sie erlitt eine solche Erschütterung, daß Thérèse glaubte, sie würde aufspringen und schreien. Dann fiel sie in ihre eiserne Starre zurück. Diese Art eines Nervenstoßes war um so entsetzlicher, als er einen Leichnam zu galvanisieren schien. Die für einen Augenblick wiedergewonnene Empfindungsfähigkeit verschwand, die Gelähmte lag bleierner und starrer denn je in ihrem Stuhl. Nur ihre sonst so sanften Augen waren schwarz und hart geworden wie Metall.

Niemals noch hatte Verzweiflung ein Wesen härter getroffen. Die furchtbare Wahrheit verbrannte wie ein Blitz die Augen der Gelähmten und fuhr mit dem ungeheuren Prall eines Donnerschlages in sie. Hätte sie aufstehen, den Entsetzensschrei, der ihr in die Kehle gesprungen war, ausstoßen und die Mörder ihres Sohnes verfluchen können, so würde sie weniger gelitten haben. Aber sie mußte, nachdem sie alles gehört, alles begriffen, starr und stumm bleiben und den Ausbruch ihres Schmerzes in sich bergen. Es war ihr, als haben Thérèse und Lorenz sie gefesselt auf ihren Stuhl festgenagelt, damit sie nicht davonstürzen könne, und als fänden sie ein furchtbares Vergnügen darin, ihr ständig zu wiederholen: »Wir haben Kamill getötet«, nachdem sie zuvor einen Knebel in ihren Mund gesteckt, der ihr Schluchzen erstickte. Angst und Entsetzen rasten wütend durch ihren Körper und konnten keinen Ausgang finden. Sie machte übermenschliche Anstrengungen, um die Last abzuwerfen, die sie erdrückte, um ihre Kehle zu erlösen und so der Sturmflut ihrer Verzweiflung freien Lauf zu schaffen. Umsonst spannte sie ihre letzten Kräfte: kalt fühlte sie ihre Zunge an ihrem Gaumen, sie vermochte sich dem Tode nicht zu entwinden. Leichenstarre hielt sie gebannt. Ihre Empfindungen glichen denen eines vom Starrkrampf befallenen Menschen, den man gerade begräbt und der in den Fesseln seines eigenen Leibes über sich das dumpfe Herabpoltern der Grabschollen vernimmt.

Die Verheerungen in ihrem Gemüt waren noch schrecklicher. Sie fühlte in ihrem Inneren einen Einsturz, der sie zerschmetterte. Ihr ganzes Leben war zertrümmert, alle ihre Liebe, all ihre Güte, all ihre Hingabe war roh zu Boden geschleudert und unter die Füße getreten. Sie hatte ein Leben voller Liebe und Güte geführt, und in ihren letzten Lebensstunden, aus denen sie den Glauben an das stille Glück des Daseins mit in das Grab nehmen wollte, schrie nun eine Stimme, daß alles Lüge, daß alles Verbrechen sei. Der Schleier, der zerriß, zeigte ihr hinter der Liebe und der Freundschaft, die sie zu sehn geglaubt, ein entsetzliches Schauspiel von Blut und Schande. Sie würde Gott geschmäht haben, wäre sie imstande gewesen, eine Lästerung auszustoßen. Mehr als sechzig Jahre lang hatte Gott sie hintergangen, indem er sie als ein gutes, sanftes Mädchen behandelte und ihre Augen durch lügnerische Bilder stiller Freude ergötzte. Und sie war ein Kind geblieben, indem sie töricht an tausend alberne Sachen geglaubt und das wirkliche Leben nicht in dem blutigen Schlamme der Leidenschaften sich wälzen gesehn hatte. Gott war schlecht, er hätte früher ihr die Wahrheit sagen oder sie in ihrer Unschuld und Blindheit dahinfahren lassen sollen. Jetzt blieb ihr nichts anderes übrig, als zu sterben und Liebe, Freundschaft und Hingabe zu leugnen. Es gab nichts als Mord und Ausschweifung.

Was denn! Kamill war unter Thérèsens und Lorenzens Schlägen gestorben, und diese hatten das Verbrechen in der Schande des Ehebruchs ausgeheckt! Für Frau Raquin lag ein solcher Abgrund in diesem Gedanken, daß sie ihn weder in einer klaren, zergliederten Form fassen noch durchdenken konnte. Sie hatte nur eine Empfindung dabei, die Empfindung eines grauenvollen Absturzes. Es war ihr, als fiele sie in einen kalten, schwarzen Schlund, und sie sagte sich: »Ich werde in der Tiefe zerschellen.«

Nach der ersten Erschütterung erschien ihr die Ungeheuerlichkeit des Verbrechens unwahrscheinlich. Dann, als die Überzeugung von dem Ehebruch und dem Morde sich in ihr gefestigt hatte durch die Erinnerung an kleine Umstände, die sie sich früher nicht zu erklären vermocht, bekam sie Angst, wahnsinnig zu werden. Wohl waren Thérèse und Lorenz die Mörder Kamills, Thérèse, die sie aufgezogen, Lorenz, den sie wie eine zärtliche, hingebende Mutter geliebt hatte. Das drehte sich mit betäubendem Geräusch durch ihren Kopf wie ein ungeheures Rad. Sie erriet so scheußliche Einzelheiten, sie blickte in eine so tiefe Heuchelei hinab, wohnte in Gedanken einem Doppelschauspiel von so furchtbarem Hohn bei, daß sie hätte sterben mögen, um nicht mehr denken zu können. Mechanisch und unentrinnbar wälzte sich ein einziger Gedanke mit der Schwere und der Unerbittlichkeit eines Mühlsteins im Kreise durch ihr Gehirn. Unaufhörlich wiederholte sie sich: »Meine Kinder haben mein Kind getötet«, und sie fand nichts anderes, um ihre Verzweiflung und ihren Schmerz auszudrücken.

In der plötzlichen Wandlung ihres Herzens suchte sie verwirrt sich selber, und sie konnte sich nicht mehr wiedererkennen, sie wurde erdrückt von der rohen Flut der Rachegedanken, die alle Güte ihres Lebens verjagt hatten. Als die Wandlung sich ganz vollzogen, sah es schwarz in ihr aus. Sie fühlte in ihrem sterbenden Fleische ein neues unerbittliches und grausames Wesen erstehn, welches die Mörder ihres Sohnes am liebsten mit den Zähnen zerrissen hätte.

Nachdem sie sich der erdrückenden Umarmung der Lähmung gefügt hatte, nachdem sie begriffen, daß sie Thérèse und Lorenz, die sie erwürgen wollte, nicht würde an den Hals springen können, fand sie sich in ihre Stummheit und Unbeweglichkeit, und nur große Tränen sickerten langsam aus ihren Augen. Nichts konnte ergreifender sein als dieser stumme, starre Schmerz. Diese Tränen, die eine nach der anderen über dieses tote Antlitz liefen, in dem nicht eine Falte sich regte, dieses fahle, leblose Gesicht, das nicht mit allen seinen Zügen weinen konnte, sondern in dem nur die Augen schluchzten, bot ein erschütterndes Schauspiel.

Thérèse wurde von Schrecken und Mitleid ergriffen:

»Man muß sie zu Bett bringen«, sagte sie zu Lorenz, indem sie ihn auf ihre Tante aufmerksam machte.

Lorenz beeilte sich, die Gelähmte in ihre Stube zu schieben, und dann bückte er sich, um sie in seine Arme zu nehmen. Frau Raquin hoffte, daß in diesem Augenblick eine mächtige Feder sie auf ihre Füße schnellen würde, sie machte eine äußerste Anstrengung! Gott konnte nicht erlauben, daß Lorenz sie an seine Brust drückte. Sie erwartete, daß ein Blitz ihn niederschmettern würde, sollte er diese ungeheuerliche Schamlosigkeit wirklich besitzen. Aber keine Feder hob sie, und der Himmel sparte seinen Donner. Sie blieb schlaff und reglos wie ein Pack Wäsche. Sie wurde von dem Mörder angefaßt, aufgehoben und getragen. Sie durchlebte das Grausen, sich schlaff und ohnmächtig in den

Armen des Mörders ihres Sohnes Kamill zu fühlen. Ihr Kopf rollte auf Lorenzens Schulter herab, und sie starrte ihn mit ihren vom Grausen geweiteten Augen an.

»Geh, geh«, sagte er, »sieh mich nur ruhig an, deine Augen werden mich nicht fressen.«

Und er warf sie roh auf das Bett. Ohnmächtig fiel die Gelähmte nieder. Ihr letzter Gedanke war ein Gedanke des Schreckens: auch künftig würde sie morgens und abends Lorenzens ekle Umklammerung ertragen müssen.

27

Nur einer ihrer Angstanfälle hatte die Eheleute so weit bringen können, in Gegenwart Frau Raquins zu sprechen und Geständnisse zu machen. Weder der eine noch der andere von ihnen war grausam. Schon aus Menschlichkeit würden sie eine derartige Enthüllung vermieden haben, hätte ihre Sicherheit allein ihnen nicht Verschwiegenheit zum Gesetz gemacht.

Am folgenden Donnerstag waren sie seltsam beunruhigt. Morgens fragte Thérèse Lorenz, ob er es für klug halte, die Gelähmte den Abend über im Eßzimmer zu lassen? Sie wußte alles, sie könnte einen Wink geben.

»Bah«, erwiderte Lorenz, »sie kann ja nicht einmal den kleinen Finger rühren. Wie soll sie da schwatzen?«

»Sie findet vielleicht ein Mittel«, antwortete Thérèse. »Seit gestern abend lese ich in ihren Augen einen unerbittlichen Gedanken.«

»Nein, der Arzt hat mir gesagt, daß alles für sie zu Ende sei. Falls sie noch einmal sprechen sollte, wird es nur im letzten Todesröcheln sein . . . Es dauert ja doch nicht mehr lange mit ihr, weißt du. Es wäre doch dumm, unser Gewissen auch noch damit zu belasten, daß wir sie hindern, heute abend dabei zu sein . . .«

Thérèse schauderte.

»Du hast mich nicht verstanden«, schrie sie auf. »Oh, weiß Gott, es hat genug Blut gegeben . . . Ich wollte dir vorschlagen, meine Tante in ihrem Zimmer zu lassen und vorzugeben, sie sei kränker oder sie schlafe.«

»Ausgezeichnet«, erwiderte Lorenz, »und der Dummkopf Michaud geht dann einfach in das Zimmer, um seine alte Freundin dennoch zu sehn . . . Ein vortrefflicher Vorschlag, um uns zugrunde zu richten.«

Er stockte, er wollte ruhig erscheinen, und dennoch stammelte er vor Angst.

»Es ist besser, den Dingen ihren Lauf zu lassen«, fuhr er fort. »Diese Leute sind ja so dumm wie die Gänse, sie werden von der stummen Verzweiflung der Alten sicherlich nichts merken. Von der Sache selbst würden sie niemals etwas ahnen, dazu sind sie von der Wahrheit denn doch allzu weit entfernt. Haben wir den Versuch erst gemacht, so können wir künftig über die Folgen unserer Unklugheit ruhig sein . . . Laß nur, alles wird gutgehen . . .«

Als abends die Gäste anlangten, saß Frau Raquin auf ihrem gewöhnlichen Platz zwischen dem Ofen und dem Tisch. Lorenz und Thérèse stellten sich guter Laune, verbargen ihre Angstschauer und warteten voller Bangigkeit auf den Zwischenfall, der nicht gut ausbleiben konnte. Sie hatten den Schirm der Lampe recht tief herabgelassen, so daß das Wachstuch allein beleuchtet wurde.

Die Geladenen gefielen sich in der nichtssagenden, lärmenden Unterhaltung, welche stets der ersten Dominopartie voranging. Grivet und Michaud verfehlten nicht, an die Gelähmte die üblichen Fragen nach ihrer Gesundheit zu richten, Fragen, auf welche sie ihrer Gewohnheit gemäß selber vortreffliche Antworten gaben. Und dann stürzte sich die Gesellschaft, ohne sich weiter um die arme Alte zu kümmern, mit Wonne in die erste Partie.

Seit Frau Raquin das grausige Geheimnis kannte, hatte sie fiebernd auf diesen Abend gewartet. Sie hatte ihre letzten Kräfte gesammelt, um die Schuldigen zu entlarven. Bis zum letzten Augenblick hatte sie gefürchtet, dem Zusammensein nicht beiwohnen zu dürfen, sie hatte gedacht, Lorenz würde sie verschwinden lassen, vielleicht töten, zum mindesten aber doch in ihre Stube einsperren. Als sie sah, daß man sie dort ließ, als sie sich inmitten der Gäste befand, genoß sie eine heiße Freude bei dem Gedanken an den beabsichtigten Versuch, ihren Sohn zu rächen. In dem Bewußtsein, daß ihre Zunge wirklich tot sei, versuchte sie eine neue Sprache. Durch eine erstaunliche Willenskraft gelang es ihr, ihre rechte Hand gewissermaßen zu galvanisieren und sie etwas über ihre Knie zu erheben, auf denen sie sonst immer leblos lag. Dann ließ sie sie nach und nach den ihr gegenüber befindlichen Tischfuß heraufklettern und brachte es schließlich fertig, sie auf das Wachstuch zu schieben. Dort bewegte sie schwach die Finger, wie um die Aufmerksamkeit auf sich zu lenken.

Als die Spieler plötzlich diese weiße, schlaffe Totenhand mitten unter sich gewahrten, waren sie sehr überrascht. Grivet blieb in dem Augenblick, in dem er gerade siegreich die Doppelsechs anfügen wollte, mit dem Arm in der Luft stehen. Seit ihrem Anfall hatte die Gelähmte die Hände nicht mehr bewegen können.

»Oh, sehn Sie doch, Thérèse«, rief Michaud, »Frau Raquin bewegt die Finger . . . Wahrscheinlich will sie etwas.«

Thérèse konnte nicht antworten; sie hatte ebenso wie Lorenz die Arbeit der Gelähmten verfolgt, jetzt sah sie die Hand ihrer Tante fahl in dem grellen Licht der Lampe daliegen wie eine Rächerhand, die sprechen würde. Die beiden Mörder warteten, nach Luft ringend.

»Bei Gott! Ja«, sagte Grivet, »sie wünscht etwas ... Oh, wir verstehen uns ausgezeichnet, wir beiden ... Sie will Domino spielen ... Nicht wahr, liebe Frau?«

Frau Raquin machte ein heftiges Zeichen der Verneinung. Sie streckte einen Finger aus, krümmte mit unendlicher Anstrengung die anderen und fing an, auf dem Tisch mühsam Buchstaben zu ziehen. Sie hatte kaum einige Striche gemacht, als Grivet schon wieder triumphierend ausrief:

»Ich verstehe: sie sagt, ich hätte recht getan, die Doppelsechs anzulegen.«

Die Gelähmte warf einen furchtbaren Blick auf den alten Beamten und fing das Wort, das sie schreiben wollte, von vorn an. Aber alle Augenblicke unterbrach Grivet sie und erklärte, es sei nicht nötig, er habe verstanden, und dann äußerte er irgendeine Dummheit. Schließlich brachte Michaud ihn zum Schweigen:

»Zum Teufel, lassen Sie Frau Raquin doch sprechen«, sagte er. »Schreiben Sie, liebe Freundin.«

Und er blickte auf das Wachstuch, als hielte er sein Ohr hin. Aber die Finger der Gelähmten wurden müde, mehr als zehnmal hatten sie dasselbe Wort zu schreiben angefangen, nun konnten sie es nur noch, nach rechts und links ausgleitend, hinzeichnen. Michaud und Olivier hatten sich tief über den Tisch gebeugt, und da sie nichts entziffern konnten, zwangen sie die Gelähmte immer wieder, den ersten Buchstaben zu wiederholen.

»Ah, gut«, rief plötzlich Olivier, »jetzt habe ich lesen können ... Sie hat Ihren Namen geschrieben, Thérèse ... Sehn Sie, ›*Thérèse und* ...‹ Schreiben Sie weiter, liebe Frau!«

Thérèse war nahe daran, vor Angst zu schreien. Sie sah

die Finger ihrer Tante über das Wachstuch gleiten, und es war ihr, als schrieben diese Finger ihren Namen und das Geständnis ihres Verbrechens mit feurigen Lettern. Lorenz war heftig aufgesprungen und fragte sich, ob er sich nicht auf die Gelähmte stürzen und ihr den Arm zerbrechen sollte. Er hielt alles für verloren. Während er diese Hand aufleben sah, um die Ermordung Kamills zu entdecken, fühlte er auf sein Wesen die Schwere und die Kälte der Strafe sinken.

Frau Raquin schrieb weiter, aber immer langsamer und mühsamer . . .

»Ausgezeichnet, ich lese vollkommen deutlich«, sagte Olivier nach einer Weile, indem er das Ehepaar ansah. »Ihre Tante schreibt Ihre beiden Namen: ›*Thérèse und Lorenz . . .*‹«

Die alte Frau machte jedesmal bejahende Zeichen und sah die Mörder dabei mit wilden, vernichtenden Blicken an. Dann wollte sie fortfahren. Aber ihre Finger waren steif geworden, der äußerste Wille, der sie galvanisiert hatte, entglitt ihr, sie fühlte die Lähmung langsam wieder ihren Arm herunterklettern und ihre Hand aufs neue ergreifen. Sie beeilte sich, sie schrieb noch ein Wort.

Der alte Michaud las mit lauter Stimme:

»Thérèse und Lorenz haben . . .«

Und Olivier fragte:

»Was haben Ihre lieben Kinder?«

Von wahnsinniger Angst gepackt, waren die Mörder nahe daran, den Satz ganz laut zu vollenden. Mit starren, verstörten Augen betrachteten sie die Rächerhand, als diese Hand plötzlich, von einem Krampf befallen, flach auf den Tisch niederglitt und von dort wie ein Häufchen seelenlosen Fleisches auf die Knie der Gelähmten zurücksank. Die Lähmung war wieder eingetreten und hatte die Strafe auf ihrem Wege angehalten. Michaud und Olivier setzten sich enttäuscht auf ihre Stühle zurück, während Thérèse und Lorenz von einer so heißen Freude gepackt wurden, daß sie ihre Sinne unter dem plötzlichen Blutstrom, der in ihre Brust schoß, fast vergehen fühlten.

Grivet war ärgerlich, daß ihm nicht aufs Wort geglaubt worden war. Er hielt den Augenblick für gekommen, durch Ergänzung des unvollendeten Satzes der Frau Raquin seine Unfehlbarkeit zurückzuerobern. Als man nach dem Sinn dieses Satzes suchte, sagte er:

»Das ist doch ganz klar, ich errate den ganzen Satz aus den Augen unserer Freundin. Ich habe nicht nötig, meinerseits, daß sie auf den Tisch schreibt . . . Einer ihrer Blicke genügt mir . . . Sie hat sagen wollen: ›Thérèse und Lorenz haben mich gut gepflegt.‹«

Grivet durfte seiner Einbildungskraft Beifall zollen, denn die ganze Gesellschaft war seiner Meinung. Die Geladenen priesen und lobten allesamt das Ehepaar, das so gut zu der armen Frau sei.

»Es ist gewiß«, sagte der alte Michaud, »daß Frau Raquin der zärtlichen Aufmerksamkeit, mit der ihre Kinder sie überhäufen, eine Huldigung hat zuteil werden lassen wollen. Das ehrt die ganze Familie.«

Und seine Dominosteine wieder aufnehmend, fügte er hinzu:

»Kommen Sie, spielen wir weiter, wo standen wir? . . . Grivet wollte die Doppelsechs anfügen, glaube ich.«

Grivet fügte die Doppelsechs an. Stumpfsinnig und eintönig ging die Partie weiter.

In grausige Verzweiflung versunken, starrte die Gelähmte ihre Hand an. Ihre Hand hatte sie treulos im Stich gelassen. Sie fühlte sie jetzt schwer wie Blei, niemals wieder würde sie sie aufheben können. Der Himmel wollte nicht, daß Kamill gerächt werde, er entzog seiner Mutter das einzige Mittel, den Menschen den Mord bekanntzugeben, dessen Opfer er geworden war. Und die Unglückliche sagte sich, daß sie nur noch dazu brauchbar sei, ihr Kind in der Erde aufzusuchen. Sie schloß die Lider. Von nun an fühlte sie sich unnütz und wollte sich schon jetzt in der Grabesnacht wähnen.

28

Seit zwei Monaten drehten und wanden sich Thérèse und Lorenz qualvoll in den Schrecken ihrer Vereinigung. Sie litten einer durch den anderen. Langsam stieg so der Haß in ihnen empor, und schließlich warfen sie einander zornige Blicke voller dumpfer Drohungen zu.

Der Haß mußte sich notwendigerweise einstellen. Sie hatten sich mit einer heißen Blutsleidenschaft wie Tiere geliebt, dann war ihre Liebe in dem Nervenzusammenbruch nach dem Verbrechen zur Furcht geworden, und sie hatten gewissermaßen einen körperlichen Schrecken vor ihren Küssen empfunden, und jetzt, in der Qual, welche die Ehe, das gemeinschaftliche Leben ihnen auferlegte, lehnten sie sich wider einander auf und gerieten in Zorn.

Es war ein furchtbarer Haß mit schrecklichen Ausbrüchen. Sie fühlten sehr wohl, daß sie einander im Wege seien, sie sagten sich, daß sie ein ruhiges Dasein führen würden, müßten sie nicht zusammensein. Wenn sie einander gegenübersaßen, so war ihnen, als ob eine ungeheure Last sie ersticke, und sie hätten um alles in der Welt die Last fortschaffen, vernichten mögen. Ihre Lippen kniffen sich zusammen, und gewalttätige Gedanken glitten über ihre hellen Augen. Es wandelte sie die Lust an, sich gegenseitig zu verschlingen.

Im Grunde zernagte sie ein einziger Gedanke: sie empörten sich gegen ihr Verbrechen, sie waren verzweifelt, ihr Leben für ewig zerstört zu haben. Daher kam ihr ganzer Zorn und ihr ganzer Haß. Sie fühlten, daß das Übel unheilbar sei, daß sie bis an ihr Lebensende unter der Ermordung Kamills leiden würden, und dieser Gedanke der Unaufhörlichkeit brachte sie außer sich. Da sie nicht wußten, worauf sie losschlagen sollten, hielten sie sich an sich selber und verabscheuten sich.

Sie wollten nicht gutwillig zugeben, daß ihre Ehe die verhängnisvolle Strafe für den Mord sei; sie sperrten sich dagegen, die innere Stimme zu hören, die ihnen die Wahrheit zuschrie, indem sie vor ihnen die Geschichte ihres Lebens ausbreitete. Und dennoch lasen sie in den Ausbrüchen, von denen sie geschüttelt wurden, klar und deutlich auf dem Grunde ihres Zornes; sie errieten die Wucht und Wut ihres selbstischen Wesens, welches sie zur Stillung ihrer Gelüste zum Morde getrieben und das im Morde nur ein trostloses und unerträgliches Dasein fand. Sie erinnerten sich der Vergangenheit, sie wußten, daß allein ihre enttäuschte Hoffnung auf Sinnengenuß und auf ein friedliches Glück sie zur Reue trieb. Hätten sie sich in Frieden umarmen und in Freuden leben können, so würden sie Kamill nicht beweint, sondern sich an ihrem Verbrechen gemästet haben. Aber ihr Leib hatte sich aufgelehnt, hatte die Ehe verweigert, und sie fragten sich mit Schrecken, wohin Entsetzen und Ekel sie noch führen würden. Sie gewahrten nur eine Zukunft, furchtbar an Qualen, und nur ein unheilvolles gewaltsames Ende. Wie zwei Feinde, die man aufeinandergebunden hat und die vergebliche Anstrengungen machen, sich aus dieser erzwungenen Umarmung zu befreien, spannten sie ihre Muskeln und Sehnen und stemmten sich, ohne sich befreien zu können. Und als sie dann begriffen, daß sie ihrer Verschlingung niemals würden entfliehen können, als die in ihr Fleisch schneidenden Stricke sie rasend machten, als ihre Berührung sie anekelte und sie ihren Widerwillen stündlich wachsen fühlten, als sie vergaßen, daß sie sich ja selber aneinandergebunden hatten und sie ihre Fesseln nicht einen Augenblick länger ertragen zu können meinten, da machten sie einander blutige Vorwürfe, versuchten, weniger zu leiden und die Wunden zu verbinden, die sie sich schlugen, indem sie sich beschimpften und sich durch ihr Geschrei und ihre Anklagen betäubten.

Allabendlich brach ein Zank aus. Man hätte sagen können, die Mörder suchten nach Gelegenheiten, sich zu erregen und ihre geladenen Nerven zu entspannen. Sie belauerten sich, befühlten sich mit dem Blick, durchwühlten ihre Wunden, entdeckten in einer jeden den schmerzenden Punkt und fanden eine bittere Wollust darin, sich vor Schmerz aufschreien zu machen. Sie lebten dergestalt in einer dauernden Gereiztheit, ihrer selbst müde, und konnten kein Wort, keine Gebärde, keinen Blick mehr ertragen, ohne zu leiden und außer sich zu geraten. Ihr ganzes Wesen war zur Gewalttätigkeit vorbereitet: die leiseste Ungeduld, der gewöhnlichste Widerspruch wuchs auf eine seltsame Weise in ihrem aus dem Gefüge geratenen Organismus und wurde mit einem Schlage trächtig von Roheit und Gewalt. Ein Nichts rührte einen Sturm auf, der bis zum anderen Morgen dauerte. Ein zu heißes Gericht, ein offenes Fenster, ein Widerspruch, eine einfache Bemerkung genügten, um sie bis zu wahren Wahnsinnsanfällen zu treiben. Und jedesmal in einem bestimmten Augenblick des Zankes warfen sie sich den Ertränkten an den Kopf. Von Wort zu Wort gelangten sie dazu, einander die Ersäufung von Sankt Ouen vorzuwerfen, und dann wurde es rot vor ihren Augen, und sie steigerten sich gegenseitig bis zur Raserei. Furchtbare Auftritte brachen los, Würgen, Schläge, gemeines Geschrei, schändliche Roheiten. Gewöhnlich gerieten Thérèse und Lorenz nach Tisch in diesen Zustand. Sie sperrten sich in das Eßzimmer ein, damit der Lärm ihrer Verzweiflung nicht gehört werde. Hier in diesem feuchten Raum, in dieser Art Keller, den die Lampe mit gelblichem Schein erhellte, konnten sie sich nach Herzenslust zerfleischen. In der Stille und der eingeschlossenen Luft bekamen ihre Stimmen eine gellende Sprödigkeit. Und sie hörten erst auf, wenn sie vor Müdigkeit erschöpft waren, dann erst konnten sie einige Stunden der Ruhe genießen. Ihr Zanken wurde gewissermaßen ein Bedürfnis für sie, ein Mittel, durch Erschöpfung ihrer Nerven Schlaf zu finden.

Frau Raquin hörte ihnen zu. Ununterbrochen saß sie in ihrem Sessel dabei, die schweren Hände auf den Knien, den Kopf aufrecht, das Gesicht stumm. Sie hörte alles, und durch ihr totes Fleisch lief kein Schauer. Ihre Augen hefteten sich mit durchdringender Festigkeit auf die Mörder. Ihr Martyrium mußte furchtbar sein. Sie erfuhr so Punkt für Punkt die Ereignisse vor und nach der Ermordung Kamills, sie drang allmählich in alle schmutzigen Handlungen und alle Verbrechen derjenigen ein, die sie ihre lieben Kinder genannt hatte.

Der Zank des Ehepaars setzte sie von den geringsten Umständen in Kenntnis und breitete vor ihrem entsetzten Geist nacheinander alle Einzelheiten des grauenhaften Abenteuers aus. Und je tiefer sie in diesen blutigen Schlamm vordrang, desto inniger flehte sie um Schonung; sie glaubte den Grund aller Schändlichkeit erreicht zu haben und mußte täglich noch tiefer hinabsteigen. Jeden Abend erfuhr sie einen neuen Umstand. Immer länger dehnte sich die furchtbare Geschichte; es war ihr, als träume sie einen entsetzlichen Traum, der niemals ein Ende nehmen würde. Das erste Geständnis hatte roh und niederschmetternd gewirkt, aber noch mehr litt sie unter diesen wiederholten Schlägen, unter diesen kleinen Tatsachen, welche sich das Ehepaar in seinen Rasereien entschlüpfen ließ und die das Verbrechen mit unheimlichen Lichtern erhellten. Einmal täglich vernahm diese Mutter die Erzählung von der Ermordung ihres Sohnes, mit jedem Tage wurde diese Erzählung abscheulicher, umständlicher, und mit jedem Tage wurde sie mit größerer Grausamkeit und lauterer Roheit in ihre Ohren geschrien.

Manchmal fühlte Thérèse Gewissensbisse vor diesem fahlen Antlitz, über das große, stumme Tränen liefen. Sie machte Lorenz auf ihre Tante aufmerksam und beschwor ihn mit Blicken, zu schweigen.

»Ach was«, schrie dieser roh, »du weißt recht gut, daß sie uns nicht ausliefern kann ... Bin ich etwa glücklicher als sie? ... Wir haben ja doch ihr Geld, was brauche ich mich da noch groß in acht zu nehmen?«

Und der Zank raste schroff und schreiend weiter und tötete Kamill noch einmal. Dem mitleidigen Gedanken, der ihnen bisweilen kam, die Gelähmte in ihr Zimmer zu bringen, während sie sich zankten, und ihr so die Erzählung des Verbrechens zu ersparen, wagte weder Thérèse noch Lorenz nachzugeben. Sie fürchteten, sich totzuschlagen, wenn dieser halb lebende Leichnam nicht mehr bei ihnen war. Ihr Mitleid gab ihrer Feigheit nach, sie unterwarfen Frau Raquin unsäglichen Qualen, weil sie ihre Gegenwart brauchten, um sich vor ihren Halluzinationen zu schützen.

Alle ihre Auseinandersetzungen glichen sich und mündeten in die gleichen Anschuldigungen. Sobald der Name Kamills ausgesprochen war, sobald einer von ihnen den anderen beschuldigte, diesen Menschen getötet zu haben, gab es einen furchtbaren Zusammenstoß.

Eines Abends bei Tisch fand Lorenz, der nach einem Vorwand suchte, zornig zu werden, daß das Wasser in der Wasserflasche warm sei. Er erklärte, warmes Wasser mache ihm Übelkeiten, er wolle kühles Wasser haben.

»Ich habe mir kein Eis verschaffen können«, erwiderte trocken Thérèse.

»Gut, ich werde also nicht trinken«, erwiderte Lorenz.

»Das Wasser ist ausgezeichnet.«

»Es ist warm und schmeckt nach Soda. Wie Flußwasser.«

Thérèse wiederholte: »Wie Flußwasser ...«

Und dann brach sie in Schluchzen aus. Eine Gedankenverbindung hatte sich in ihrem Kopfe vollzogen.

»Warum weinst du?« fragte Lorenz, der die Antwort voraussah und erblaßte.

»Ich weine«, schluchzte die junge Frau, »ich weine, weil ... Du weißt es doch ... O mein Gott! mein Gott! ... Du hast ihn getötet.«

»Du lügst«, schrie der Mörder heftig, »gib zu, daß du lügst ... Als ich ihn in die Seine warf, hattest du mich zu diesem Morde getrieben.«

»Ich?! Ich?!«

»Ja, du! ... Tu nicht so, als ob du das nicht wüßtest! Treibe mich nicht dazu, dich mit Gewalt zum Eingeständnis der Wahrheit zu zwingen ... Ich brauche es, daß du dein Verbrechen zugibst und deinen Teil des Mordes auf dich nimmst. Das beruhigt und erleichtert mich.«

»Habe ich Kamill etwa ertränkt?«

»Ja, ja, tausendmal, ja! Du! Du! Oh, spiele doch nicht die Erstaunte und Vergeßliche! Wart, ich will deine Erinnerungen auffrischen!«

Er stand vom Tisch auf, beugte sich zu der jungen Frau herab und schrie ihr mit flammenden Backen ins Gesicht:

»Du standest am Ufer, erinnere dich, und ich sagte ganz

leise zu dir: ›Ich werde ihn in den Fluß werfen.‹ Da warst du einverstanden, du bist ins Boot gestiegen . . . Siehst du, daß du ihn mit mir ermordet hast?«

»Das ist nicht wahr . . . Ich war wahnsinnig, ich weiß nicht mehr, was ich getan habe, aber ich habe ihn niemals töten wollen. Du allein hast das Verbrechen begangen.«

Dieses Ableugnen marterte Lorenz: als er es gesagt hatte, erleichterte ihn der Gedanke, einen Mitschuldigen zu haben. Hätte er es gewagt, so würde er sich zu beweisen versucht haben, daß das ganze Grausen des Mordes Thérèse zur Last falle. Es wandelte ihn oft die Lust an, die junge Frau zu schlagen, um sie zu dem Bekenntnis zu zwingen, daß sie die Schuldigere sei.

Schreiend und phantasierend und verfolgt von den starren Blicken Frau Raquins, fing er an, auf und ab zu gehn.

»Oh, die Elende! Die Elende!« stammelte er mit würgender Kehle, »sie will mich wahnsinnig machen . . . Bist du denn nicht eines Abends wie eine käufliche Dirne in meine Stube heraufgekommen? Hast du mich denn nicht mit deinen Liebkosungen trunken gemacht, um mich dazu zu bekommen, dich von deinem Manne zu befreien? Er mißfalle dir, er röche nach kranken Kindern, sagtest du zu mir, als ich dich hier besuchte . . . Habe ich denn vor drei Jahren an irgend so etwas gedacht? War ich denn ein Halunke? Ich lebte ruhig und still als ehrlicher Mann und tat niemandem etwas Böses. Ich hätte nicht eine Fliege erschlagen können.«

»Du hast Kamill umgebracht, du allein«, wiederholte Thérèse mit einem verzweifelten Eigensinn, der Lorenz den Kopf verlieren ließ.

»Nein, du warst es, du warst es, sage ich dir«, schrie er, furchtbar ausbrechend, »paß auf, reize mich nicht, das könnte schlecht endigen . . . Was, du Unglückselige, du willst dich an nichts mehr erinnern? Wie eine Dirne hast du dich mir hingegeben, dort, in dem Zimmer deines Mannes. Dort hast du mich die Lüste kennen gelehrt, die mich toll gemacht haben. Gestehe, daß du das alles berechnet hast! Du haßtest Kamill und wolltest ihn seit langem töten. Zweifellos hast du mich nur zum Liebhaber genommen, um mich auf ihn zu hetzen und ihn zu vernichten.«

»Das ist nicht wahr ... es ist ungeheuerlich, was du da sagst ... Du hast kein Recht, mir meine Schwäche vorzuwerfen. Ebenso wie du kann ich sagen, daß ich, ehe ich dich kannte, eine ehrbare Frau gewesen bin, die niemals jemandem etwas Böses zugefügt hat. Wenn ich dich toll gemacht habe, so hast du mich noch toller gemacht. Wir wollen uns nicht streiten, hörst du, Lorenz ... Ich könnte dir allzuviel vorwerfen.«

»Was könntest du mir denn vorwerfen?«

»Nein, nichts ... Du hast mich nicht vor mir selbst gerettet, du hast dir meine Hingabe zunutze gemacht, es hat dir Freude gemacht, mein Leben zu zerstören ... Ich verzeihe dir alles ... Eins aber bitte ich mir aus, beschuldige mich nicht, Kamill getötet zu haben. Behalte dein Verbrechen für dich und versuche nicht, mich noch mehr zu ängstigen.«

Lorenz erhob die Hand, um Thérèse ins Gesicht zu schlagen.

»Schlage mich, das ist mir lieber«, sagte sie, »ich leide dann weniger.«

»Höre«, sagte er mit einer Stimme, die er ruhig zu sein zwang, »es ist feige, deinen Anteil an dem Verbrechen zu leugnen. Du weißt ganz genau, daß wir es zusammen begangen haben. Du weißt, daß du ebenso schuldig bist wie ich. Warum willst du meine Schuld größer machen, indem du behauptest, du seist unschuldig? Wärest du unschuldig, so hättest du niemals eingewilligt, mich zu heiraten. Erinnere dich an die zwei Jahre, die auf den Mord folgten! Willst du es auf eine Untersuchung ankommen lassen? Ich will dem Staatsanwalt alles gestehn, und du sollst sehn, ob du nicht ebenso verurteilt werden wirst wie ich.«

Sie erschauerten, und Thérèse sagte:

»Die Menschen werden mich vielleicht verurteilen, aber Kamill weiß, daß du allein alles getan hast . . . Mich quält er nicht so in der Nacht, wie er dich quält . . .«

»Mich läßt Kamill in Ruhe«, erwiderte Lorenz blaß und bebend, »aber du, du siehst ihn durch deine Träume gehn, ich habe dich doch schreien gehört!«

»Das sollst du nicht sagen«, rief die junge Frau zornig, »ich habe nicht geschrien! Ich will nicht, daß das Gespenst kommt! Oh, ich verstehe, du willst es von dir ablenken . . . Ich bin unschuldig, ich bin unschuldig!«

Vor Müdigkeit erschöpft, sahen sie sich entsetzt an, sie fürchteten, den Leichnam des Ertränkten herbeigerufen zu haben. So endigten stets ihre Zänkereien; sie beteuerten ihre Unschuld und suchten sich selbst zu betrügen, um die bösen Träume in die Flucht zu schlagen. Ihr dauerndes Streben ging dahin, die Verantwortung für das Verbrechen von sich abzuwälzen und sich wie vor Gericht dadurch zu verteidigen, daß sie sich wechselseitig die größte Schuld zuschoben. Am seltsamsten war es, daß es keiner von ihnen dahin brachte, seinen Schwüren selber zu glauben: beide erinnerten sie sich der Umstände des Mordes ganz ausgezeichnet. In ihren Augen lasen sie diese Geständnisse, während ihre Lippen das Gegenteil versicherten. Ihr Streiten bestand aus kindischen Lügen, lächerlichen Beteuerungen, aus Worten zweier Elenden, welche logen, um zu lügen und ohne voreinander verbergen zu können, daß sie eben logen. Abwechselnd übernahmen sie die Rolle des Anklägers, und obgleich der Prozeß, den sie sich gegenseitig machten, niemals ein Ergebnis hatte, fingen sie ihn jeden Abend mit grausamer Erbitterung von vorne an. Sie wußten, daß sie nichts beweisen, nicht dahin gelangen konnten, die Vergangenheit auszulöschen, und dennoch versuchten sie es immer wieder, belasteten sich stets aufs neue, angestachelt von Schrecken und Qual und doch schon im voraus besiegt durch die niederschmetternde Wirklichkeit. Der einzige Vorteil, der ihnen aus ihren Zänkereien erwuchs, bestand darin, daß sie ein Unwetter von Geschrei und Worten erregten, dessen Dröhnen sie für einen Augenblick betäubte.

Und solange ihre Ausbrüche dauerten, solange sie sich beschuldigten, ließ die Gelähmte sie nicht aus den Augen. Als Lorenz seine große Hand über Thérèsens Kopf aufhob, leuchtete heiße Freude in ihren Blicken.

29

Eine neue Phase hub an. Durch die Furcht zum Äußersten getrieben und nicht wissend, wo sie einen tröstenden Gedanken finden sollte, fing Thérèse an, den Ertränkten laut vor Lorenz zu betrauern.

Plötzlich war sie zusammengebrochen. Ihre allzu gespannten Nerven rissen, ihre harte, heftige Natur wurde weich. Schon in den ersten Tagen ihrer Ehe hatte sie Anfälle von Rührung durchgemacht. Diese Rührung stellte sich wie eine notwendige, unvermeidliche Gegenwirkung wieder ein. Nachdem die junge Frau mit all ihrer seelischen Kraft gegen das Gespenst Kamills gekämpft, nachdem sie mehrere Monate lang in dumpfer Erregung und wilder Auflehnung gegen ihre Qualen gelebt und versucht hatte, sie einzig und allein durch ihren Willen zu heilen, empfand sie mit einem Schlage eine solche Erschlaffung, daß sie nachgab und überwältigt wurde. Wieder Frau, ja, junges Mädchen geworden, fühlte sie nicht mehr die Kraft, sich zu stemmen und angesichts ihrer Schrecken fiebrig aufrecht zu bleiben, und so rettete sie sich ins Mitleid, in Reue und Tränen mit der Hoffnung, dort ein wenig Erleichterung zu finden. Sie versuchte auch, aus der leiblichen und seelischen Schwäche, die sie befallen, Vorteil zu schlagen: vielleicht würde der Ertrunkene, der vor ihrer Auflehnung nicht nachgegeben, vor ihren Tränen nachgeben. Dergestalt empfand sie Reue aus Berechnung, indem sie sich sagte, dies sei gewißlich das beste Mittel, Kamill zu beschwichtigen und zufriedenzustellen. Wie gewisse Fromme Gott zu täuschen und ihm Vergebung abzuringen denken, indem sie mit den Lippen beten und die demütige Haltung der Buße einnehmen, so erniedrigte sich Thérèse, schlug sich an die Brust und fand Worte der Reue, ohne doch in der Tiefe ihres Herzens etwas anderes zu empfinden als Furcht und Feigheit. Außerdem verspürte sie gewissermaßen ein körperliches Vergnügen darin, sich gehnzulassen, sich schlaff und zerschlagen zu fühlen und sich all ihrer Pein widerstandslos hinzugeben.

Sie überschüttete Frau Raquin mit ihrer jammernden Verzweiflung. Die Gelähmte wurde ein täglicher Gebrauchsgegenstand für sie. Sie diente ihr gewissermaßen als Betschemel, als ein Möbel, vor dem sie ihre Sünden ohne Furcht beichten und um Vergebung bitten konnte. Sobald sie das Bedürfnis zu weinen, sich schluchzend zu zerstreuen, anwandelte, kniete sie vor der Gelähmten nieder und klagte, schluchzte und spielte sich selber eine Reueszene vor, die müde machte und dadurch erleichterte.

»Ich bin eine Elende«, stammelte sie, »ich verdiene keine

Gnade. Ich habe dich getäuscht, ich habe deinen Sohn in den Tod getrieben. Niemals kannst du mir verzeihen ... Und dennoch, könntest du in mir lesen und sehen, wie die Reue mich zerfleischt, wüßtest du, wie tief ich leide, du würdest dich vielleicht erbarmen ... Nein, kein Erbarmen für mich. Ich möchte so zu deinen Füßen vor Schmerz und vor Schande sterben.«

Auf diese Weise redete sie ganze Stunden lang, ging von der Verzweiflung zur Hoffnung über, verdammte sich und vergab sich dann wieder. Sie nahm die Stimme eines kranken, bald einsilbigen, bald jammernden kleinen Mädchens an, warf sich auf die Diele, richtete sich wieder auf und gab so jedem Einfall der Demütigung und der Hoffart, der Reue und der Auflehnung nach, der ihr durch den Kopf fuhr. Manchmal vergaß sie sogar, daß sie vor Frau Raquin kniete, wie im Traum setzte sie ihr Selbstgespräch fort. Sobald sie sich mit ihren eigenen Worten gründlich betäubt hatte, stand sie schwankend und abgestumpft auf und ging beruhigt in den Laden hinunter. Sie befürchtete nun nicht mehr, vor ihren Kundinnen in nervöses Schluchzen auszubrechen. Ergriff sie ein neues Bedürfnis nach Reue, so beeilte sie sich, wieder hinaufzugehen und noch einmal zu Füßen der Gelähmten niederzuknien. Derart wiederholte sich dieser Auftritt wohl ein dutzendmal am Tage.

Thérèse dachte niemals daran, daß ihre Tränen und die Schaustellung ihrer Reue ihrer Tante unaussprechliche Qualen bereiten mußten. In der Tat, hätte man eine Marter erfinden wollen, um Frau Raquin zu foltern, man hätte sicherlich nichts Schrecklicheres erdenken können als die Komödie des Gewissens, gespielt von ihrer Nichte. Die Gelähmte erriet die Selbstsucht, die sich unter diesen Schmerzensausbrüchen verbarg. Sie litt grauenhaft unter diesen langen Selbstgesprächen, die sie in jedem Augenblick zu ertragen gezwungen war und die immer wieder die Ermordung Kamills vor ihr aufbauten. Sie konnte nicht vergeben, sie hatte sich in unversöhnliche Rachegedanken eingesponnen, welche von ihrer Ohnmacht noch unerbittlicher gemacht wurden, und dennoch mußte sie den ganzen Tag lang Bitten um Vergebung, niedrige und feige Gebete mitanhören. Gern hätte sie geantwortet, manche Worte ihrer Nichte trieben vernichtende Erwiderungen in ihre Kehle hinauf, aber sie mußte stumm bleiben, mußte Thérèse sich verteidigen hören, ohne sie jemals unterbrechen zu können. Die Unmöglichkeit, zu schreien und sich die Ohren zuzuhalten, erfüllte sie mit einer unaussprechlichen Qual. Langgezogen und klagend wie ein aufreizender Gesang drangen die Worte der jungen Frau eines nach dem anderen in ihr Inneres. Eine Zeitlang glaubte sie, die Mörder erlegten ihr aus teuflischer Grausamkeit diese Marter auf. Ihr einziges Verteidigungsmittel bestand darin, ihre Augen zu schließen, sobald ihre Nichte vor ihr niederkniete: wenn sie sie auch hören mußte, so sah sie sie doch wenigstens nicht!

Thérèse erkühnte sich schließlich so weit, ihre Tante zu küssen. In einem Reueanfall gab sie eines Tages vor, in den Augen der Gelähmten einen Gedanken des Erbarmens überrascht zu haben; sie schleppte sich auf den Knien zu ihr, erhob sich, rief mit gellender Stimme: »Du vergibst mir, du vergibst mir«, und küßte Stirn und Wangen der armen Alten, welche den Kopf nicht zurückbiegen konnte. Das kalte Fleisch, auf das Thérèse ihre Lippen gelegt, flößte ihr einen heftigen Widerwillen ein, und sie dachte, daß dieser Ekel gleich ihren Tränen und ihren Gewissensbissen ein vortreffliches Mittel sei, ihre Nerven zu besänftigen, und so fuhr sie denn fort, die Gelähmte zur Buße und zu ihrer Erleichterung jeden Tag zu küssen.

»Oh, wie bist du gut!« rief sie manchmal. »Ich sehe, meine Tränen haben dich gerührt ... Deine Blicke sind voller Erbarmen ... Ich bin gerettet ...«

Und sie überhäufte sie mit Zärtlichkeiten, legte den Kopf auf ihre Knie, küßte ihre Hände, lächelte sie glücklich an und pflegte sie mit allen Anzeichen leidenschaftlich liebender Hingebung. Nach einiger Zeit glaubte sie an die Wirklichkeit dieser Komödie, bildete sich ein, die Vergebung Frau Raquins erlangt zu haben, und fortan sprach sie nur noch über das Glück, das dieses Verzeihen ihr bereite.

Das war zuviel für die Gelähmte. Fast wäre sie daran gestorben. Unter den Küssen ihrer Nichte empfand sie jenen bitteren, wütenden Widerwillen, der sie morgens und abends erfüllte, wenn Lorenz sie in seine Arme nahm, um sie aus dem Bett zu heben oder hineinzulegen. Sie war gezwungen, die eklen Liebkosungen der Elenden zu erdulden, die ihren Sohn betrogen und getötet hatte; sie konnte sich die Küsse, die diese Frau ihr auf die Wangen drückte, nicht einmal mit der Hand fortwischen. Stundenlang fühlte sie diese Küsse brennen. Derart war sie zur Puppe der Mörder Kamills geworden, zu einer Puppe, die sie ankleideten, die sie nach rechts und nach links drehten und derer sie sich je nach Bedarf und Laune bedienten. Wie leblos lag sie in ihren Händen, so als hätte sie nur Sägespäne in den Eingeweiden gehabt, und dennoch lebten diese Eingeweide und empörten sich und fühlten sich bei der geringsten Berührung durch Thérèse und Lorenz gemartert. Am meisten brachte sie der ungeheure Hohn der jungen Frau auf, welche in ihren Blicken Erbarmen zu lesen vorgab, während diese Blicke die Schuldige am liebsten zermalmt hätten. Oft machte sie äußerste Anstrengungen, einen Protest herauszuschreien, und legte allen ihren Haß in ihre Augen. Aber Thérèse, welche ihre Rechnung dabei fand, sich täglich zwanzigmal zu wiederholen, daß ihr verziehen sei, verdoppelte nur ihre Liebkosungen und wollte nichts merken. Die Gelähmte sollte die Danksagungen und Ergießungen, welche ihr Herz zurückstieß, mit Gewalt annehmen. Von da an lebte Frau Raquin in einer bitteren ohnmächtigen Wut gegen ihre sanft gewordene Nichte, welche nichtsdestoweniger stets neue wunderliche Zärtlichkeiten erfand, um sie für das zu belohnen, was sie ihre himmlische Güte nannte.

Wenn Lorenz da war und seine Frau kniete vor Frau Raquin nieder, so riß er sie roh in die Höhe:

»Keine Komödie, bitte! Weine ich denn? Mache ich Fußfälle? Wie? . . . Du tust alles nur, um mich zu reizen . . .«

Die Gewissensbisse Thérèsens erregten ihn seltsam. Seit seine Mitschuldige mit tränengeröteten Augen und betenden Lippen um ihn einherschwankte, litt er noch tiefer. Der Anblick dieser wandelnden Reue verdoppelte seine Schrecken und vergrößerte sein Unbehagen. Es war, als wandle ein ewiger Vorwurf durchs Haus. Außerdem fürchtete er, die Reue könne seine Frau eines schönen Tages dazu treiben, alles zu gestehen. Ihm wäre es lieber gewesen, seine Frau hätte starr und drohend in ihrer schroffen Verteidigung gegen seine Beschuldigung verharrt. Aber sie hatte ihre Taktik gewechselt, sie erkannte jetzt gerne ihren Anteil an dem Verbrechen an; sie beschuldigte sich selber, gab sich weich und zagend und nahm dies zum Ausgang, um in glühender Selbsterniedrigung die Lossprechung zu erflehen. Diese Haltung brachte Lorenz auf. Ihre Zänkereien waren allabendlich noch schwüler und unheimlicher.

»Höre«, sagte Thérèse zu ihrem Mann, »wir sind große Missetäter, wir müssen bereuen, wenn wir ein wenig Ruhe finden wollen . . . Sieh, seit ich weine, bin ich ruhiger. Tue es mir nach. Laß uns beide eingestehen, daß wir für unser grauenhaftes Verbrechen gerecht bestraft sind.«

»Bah«, erwiderte Lorenz heftig, »gestehe ein, was dir beliebt. Ich weiß doch, wie schlau und heuchlerisch du bist. Weine, wenn dich das zerstreut. Mir aber mache gefälligst den Kopf nicht warm mit deinen Tränen!«

»Oh, du bist schlecht, du sträubst dich gegen dein Gewissen. Und dennoch bist du feige! Nur hinterlistig hast du dich an Kamill heranzumachen gewagt.«

»Willst du sagen, daß ich allein schuldig bin?«

»Nein, das sage ich nicht. Auch ich bin schuldig. Ich bin schuldiger als du. Ich hätte meinen Mann aus deinen Händen retten sollen. Oh, ich kenne das Grausige meiner Tat, aber ich versuche Vergebung dafür zu erhalten, und es wird mir gelingen, während du, Lorenz, in deinem trostlosen Leben steckenbleiben wirst . . . Dein Herz strebt nicht einmal danach, meiner armen Tante den Anblick deiner scheußlichen Wutausbrüche zu ersparen; niemals hast du ein Wort des Bedauerns an sie gerichtet.«

Und sie küßte Frau Raquin, die sofort die Augen schloß. Sie schwänzelte um sie herum, rückte das Kissen zurecht, auf dem ihr Kopf ruhte, und erwies ihr tausend Liebesdienste. Lorenz fühlte sich angewidert.

»Ach, laß sie doch zufrieden«, rief er, »siehst du denn nicht, daß dein Anblick und deine Dienste ihr widerwärtig sind? Könnte sie die Hand heben, so würde sie dich ohrfeigen.«

Die eintönig jammernden Worte seiner Frau und ihr ergebenes Getue reizten ihn nach und nach zu blinder Wut. Er durchschaute ihre Taktik vollkommen, sie wollte mit ihm nicht mehr gemeinsame Sache machen, sondern sich in ihrer Reue von ihm absondern, um sich den Umarmungen des Ertränkten zu entziehen. Manchmal sagte er sich, daß sie vielleicht auf dem rechten Wege sei und ihre Tränen sie von ihrem Entsetzen heilen würden. Und er erschauerte bei dem Gedanken, allein leiden und allein sich fürchten zu sollen. Auch er hätte gern bereuen oder doch wenigstens die Komödie der Reue versuchsweise spielen mögen, aber er konnte die notwendigen Tränen und wortreichen Seufzer nicht finden, und so suchte er sein Heil in der Gewalttätigkeit. Er rüffelte Thérèse, um sie zu reizen und sie mit sich in die Tobsucht zu reißen. Aber die junge Frau verlegte sich darauf, unempfindlich zu bleiben, sein Zorngeschrei mit jammernder Unterwerfung zu beantworten und desto demütiger und reuevoller zu sein, je roher er war. Lorenz geriet so bis zur Raserei. Um seiner empörten Wut die Krone aufzusetzen, endigte Thérèse stets damit, Kamills Lob zu singen und die Tugenden seines Opfers zu preisen.

»Er war gut«, sagte sie, »wir mußten schon recht grausam sein, um uns an diesem trefflichen Herzen zu vergreifen, das niemals einen bösen Gedanken gehegt hat.«

»Er war gut, ja, ich weiß«, höhnte Lorenz, »aber du wolltest wohl sagen, daß er dumm war, wie? . . . Hast du es denn vergessen? Du behauptetest, das gleichgültigste Wort von ihm bringe dich auf, er könne nicht den Mund öffnen, ohne eine Dummheit zu sagen.«

»Spotte nicht . . . Es fehlt nur noch, daß du den Menschen beschimpfst, den du ermordet hast . . . Du verstehst dich nicht auf Frauenherzen, Lorenz! Kamill liebte mich, und ich liebte ihn.«

»Du liebtest ihn! Ah, herrlich! Das hast du gut gesagt! Und weil du ihn liebtest, hast du mich wahrscheinlich zum Geliebten genommen . . . Ich entsinne mich eines Tages, wo du auf meiner Brust lagst und mir sagtest, dir würde übel vor Kamill, wenn deine Finger sich in sein Fleisch wie in Ton eingrüben . . . Oh, ich meinerseits, ich weiß recht gut, warum du mich geliebt hast. Du brauchtest ganz anders kräftige Arme, als dieser arme Tropf sie besessen hat.«

»Ich liebte ihn wie eine Schwester. Er war der Sohn meiner Wohltäterin. Er besaß alle Zartheiten schwacher Naturen. Er war edel und großmütig, gefällig und liebevoll . . . Und wir haben ihn getötet, mein Gott! mein Gott!«

Sie weinte, sie verging. Empört, einen solchen Mund Kamills Lob singen zu hören, warf Frau Raquin ihr stechende Blicke zu. Ohnmächtig vor diesem tränenden Überfluten, ging Lorenz erregt auf und ab und dachte nach, welches äußerste Mittel wohl Thérèsens Gewissensbisse ersticken könnte. All das Gute, was er von seinem Opfer sagen hörte, versetzte ihn schließlich in quälende Bedrängnis. Bisweilen ließ er sich von den herzzerreißenden Worten seiner Frau gefangennehmen und fing an, wahrhaft an Kamills Tugenden zu glauben. Das verdoppelte seine Schrecken. Was ihn aber außer sich brachte und ihn zu Gewalttätigkeiten trieb, das war der Vergleich, den die Witwe des Ertränkten zwischen ihrem ersten und ihrem zweiten Mann anzustellen niemals verabsäumte, und zwar stets zum Vorteil des ersten.

»Wenn du es hören willst«, rief sie, »ja, er war besser als du! Mir wäre lieber, er lebte noch und du lägest an seiner Stelle in der Erde!«

Anfangs zuckte Lorenz nur mit den Achseln.

»Du magst sagen, was du willst«, fuhr sie ermutigt fort, »vielleicht habe ich ihn nicht geliebt, solange er lebte, aber jetzt, wo ich mich an ihn erinnere, da liebe ich ihn . . . Ich liebe ihn und dich hasse ich, siehst du! Du, du bist ein Mörder . . .«

»Willst du schweigen«, brüllte Lorenz.

»Und er, er ist ein armes Opfer, ein ehrlicher Mann, den

ein Bösewicht umgebracht hat. Oh, ich habe keine Angst vor dir . . . Du weißt recht gut, daß du ein Elender bist, ein roher Mensch ohne Herz und ohne Seele. Wie sollte ich dich jetzt noch lieben, jetzt, wo du mit dem Blute Kamills besudelt bist . . . Kamill kannte nur Zärtlichkeit für mich! Könnte es ihn auferwecken und mir seine Liebe wiedergeben, so würde ich dich töten, verstehst du?«

»Willst du schweigen, du Elende!«

»Warum soll ich schweigen? Ich sage die Wahrheit. Um den Preis deines Blutes würde ich mir Vergebung erkaufen. Ah, was weine und was leide ich! Ich bin ja schuld daran, daß dieser Schurke meinen Mann ermordet hat . . . Ich möchte eines Nachts hingehen, wo er ruht, und die Erde küssen . . . Das wäre eine letzte Lust für mich.«

Trunken und zur Raserei gebracht durch die abscheulichen Bilder, welche Thérèse vor seinen Augen entrollte, stürzte sich Lorenz auf sie, warf sie zu Boden und preßte sie mit erhobener Faust unter seine Knie.

»Recht so, recht so«, rief sie, »schlage mich, töte mich . . . Niemals hat Kamill seine Hand gegen mich erhoben, aber du, du bist ein Ungeheuer . . .«

Durch diese Worte aufgepeitscht, schüttelte Lorenz sie voller Wut, schlug sie und zerquetschte ihren Körper mit seiner geschlossenen Faust. Zweimal hätte er sie beinahe erwürgt. Thérèse ermattete unter den Schlägen. Sie genoß eine herbe Wollust darin, geschlagen zu werden, sie bot ihren Körper dar und gab sich willig hin, ja, sie reizte ihren Mann noch, damit er sie härter schlüge. Auch das war ein Heilmittel gegen die Qualen ihres Lebens; sie schlief in der Nacht besser, wenn sie abends tüchtig geprügelt worden war. Frau Raquin durchkostete glühende Wonnen, wenn Lorenz ihre Nichte derart auf der Diele schleifte und ihren Körper mit Fußstößen bearbeitete.

Seit dem Tage, an dem Thérèse den höllischen Einfall gehabt, Gewissensbisse zu bekommen und Kamill laut zu beweinen, war das Dasein des Mörders furchtbar geworden. Von diesem Zeitpunkt an lebte der Unglückliche ewig mit seinem Opfer, zu jeglicher Stunde mußte er seine Frau ihren ersten Mann preisen und bedauern hören. Jeder geringste Umstand wurde zum Vorwand: Kamill tat dies, Kamill tat jenes, Kamill hatte diese, hatte jene Eigenschaft, Kamill liebte auf diese oder auf jene Weise. Immer und ewig Kamill, und immer traurige Worte, die seinen Tod beweinten. Thérèse wandte ihre ganze Schlechtigkeit darauf, diese Marter, die sie Lorenz zu ihrer eigenen Sicherung auferlegte, noch grausamer zu machen. Sie verlor sich bis in die innigsten Einzelheiten, sie erzählte mit Reueseufzern die tausend Kleinigkeiten ihrer Jugend und vermischte so die Erinnerungen an den Ertränkten mit jeder Handlung des täglichen Lebens. Der Leichnam, der das Haus bereits spukend heimsuchte, wurde nun ganz offen darin eingeführt. Er hockte auf den Stühlen, setzte sich an den Tisch, legte sich in das Bett und bediente sich der Möbel und aller herumliegenden Gegenstände. Lorenz konnte keine Gabel, keine Bürste mehr berühren oder was es sonst sein mochte, ohne daß Thérèse ihm zu fühlen gab, Kamill habe diesen Gegenstand vor ihm berührt. Ohne Unterlaß auf den Menschen gestoßen, den er getötet hatte, bekam der Mörder schließlich eine wunderliche Empfindung, die ihn wahnsinnig machen mußte: dadurch, daß er mit Kamill verglichen wurde und sich der Gegenstände bediente, deren sich Kamill vor ihm bedient, bildete er sich ein, er sei Kamill, sei einerlei mit seinem Opfer. Sein Gehirn barst, und dann stürzte er sich über seine Frau, um sie zum Schweigen zu bringen, um die Worte nicht mehr hören zu müssen, die ihn in den Wahnsinn trieben. Alle ihre Zänkereien endigten mit Schlägen.

30

Es kam die Stunde, in der Frau Raquin, um ihren Qualen zu entgehen, den Entschluß faßte, sich durch Hunger ums Leben zu bringen. Ihr Mut war zu Ende; sie vermochte länger die Marter nicht zu ertragen, die ihr die dauernde Gegenwart der Mörder auferlegte. Sie träumte davon, im Tode eine letzte Erlösung zu suchen. Wenn Thérèse sie küßte, wenn Lorenz sie in seine Arme nahm und wie ein Kind trug, wurden ihre Qualen mit jedem Tage größer. Sie beschloß, diesen Zärtlichkeiten und diesen Umarmungen, die einen so grauenvollen Widerwillen in ihr erregten, ein für alle Male zu entgehen. Da sie bereits nicht mehr genug lebte, um ihren Sohn zu rächen, wollte sie lieber ganz tot sein und in den Händen der Mörder nur noch einen gefühllosen Leichnam zurücklassen, mit dem sie anfangen könnten, was ihnen beliebte.

Zwei Tage lang verweigerte sie jegliche Nahrung, indem sie ihre Kräfte darauf verwandte, ihre Zähne zusammenzupressen und wieder von sich zu geben, was man ihr dennoch hatte in den Mund schieben können. Thérèse war verzweifelt, sie fragte sich, am Fuße welcher Bildsäule sie denn weinen und bereuen sollte, wenn ihre Tante nicht mehr wäre. Sie hielt ihr endlose Reden, um ihr zu beweisen, daß sie leben bleiben müsse; sie weinte, sie wurde sogar ärgerlich und zornig wie früher und öffnete der Gelähmten die Kiefer, wie man es einem widerstehenden Tiere tut. Aber Frau Raquin hielt stand. Es war ein abscheulicher Kampf.

Lorenz blieb vollkommen neutral und gleichgültig. Er erstaunte über Thérèsens wütenden Eifer, den Selbstmord der Gelähmten zu hindern. Jetzt, da die Gegenwart der alten Frau ihm nichts mehr nützte, wünschte er ihren Tod.

Er würde sie nicht getötet haben, da sie aber selber zu sterben wünschte, sah er die Notwendigkeit nicht ein, ihr die Mittel dazu zu verweigern.

»Aber so laß sie doch!« schrie er seine Frau an. »Es wäre doch eine wahre Erlösung . . . Wir werden vielleicht sogar glücklicher sein, wenn sie nicht mehr da ist.«

Dieses zu wiederholten Malen vor Frau Raquin ausgesprochene Wort rief eine seltsame Empfindung in ihr wach. Sie hatte Furcht, Lorenzens Hoffnung könne sich verwirklichen und das Ehepaar nach ihrem Tode stille und glückliche Stunden genießen. Sie sagte sich, daß es feige von ihr sei, zu sterben, daß sie kein Recht habe, fortzugehen, ehe sie dem Ende der ganzen grauenvollen Begebenheit beigewohnt. Dann erst durfte sie in die ewige Nacht hinuntersteigen und Kamill sagen: »Du bist gerächt.« Der Gedanke an den Selbstmord wurde ihr schwer, als sie plötzlich das Nichtwissen bedachte, das sie mit sich ins Grab nehmen mußte. In der Kälte und Stille der Erde würde sie schlafen bis in alle Ewigkeit, gequält von der Ungewißheit über die Strafe ihrer Henker. Um den Todesschlaf gut zu schlafen, mußte sie vorher die flammende Freude der Rache ausgekostet haben; sie mußte einen Traum des befriedigten Hasses mit sich hinabnehmen, einen Traum, den sie durch die Ewigkeit fortträumen konnte. Und sie schluckte die Nahrung, die ihre Nichte ihr reichte, sie wollte weiterleben.

Außerdem erkannte sie, daß das Ende nicht mehr fern sein konnte. Mit jedem Tage wurde das Verhältnis der beiden Gatten gespannter und unhaltbarer. Ein Schlag, der alles vernichten mußte, stand bevor. Mit jeder Stunde richteten sich Thérèse und Lorenz drohender voreinander auf. Sie litten nicht mehr nur des Nachts unter ihrem Zusammensein, sondern ihre ganzen Tage vergingen unter Furcht und Entsetzen und gellenden Auftritten. Alles wurde für sie Schrecken und Qual. Sie lebten in einer Hölle, peinigten sich, machten bitter und grausam, was sie taten und was sie sagten, und suchten einander in die Tiefe des Schlundes hinabzustoßen, den sie unter ihren Füßen fühlten und der jeden von ihnen langsam verschlang.

Beiden war wohl der Gedanke an Trennung gekommen. Jeder von ihnen hatte davon geträumt, zu fliehen, irgendwo, fern von der Brücken-Passage, deren Nässe und deren Schmutz eigens für ihr trostloses Leben gemacht zu sein schien, ein wenig Ruhe zu finden. Aber sie wagten es nicht, und sie vermochten es auch nicht mehr. Sich gegenseitig nicht mehr zu zerfleischen, nicht dazubleiben, um zu leiden und leiden zu machen, das erschien ihnen eine Unmöglichkeit. Sie hatten den Eigensinn des Hasses und der Grausamkeit. Eine Art Abstoßung und Anziehung zwang sie zugleich zusammen und auseinander; sie spürten jenes seltsame Gefühl zweier Menschen, die, nachdem sie miteinander gezankt haben, auseinandergehn wollen und dennoch immer wieder zurückkehren müssen, um sich neue Beleidigungen ins Gesicht zu schleudern. Außerdem widersetzten sich äußere Hindernisse ihrer Flucht voneinander; sie wußten weder, was sie mit der Gelähmten anfangen, noch, was sie den Donnerstaggästen sagen sollten. Wenn sie flohen, argwöhnte man vielleicht etwas – und dann stellten sie sich vor, daß man sie verfolge, daß man sie hinrichte. Und so blieben sie aus Feigheit, blieben und schleppten sich elendiglich durch das Grausen ihres Daseins.

Wenn Lorenz vormittags und nachmittags nicht da war, ging Thérèse unruhig und verstört zwischen Eßzimmer und Laden hin und her und wußte nicht, wie sie die Leere ausfüllen sollte, die mit jedem Tage tiefer in ihr gähnte. Wenn sie nicht zu Füßen Frau Raquins weinte oder von ihrem Manne beschimpft und geschlagen wurde, war sie ohne Beschäftigung. Sobald sie im Laden allein war, ergriff sie eine große Niedergeschlagenheit. Stumpfsinnig sah sie die Leute an, die durch den schmutzigen finsteren Gang schritten. Sie wurde in diesem dunklen Keller, in dem es nach dem Kirchhof roch, sterbenstraurig. Schließlich bat sie Susanne, den ganzen Tag bei ihr zu verbringen, in der Hoffnung, die Gegenwart dieses armen, sanften und blassen Geschöpfes möchte sie beruhigen.

Susanne nahm ihr Anerbieten mit Freuden an. Sie hatte Thérèse stets in einer Art ehrerbietiger Freundschaft geliebt. Schon seit langem hegte sie den Wunsch, mit ihr zusammen Handarbeiten zu machen, während Olivier in seinem Büro war. Sie brachte ihre Stickerei mit und nahm den leeren Platz der Frau Raquin hinter dem Ladentisch ein.

Von diesem Tage an ließ Thérèse ihre Tante etwas mehr in Frieden. Seltener ging sie hinauf, um an ihren Knien zu weinen und ihr erstorbenes Gesicht zu küssen. Sie hatte jetzt eine andere Beschäftigung. Sie hörte mit gespannter Aufmerksamkeit dem schleppenden Geschwätz Susannens zu, die von ihrem Haushalt und tausend Gleichgültigkeiten aus ihrem eintönigen Leben erzählte. Das lenkte Thérèse von sich selber ab. Manchmal ertappte sie sich dabei, für irgendeine Albernheit Interesse empfunden zu haben, und dann mußte sie bitter lächeln.

Nach und nach verlor sie die ganze Kundschaft, die früher den Laden aufgesucht hatte. Seit ihre Tante oben in ihrem Sessel lag, ließ sie den Laden und die Waren in Staub und Nässe verkommen und verfaulen. Modergerüche stiegen auf, Spinnen kletterten von der Decke herab, und die Diele wurde fast niemals gefegt. Was aber die Kunden vor allem verscheuchte, war die eigentümliche Art, in der Thérèse sie bisweilen empfing. Wenn sie oben war und gerade von Lorenz geschlagen oder von einem Furchtanfall geschüttelt wurde, und die Klingel der Ladentür erscholl gebieterisch, so mußte sie hinuntergehn, fast ohne sich die Zeit nehmen zu können, ihre Haare aufzustecken oder ihre Tränen fortzuwischen. Und dann bediente sie die wartende Kundin barsch und unhöflich, und oft ersparte sie sich auch die Mühe, sie überhaupt zu bedienen. Sie fragte dann von der Holztreppe herab, was gewünscht würde, und gab vor, das Gewünschte sei nicht mehr vorhanden. Diese wenig einnehmenden Arten und Weisen waren nicht dazu angetan, die Leute anzulocken. Die kleinen Arbeiterinnen des Viertels, welche an Frau Raquins übertriebene Freundlichkeit gewöhnt waren, wurden von der Unhöflichkeit und den irrsinnigen Blicken Thérèsens vertrieben. Als diese dann noch Susanne zu sich genommen, wurde der Abfall vollkommen, denn um in ihrem Geschwätz nicht gestört zu werden, wußten die beiden jungen Frauen sich so anzulassen, daß auch die letzten Käuferinnen, die sich etwa noch einstellten, für immer den Laden verließen. Von nun an hörte der Schnittwarenhandel auf, auch nur einen Heller für die Haushaltungskosten abzuwerfen, und die vierzig und einigen tausend Franken Vermögen mußten angegriffen werden.

Manchmal ging Thérèse ganze Nachmittage lang aus. Niemand wußte, wohin sie ging. Zweifellos hatte sie Susanne nicht nur zu sich eingeladen, damit sie ihr Gesellschaft leiste, sondern auch, damit sie während ihrer Abwesenheit den Laden hüte. Wenn sie abends todmüde, die Augenlider schwarz vor Erschöpfung, zurückkehrte, fand sie Oliviers junge Frau schlaff und verschwommen lächelnd in derselben Haltung hinter dem Ladentisch, in der sie sie fünf Stunden vorher verlassen hatte.

Ungefähr fünf Monate nach ihrer Heirat erlebte Thérèse einen furchtbaren Schrecken. Sie bekam die Gewißheit, daß sie schwanger sei. Der Gedanke, von Lorenz ein Kind zu haben, erschien ihr ungeheuerlich, ohne daß sie wußte, warum. Sie hatte die unbestimmte Furcht, ein Ertränktes zur Welt zu bringen. Sie glaubte in ihren Eingeweiden die Kälte eines aufgelösten und aufgeweichten Körpers zu fühlen. Um jeden Preis wollte sie ihren Schoß von diesem Kinde befreien, das sie mit eisigem Hauch durchströmte und das sie nicht länger tragen konnte. Sie sagte ihrem Manne nichts, und eines Tages, nachdem sie ihn grausam gereizt hatte und er den Fuß aufhob, um nach ihr zu treten, hielt sie den Leib hin. Sie ließ sich treffen, daß sie fast daran gestorben wäre. Am nächsten Tage hatte sie eine Fehlgeburt.

Lorenz seinerseits führte ein fürchterliches Dasein. Die Tage erschienen ihm unerträglich lang und ein jeder von ihnen brachte die gleichen Schrecken, die gleichen schweren Beklemmungen mit sich, die ihn mit vernichtender Eintönigkeit und Regelmäßigkeit zu festgesetzten Stunden befielen. Jeden Abend gemartert durch die Erinnerung an den verflossenen Tag und durch die Erwartung des kommenden, schleppte er sich durch sein Leben. Er wußte, daß fortan alle seine Tage sich gleichen und alle ihm die gleichen Qualen bringen würden. Und er sah die Wochen, die Monate, die Jahre, die seiner noch harrten, düster und unerbittlich vor sich; in langen Reihen kamen sie heran, überfielen ihn und erstickten ihn allmählich. Wenn die Zukunft jeder Hoffnung bar ist, bekommt die Gegenwart eine scheußliche Bitterkeit. Lorenz lehnte sich nicht mehr auf, sondern er schritt vorwärts in das Nichts hinein, das sich seines Wesens schon bemächtigt hatte, und überließ sich ihm völlig. Das Nichtstun tötete ihn. Vom frühen Morgen an ging er aus und wußte nicht, wohin er gehen sollte. Jeden Tag fühlte er sich angeekelt von dem Gedanken, dasselbe zu tun, was er auch am Tage vorher getan, und wider seinen Willen sah er sich jeden Tag gezwungen, es dennoch zu tun. Aus Gewohnheit, aus krankem Zwang begab er sich in sein Atelier. Dieser grau ummauerte Raum, von dem aus man nur ein ödes Viereck des Himmels sehn konnte, erfüllte ihn mit finsterer Traurigkeit. Mit dumpfem Kopf und hängenden Armen wälzte er sich auf seinem Diwan. An einen Pinsel wagte er nicht mehr zu rühren. Er hatte neue Versuche gemacht, und immer hatte ihm Kamills Gesicht von der Leinwand entgegengehöhnt. Um nicht wahnsinnig zu werden, hatte er schließlich seinen Farbkasten in einen Winkel geworfen und sich völliges Nichtstun zum Gesetz gemacht. Diese erzwungene Faulheit lastete mit unglaublicher Schwere auf ihm.

Nachmittags fragte er sich mit Schrecken, was er unternehmen solle. Eine halbe Stunde lang verbrachte er auf dem Pflaster der Mazarine-Straße, um mit sich zu Rate zu gehn und unschlüssig zu zaudern. Den Gedanken, in sein Atelier hinaufzuklettern, wies er zurück, stets entschloß er sich, die Guénégaud-Straße hinabzugehn und dann die Seineufer entlangzuwandern. Bis zum Abend schritt er dann stumpf vor sich hin, und wenn er auf die Seine blickte, durchfuhren ihn plötzlich Schauer. Ob er nun in seinem Atelier oder auf der Straße war, seine Niedergeschlagenheit blieb sich gleich. Am nächsten Morgen fing er von vorne an, verbrachte den Vormittag auf seinem Diwan und schleppte sich nachmittags die Seineufer entlang. Das ging schon seit Monaten so und konnte noch Jahre so gehen.

Manchmal dachte Lorenz daran, daß er Kamill ja getötet hatte, um nicht mehr arbeiten zu müssen, und war höchst erstaunt, jetzt, wo er nicht mehr arbeitete, solche Qualen zu erdulden. Er hätte sich zum Glück zwingen mögen. Er bewies sich, daß er unrecht tue zu leiden, daß er die höchste Glückseligkeit erreicht habe, welche darin bestehe, mit untereinandergeschlagenen Armen zu leben, und daß er ein Dummkopf sei, diese Glückseligkeit nicht in Frieden zu genießen. Aber diese Überlegungen hielten vor den Tatsachen nicht stand. In seinem Innern mußte er sich gestehn, daß sein Müßiggang seine Qualen nur grausamer machte, indem er ihm alle Zeit seines Lebens dazu ließ, über sein Unglück nachzudenken und seine unheilbare Bitternis zu vertiefen. Das Nichtstun, dieses stumpfe Tierdasein, von dem er geträumt, war seine Strafe. Manchmal wünschte er sich glühend eine Beschäftigung, die ihn von seinen Gedanken abzulenken vermöchte. Dann aber ließ er sich wieder gehen und unterlag der Last des dumpfen Verhängnisses, welche seine Glieder fesselte, um ihn um so sicherer zu erdrücken.

In Wahrheit empfand er einige Erleichterung nur abends, wenn er Thérèse prügelte. Das befreite ihn aus seiner starren Pein.

Die ärgste Qual, körperliche und zugleich seelische Qual, bereitete ihm der Biß, den ihm Kamill am Halse beigebracht hatte. In manchen Augenblicken war es ihm, als bedecke diese Narbe seinen ganzen Körper. Wenn er einmal die Vergangenheit vergaß, so erinnerte plötzlich ein brennender Stich, den er zu fühlen glaubte, seinen Leib und seinen Geist an den Mord. Er konnte sich nicht vor einen Spiegel stellen, ohne jene Erscheinung eintreten zu sehn, die er schon so oft beobachtet hatte und die ihn jedesmal entsetzte: in jeder Erregung stieg das Blut in seinen Hals, färbte die Wunde tief dunkelrot, und sofort begann sie dann, seinen Hals zu zernagen. Diese gewissermaßen auf seinem Körper lebende Wunde, welche erwachte, sich rötete und ihn bei der geringsten Erregung biß, entsetzte und folterte ihn. Schließlich bildete er sich ein, die Zähne des Ertränkten hätten dort ein Tier hineingestoßen, das ihn zerfräße. Das Stück seines Halses, auf dem die Narbe saß, schien ihm nicht mehr zu seinem Körper zu gehören, sondern sie war wie fremdes, dort eingefügtes vergiftetes Fleisch, das seine eigenen Muskeln verpestete. So trug er überall die lebendige verzehrende Erinnerung an sein Verbrechen mit sich herum. Wenn er Thérèse schlug, versuchte sie, ihm diese Stelle aufzukratzen, und manchmal gelang es ihr auch, ihre Nägel dort einzugraben, und dann heulte Lorenz vor Schmerz auf. Gewöhnlich tat sie so, als müsse sie weinen, sobald sie den Biß nur erblickte, um ihn Lorenz dadurch noch unerträglicher zu machen. Die ganze Rache, die sie für seine Roheiten nahm, bestand darin, ihn mit Hilfe dieses Bisses zu martern.

Beim Rasieren hatte er sich mehr als einmal versucht gefühlt, sich in den Hals zu schneiden, um den Abdruck der Zähne des Ertränkten zu beseitigen. Wenn er vor dem Spiegel das Kinn hob und unter dem weißen Seifenschaum den roten Fleck gewahrte, so überkam ihn eine plötzliche Wut, heftig fuhr er mit dem Messer nach jener Stelle, um sich ins volle Fleisch zu schneiden. Aber die Kälte des Rasiermessers auf seiner Haut brachte ihn jedesmal wieder zur Besinnung, er bekam einen Schwächeanfall und mußte sich setzen und warten, bis seine beruhigte Feigheit ihm gestattete, sich zu Ende zu rasieren.

Abends trat er aus seiner stumpfsinnigen Dumpfheit nur heraus, um in blinde und kindische Wut zu geraten. Wenn er es müde geworden war, sich mit Thérèse zu zanken und sie zu schlagen, so versetzte er, wie es Kinder tun, den Wänden Fußtritte und suchte irgend etwas, das er zerbrechen konnte. Das erleichterte ihn. Einen besonderen Haß hatte er auf den gefleckten Kater Franz geworfen, der sich auf die Knie der Gelähmten rettete, sobald er nur eintrat. Wenn Lorenz ihn noch nicht umgebracht hatte, so lag es daran, daß er Angst hatte, ihn anzufassen. Der Kater sah ihn aus großen runden Augen mit teuflischer Starrheit an. Gerade diese stets groß auf ihn gerichteten Augen brachten den jungen Mann außer sich. Er fragte sich, was diese ihn niemals verlassenden Blicke von ihm wollten. Schließlich bildete er sich die albernsten Sachen ein und bekam wahrhafte Angst. Wenn er bei Tisch, gleichgültig, wann, ob mitten in einem Zank oder in einem langen Schweigen, plötzlich den Kopf drehte und Franzens Blicke gewahrte, die ihn schwer und unerbittlich prüften, so erbleichte er, verlor den Kopf und war drauf und dran, dem Kater zuzuschreien: »He, so sprich doch, sage doch endlich, was du von mir willst.« Wenn er ihm eine Pfote oder den Schwanz quetschen konnte, so tat er es mit scheuer Freude, und dann erfüllte ihn das Miauen des armen Tieres mit unbestimmtem Schrecken, so, als ob er den Schmerzensschrei eines Menschen hörte. Lorenz hatte buchstäblich Furcht vor Franz. Vor allem, seit er auf den Knien der Gelähmten wie im Schoße einer uneinnehmbaren Festung hauste, von wo aus er seine grünen Augen straflos auf seinen Feind zücken konnte, stellte der Mörder Kamills eine tiefgehende Ähnlichkeit zwischen diesem gereizten Tier und der Gelähmten fest. Er sagte sich, daß der Kater ebenso wie Frau Raquin sein Verbrechen kannte und ihn anzeigen würde, wenn er eines schönen Tages würde sprechen können.

Eines Abends endlich sah Franz Lorenz so starr an, daß dieser im Übermaß der Gereiztheit ein Ende zu machen beschloß. Er öffnete das Eßzimmerfenster ganz groß und ergriff den Kater bei der Haut im Nacken. Frau Raquin begriff sofort, zwei dicke Tränen liefen über ihre Wangen. Der Kater fauchte, stemmte sich und versuchte, sich umzudrehn, um Lorenz in die Hand zu beißen. Aber dieser hielt fest, schwang ihn zwei- oder dreimal im Kreise durch die Luft und schleuderte ihn dann mit aller Kraft seines Arms gegen die hohe dunkle gegenüberstehende Mauer. Franz prallte auf, brach sich das Rückgrat und fiel auf das Glasdach der Passage. Die ganze Nacht über schleppte sich das arme Tier mit gebrochenem Rücken die Regenrinne entlang und stieß ein rauhes, heiseres Heulen aus. In dieser Nacht beweinte Frau Raquin Franz fast ebensosehr, wie sie Kamill beweint hatte. Thérèse bekam einen gräßlichen Nervenanfall. Das Klagen des Katers im Dunkel unter den Fenstern war unheimlich.

Bald hatte Lorenz neue Aufregungen. Gewisse Veränderungen in dem Benehmen seiner Frau erschreckten ihn.

Thérèse wurde finster und schweigsam. Sie überschüttete Frau Raquin nicht mehr mit Reueströmen und dankbaren Küssen, sondern nahm der Gelähmten gegenüber wieder ihre frühere kalte Herzlosigkeit und selbstische Gleichgültigkeit an. Man hätte sagen mögen, sie habe es mit der Reue versucht, und da die Reue sie nicht zu erleichtern vermocht, habe sie sich nun einem anderen Heilmittel zugewandt. Ihre Traurigkeit entsprang zweifellos ihrer Ohnmacht, ihr Leben zu beruhigen. Sie sah die Gelähmte mit einer Art Verachtung an wie ein unnützes Ding, das sich nicht einmal mehr dazu brauchen ließ, sie zu trösten. Sie ließ ihr nur noch die Pflege angedeihen, die unbedingt notwendig war, um sie nicht Hungers sterben zu lassen. Stumm und niedergedrückt schleppte sie sich durch das Haus. Ihre Ausgänge häuften sich. Oft ging sie vier- bis fünfmal in der Woche fort.

Diese Veränderungen überraschten und beunruhigten

Lorenz. Er glaubte, Thérèsens Reue habe eine neue Gestalt angenommen und äußere sich jetzt eben in diesem finsteren Kummer, den er an ihr wahrnahm. Dieser Kummer erschien ihm weit beunruhigender als die geschwätzige Verzweiflung, mit der sie ihn früher zur Verzweiflung gebracht hatte. Sie sprach kein Wort mehr, zankte sich auch nicht mehr und schien alles in ihrem Inneren zu verschließen. Er hätte sie lieber ihre Pein aussprudeln gehört, als sie so in sich zurückgezogen zu sehn. Er fürchtete, die Qual möchte sie eines Tages ersticken und sie dann, um sich zu erleichtern, hingehn und alles einem Priester oder einem Untersuchungsrichter erzählen lassen.

Die zahlreichen Ausgänge Thérèsens bekamen nun eine erschreckende Bedeutung für ihn. Er dachte, sie suche draußen nach einem Vertrauten und bereite ihren Verrat vor. Zu zweien Malen wollte er ihr folgen und verlor sie auf der Straße. Aufs neue fing er an, sie zu belauern. Eine starre Vorstellung hatte sich seiner bemächtigt: Durch ihre Qualen zum Äußersten getrieben, war Thérèse drauf und dran, ein Geständnis abzulegen, und er mußte ihr den Mund knebeln und ihre Enthüllungen in ihren Hals zurückzwingen.

31

Anstatt in sein Atelier hinaufzugehen, setzte sich Lorenz eines Morgens in eine Weinstube, die der Passage gegenüber an einer Ecke der Guénégaud-Straße lag. Von dort aus beobachtete er die Leute, die in die Mazarine-Straße traten. Er lauerte auf Thérèse. Am Abend vorher hatte die junge Frau gesagt, daß sie früh fortgehn und wahrscheinlich erst abends zurückkommen würde.

Lorenz wartete eine endlose halbe Stunde. Er wußte, daß

seine Frau stets durch die Mazarine-Straße fortging, aber plötzlich befürchtete er, sie möchte ihm durch die Seine-Straße entkommen sein. Er wollte gerade in die Passage zurückkehren und sich im Flur des Hauses selbst verstecken, als er im Augenblick seiner höchsten Ungeduld Thérèse schnell aus der Passage treten sah. Sie war in helle Stoffe gekleidet, und zum ersten Male bemerkte er, daß sie sich wie eine Dirne anzog. Sie trug einen Rock mit langer Schleppe, schaukelte sich auf dem Bürgersteig herausfordernd in den Hüften, sah die Männer an und hob mit den Händen den vorderen Teil ihrer Röcke so hoch, daß man die ganze Vorderseite ihrer Beine, ihre geschnürten Stiefel und ihre weißen Strümpfe sehn konnte. Sie ging die Mazarine-Straße hinauf. Lorenz folgte ihr.

Das Wetter war warm, die junge Frau ging langsam, den Kopf ein wenig nach hinten geworfen, die Haare im Nacken. Die Männer, die sie von vorne angesehn hatten, drehten sich um, um sie auch von hinten anzusehn. Sie bog in die Medizinschul-Straße ein. Lorenz packte die Angst. Er wußte, daß sich dort irgendwo in der Nähe ein Polizeirevier befand. Er sagte sich, daß er nun nicht mehr zweifeln dürfe, sicher sei seine Frau auf dem Wege, ihn auszuliefern. Er nahm sich vor, auf sie zuzustürzen, sobald sie die Tür des Polizeireviers durchschreiten würde, sie zu bitten, sie zu schlagen und sie jedenfalls zum Schweigen zu zwingen. An einer Straßenecke sah sie einen vorübergehenden Schutzmann an, und Lorenz zitterte davor, daß sie diesen Schutzmann ansprechen möchte. Von der plötzlichen Furcht ergriffen, auf der Stelle verhaftet zu werden, falls er sich zeige, verbarg er sich in einem Türausschnitt. Dieser Gang wurde für ihn zu einem wahren Todeskrampf. Während seine Frau ihre Schleppe nachlässig und unzüchtig auf dem Bürgersteig in der Sonne schleifen ließ, ging er blaß und bebend hinter ihr her und wiederholte sich, daß alles zu Ende sei, daß es keine Rettung mehr für ihn gäbe und daß man ihn hinrichten würde. Jeden Schritt, den er sie machen sah, schien ihm ein Schritt mehr der Strafe entgegen zu sein. Die Angst verlieh ihm eine Art blinder Überzeugung, und die geringsten Bewegungen der jungen Frau vergrößerten seine Gewißheit. Er folgte ihr und ging hin, wo sie hinging, wie man zum Richtplatz schreitet.

Plötzlich, beim Heraustreten auf den alten Sankt-Michaels-Platz, lenkte Thérèse ihre Schritte zu einem Kaffeehause, das damals die Ecke der Prinzen-Straße innehatte. Sie setzte sich zwischen eine Gesellschaft von Frauen und Studenten an einen der leeren Tische, die auf den Bürgersteig hinausgestellt waren. Sie schüttelte allen Umsitzenden vertraut die Hand und ließ sich einen Absinth bringen.

Sie schien sich sehr behaglich zu fühlen und plauderte mit einem jungen blonden Mann, der zweifelsohne hier einige Zeit auf sie gewartet hatte. Zwei Dirnen beugten sich über den Tisch, an dem Thérèse saß, und duzten sie mit ihren heiseren Stimmen. Rings um sie rauchten die Frauen Zigaretten, und die Männer küßten sie auf offener Straße vor den Vorübergehenden, ohne daß diese auch nur den Kopf gewandt hätten. Die Zoten und das unflätige Lachen klangen bis zu Lorenz herüber, der auf der anderen Seite des Platzes in einem Torweg stehengeblieben war.

Nachdem Thérèse ihren Absinth ausgetrunken hatte, stand sie auf, nahm den Arm des jungen blonden Mannes und ging die Harfen-Straße hinunter. Lorenz folgte ihnen bis zur Sankt-Andreas-Straße. Dort sah er sie in einen Gasthof eintreten, in dem Zimmer auf Stunden und Tage zu mieten waren. Er blieb mitten auf der Straße stehen und beobachtete die Vorderseite des Hauses. Seine Frau zeigte sich einen Augenblick lang an einem offenen Fenster im zweiten Stockwerk. Dann glaubte Lorenz, die Hände des jungen blonden Mannes zu erkennen, die um Thérèsens Rumpf glitten. Mit kurzem hartem Klang schloß sich das Fenster.

Lorenz begriff. Ohne länger zu warten, ging er, beruhigt und glücklich, gemächlichen Schrittes davon.

»Bah«, sagte er sich, nach den Seineufern einbiegend, »das ist besser! Auf diese Art hat sie eine Beschäftigung und denkt an nichts Böses . . . Sie ist verteufelt viel schlauer als ich.«

Es erstaunte ihn, daß er nicht als erster auf den Gedanken verfallen war, sich ins Laster zu stürzen. Er könnte darin ein Mittel gegen die Angst finden. Er hatte nicht daran gedacht, weil sein Fleisch tot war und er nicht mehr das geringste Gelüste nach Ausschweifung empfand. Die Untreue seiner Frau ließ ihn vollkommen kalt. Er spürte keine Auflehnung des Blutes noch der Nerven bei dem Gedanken, daß sie in den Armen eines anderen Mannes läge. Im Gegenteil, das erschien ihm ergötzlich; es war ihm, als habe er die Frau eines Kameraden verfolgt, und er lachte über den Streich, den diese Frau ihrem Manne spielte. Thérèse war ihm derart fremd geworden, daß er nichts mehr von ihrem Leben in seinem Herzen empfand; er würde sie hundertmal verkauft und anderen Händen überliefert haben, hätte er nur eine Stunde der Ruhe damit erkaufen können.

Er streifte umher und genoß den plötzlichen glücklichen Wechsel, der ihn aus der Angst in ruhigen Frieden versetzt hatte. Er dankte seiner Frau fast dafür, daß sie zu einem Liebhaber gegangen war, während er sich doch eingebildet hatte, sie wolle zu einem Polizeikommissar gehen. Dieses Abenteuer hatte ein völlig unvorhergesehenes Ende genommen, das ihn aufs angenehmste überraschte. Klar ersah er aus allem, daß er unrecht getan hatte, zu zittern, und daß er es nun seinerseits mit dem Laster versuchen sollte, um zu sehn, ob es seine Gedanken nicht betäuben und ihm auf diese Weise etwas Erleichterung bringen würde.

Als Lorenz abends in den Laden zurückkehrte, war er entschlossen, einige tausend Franken von seiner Frau zu fordern und alles daranzusetzen, sie zu erhalten. Er dachte daran, daß für einen Mann das Laster teuer sei, und beneidete fast das Schicksal der Mädchen, die sich verkaufen können. Geduldig wartete er auf Thérèse, die noch nicht nach Hause gekommen war. Als sie kam, stellte er sich freundlich und erwähnte nichts von seiner Späherei am Morgen. Thérèse war etwas betrunken; aus ihrem unordentlich gebundenen und geknöpften Kleidern stieg jener beißende Tabak- und Schnapsgeruch auf, der die Schenken erfüllt. Wie zerschlagen, das Gesicht voller blutleerer Flecken, wankte sie betäubt unter der schändlichen Müdigkeit des heimlich verbrachten Tages.

Das Abendessen verlief schweigsam. Thérèse aß nichts. Beim Nachtisch stützte Lorenz die Ellenbogen auf den Tisch und forderte ohne Umschweife fünftausend Franken von ihr.

»Nein!« antwortete sie trocken. »Du würdest uns aufs Stroh bringen, wenn ich dir freie Hand ließe . . . Hast du denn keine Ahnung von unserer Lage? Wir steuern geradeswegs dem Elend zu.«

»Das ist möglich«, erwiderte er ruhig, »aber es ist mir gleichgültig. Ich will Geld.«

»Nein und tausendmal nein! . . . Du hast deine Stellung aufgegeben, das Schnittwarengeschäft geht überhaupt nicht mehr, und von den Zinsen meiner Mitgift allein können wir nicht leben. Jeden Tag reiße ich das Kapital an, um dich zu ernähren und dir die hundert Franken im Monat zu geben, die du mir abgepreßt hast. Mehr wirst du nicht bekommen, hörst du! Es ist unnütz, weiter darüber zu sprechen.«

»Überlege, schlage es mir nicht dergestalt ab. Ich sage dir, daß ich fünftausend Franken haben will, und ich werde sie bekommen, du wirst sie mir trotz allem geben!«

Diese ruhige Hartnäckigkeit reizte Thérèse und machte sie völlig trunken.

»Ah, ich weiß«, rief sie, »du willst aufhören, wie du angefangen hast ... Schon seit vier Jahren unterhalten wir dich. Du bist nur zu uns gekommen, um zu essen und zu trinken, und seit dieser Zeit liegst du uns auf der Tasche. Der Herr tut nichts, der Herr hat sich darauf eingestellt, mit verschränkten Armen auf meine Kosten zu leben ... Nein, du bekommst nichts, nicht einen Pfennig ... Soll ich es dir sagen? Gut, du bist ein ...«

Und sie sprach das Wort aus. Lorenz zuckte die Achseln und lachte. Er begnügte sich damit zu antworten ...

»Hübsche Worte lernst du in der Gesellschaft, in der du jetzt lebst.«

Das war die einzige Anspielung, die er sich auf Thérèsens Liebschaften zu machen erlaubte. Diese richtete lebhaft den Kopf auf und sagte in scharfem Ton:

»In jedem Falle lebe ich nicht mit Mördern.«

Lorenz wurde sehr blaß. Er schwieg eine Weile, die Augen starr auf seine Frau gerichtet, dann sagte er mit bebender Stimme:

»Höre, mein Kind, wir wollen uns nicht reizen, das bringt weder dir noch mir etwas Gutes. Ich bin am Ende meiner Kraft. Es wäre klug, uns zu vertragen, wenn uns nicht ein Unglück zustoßen soll ... Ich habe dich um fünftausend Franken gebeten, weil ich sie brauche, ich kann dir sogar sagen, daß ich sie zur Sicherung unserer Ruhe zu gebrauchen beabsichtige.«

Er lächelte seltsam und fuhr fort: »Also, überlege, sage mir dein letztes Wort.«

»Da ist nichts zu überlegen«, antwortete die junge Frau, »ich habe es dir bereits gesagt, du bekommst keinen Heller.«

Der Mann stand heftig auf. Sie hatte Furcht, geschlagen zu werden, kroch in sich zusammen, entschlossen, auch unter Schlägen nicht nachzugeben, aber Lorenz näherte sich ihr nicht einmal, er begnügte sich, ihr kühl zu erklären, daß er das Leben satt habe und die Geschichte des Mordes dem Polizeikommissar des Viertels erzählen gehn werde.

»Du treibst mich zum Äußersten«, sagte er, »du machst mir das Dasein unerträglich. Lieber will ich ein Ende machen ... Wir werden alle beide verhaftet und verurteilt werden. Das ist alles.«

»Glaubst du, du machtest mir angst?« schrie seine Frau ihn an. »Ich habe es genauso satt wie du. Ich werde selber zum Polizeikommissar gehn, wenn du es nicht tust. Oh, ich bin bereit, dir auf das Schafott zu folgen, ich bin nicht so feige wie du ... Auf, komm, gehn wir zusammen zur Polizei.«

Sie war aufgestanden und näherte sich schon der Treppe.

»Gut«, stammelte Lorenz, »gehn wir zusammen hin.«

Als sie in den Laden hinuntergegangen waren, sahen sie sich scheu und erschreckt an. Es war ihnen, als seien sie am Boden festgebannt. Die wenigen Sekunden, die sie gebraucht hatten, die Holztreppe hinunterzugehn, hatten genügt, um ihnen blitzartig die Folgen eines Geständnisses auszumalen. Sie sahen zu gleicher Zeit die Schutzleute, das Gefängnis, den Gerichtssaal, das Schafott, und alles das plötzlich und deutlich, und tief in ihrem Innern befiel sie eine zitternde Schwäche: sie fühlten sich versucht, einander zu Füßen zu stürzen und sich anzuflehn, dazubleiben und nichts zu entdecken. Furcht und Beklemmung hielten sie zwei oder drei Minuten lang starr und stumm. Thérèse entschloß sich zuerst, zu sprechen und nachzugeben.

»Im Grunde«, sagte sie, »ist es recht dumm von mir, dir dieses Geld abzuschlagen. Über lang oder kurz wirst du es mir doch aufgegessen haben. Ebensogut kann ich es dir auch sofort geben.«

Sie versuchte nicht, ihre Niederlage zu bemänteln. Sie setzte sich an die Ladenkasse und unterschrieb einen Scheck über fünftausend Franken, den Lorenz in einem Bankhaus einlösen sollte. An diesem Abend war von dem Kommissar nicht mehr die Rede.

Sobald Lorenz das Geld in seiner Tasche hatte, betrank er sich, besuchte Dirnen und schleppte sich durch ein lärmendes betäubendes Leben. Er blieb nachts fort, schlief am Tage, trieb sich nachtsüber herum, suchte nach starken Erregungen und trachtete der Wirklichkeit zu entfliehen. Aber er wurde nur immer niedergedrückter dadurch. Wenn man rings um ihn lärmte, hörte er die große schreckliche Stille, die in ihm herrschte; wenn eine Geliebte ihn umarmte, wenn er sein Glas austrank, so fand er auf dem Grunde der Sättigung nichts wie eine schwere Traurigkeit. Er war zu Unzucht und Schlemmerei nicht mehr gemacht, sein erkaltetes, innerlich gewissermaßen erstarrtes Wesen erschlaffte unter den Küssen und den Mahlzeiten. Im voraus angewidert, gelang es ihm nicht, seine Phantasie zu wecken, seine Sinne und seinen Magen zu erregen. Wenn er sich zur Ausschweifung zwang, litt er nur mehr und tiefer, und das war alles. Dann, wenn er nach Hause kam, wenn er Frau Raquin und Thérèse wiedersah, machte ihn seine Erschlaffung furchtbaren Angstanfällen zugänglich; er schwor sich dann, niemals wieder auszugehn, sondern in seinen Qualen zu verharren, um sich an sie zu gewöhnen und sie zu überwinden.

Auch Thérèse ihrerseits ging seltener und seltener aus. Einen Monat lang lebte sie wie Lorenz auf der Straße und in den Kaffeehäusern. Auf einen Augenblick kam sie abends nach Hause, gab Frau Raquin zu essen, brachte sie zu Bett und ging dann wieder bis zum Morgen fort. Sie und ihr Mann bekamen sich einmal vier Tage lang nicht zu Gesicht. Dann wurde sie von tiefem Ekel ergriffen, sie empfand, daß es ihr mit dem Laster ebensowenig glückte wie mit der Reuekomödie. Umsonst hatte sie sich durch alle Absteigequartiere des Lateinischen Viertels geschleppt, umsonst hatte sie ein schmutziges und lärmendes Leben geführt. Ihre Nerven waren erschöpft: Ausschweifung, körperliche Vergnügungen entzündeten sie nicht mehr heftig genug, um ihr ein Vergessen zu schaffen. Sie glich einem jener Trinker, deren verbrannter Gaumen unempfindlich gegen das Feuer der stärksten Getränke bleibt. Sie blieb in der Ausschweifung gefühllos, sie holte sich von ihren Liebhabern nur Kummer und Müdigkeit. Sie erkannte, daß sie unnütz für sie seien und ließ sie laufen. Sie wurde von einer verzweifelten Faulheit ergriffen, die sie in unsauberen Röcken, ungekämmt, mit schmutzigen Händen und schmutzigem Gesicht, sichtbar werden ließ. Sie vergaß sich im Unrat.

Als die beiden Mörder einander erschlafft in dem Gefühl wiederbegegneten, alle Mittel erschöpft zu haben, um sich voreinander zu retten, begriffen sie, daß sie fortan nicht mehr die Kraft haben würden, zu kämpfen. Die Ausschweifung hatte mit ihnen nichts anzufangen gewußt und hatte sie in ihre Qualen zurückgeschleudert. Wieder saßen sie in der dunklen feuchten Passagewohnung, und fortan waren sie darin wie eingekerkert, denn schon zu oft hatten sie ihr Heil versucht und hatten doch niemals die blutige Fessel zu sprengen vermocht, die sie aneinanderkettete. Sie dachten nicht einmal mehr daran, etwas Unmögliches zu versuchen. Sie fühlten sich durch die Geschehnisse so aneinandergebunden, gestoßen und gepreßt, daß ihnen bewußt wurde, wie lächerlich jede Auflehnung sein würde. Sie nahmen ihr gemeinsames Leben wieder auf, aber ihr Haß wurde zu wütender Raserei.

Die abendlichen Zänkereien fingen von neuem an. Aber jetzt dauerten die Schläge und das Geschrei den ganzen Tag über fort. Zum Haß gesellte sich das Mißtrauen, und das Mißtrauen machte sie völlig wahnsinnig.

Sie hatten Furcht voreinander. Der Auftritt, welcher auf die Forderung der fünftausend Franken gefolgt war, wiederholte sich bald morgens und abends. Es wurde ihnen zu einer Zwangsvorstellung, daß sie sich gegenseitig ausliefern wollten. Daraus konnten sie sich nicht mehr befreien. Wenn einer von beiden ein Wort sagte, eine Bewegung machte, so bildete der andere sich ein, er habe den Plan, zum Polizeikommissar zu gehn. Und dann schlugen sie sich oder sie flehten sich gegenseitig an. Sobald sie in Zorn gerieten, schrien sie, daß sie hinlaufen und alles entdecken würden, sie ängstigten sich zu Tode damit, und dann schauderten sie, erniedrigten sich und versprachen sich mit bitteren Tränen, zu schweigen. Sie litten grauenhaft, aber sie hatten nicht den Mut, sich dadurch zu heilen, daß sie ein glühendes Eisen auf die Wunde drückten. Wenn sie einander drohten, das Verbrechen zu gestehen, so geschah es nur, um sich zu erschrecken und sich ein für allemal jeden Gedanken daran zu benehmen, denn niemals hätten sie die Kraft gehabt, zu sprechen und den Frieden in der Strafe zu suchen.

Mehr als zwanzigmal gingen sie bis vor die Tür des Polizeireviers, einer hinter dem anderen. Bald war es Lorenz, der den Mord gestehen, bald war es Thérèse, die sich anzeigen wollte. Auf der Straße holten sie einander immer ein und entschlossen sich jedesmal, noch zu warten, nachdem sie Beschimpfungen und glühende Bitten ausgetauscht hatten.

Und nach jedem Male wurden sie argwöhnischer und scheuer gegeneinander.

Von morgens bis abends belauerten sie sich. Lorenz verließ die Passagewohnung nicht mehr, und Thérèse ließ ihn nicht mehr allein ausgehn. Ihr Argwohn, ihre Angst vor dem Geständnis, führte sie zusammen und einte sie in einer furchtbaren Innigkeit. Niemals seit ihrer Hochzeit hatten sie so eng verbunden gelebt, und niemals hatten sie so gelitten. Aber trotz der Qualen, die sie sich gegenseitig bereiteten, ließen sie sich niemals aus den Augen; lieber litten sie die glühendste Pein, als daß sie sich für eine Stunde voneinander getrennt hätten. Wenn Thérèse in den Laden hinunterging, so folgte ihr Lorenz aus Angst, sie könne zu einer Kundin sprechen; wenn Lorenz in die Tür trat, um die Leute zu betrachten, die durch die Passage gingen, so stellte sich Thérèse neben ihn, um aufzupassen, daß er mit niemandem spreche. Wenn alle Donnerstagabend die Gäste da waren, so warfen die Mörder einander flehende Blicke zu und lauschten voller Angst aufeinander, denn jeder war auf irgendein Geständnis seines Mitschuldigen gefaßt und schob angefangenen Sätzen einen bloßstellenden Sinn unter.

Ein solcher Kriegszustand konnte nicht lange andauern.

Thérèse und Lorenz kamen so weit, ein jeder für sich allein, den Folgen ihres ersten Verbrechens durch ein zweites Verbrechen entgehen zu wollen. Einer von ihnen mußte unweigerlich verschwinden, damit der andere ein wenig Ruhe finden könnte. Diese Erkenntnis kam ihnen zu gleicher Zeit, alle beide empfanden die unabweisliche Notwendigkeit einer Trennung, und alle beide wollten eine ewige Trennung. Der Mord, der ihnen in Gedanken vorschwebte, erschien ihnen natürlich, unvermeidlich und gezwungenermaßen herbeigeführt durch die Ermordung Kamills. Sie überlegten ihn nicht einmal, sondern sie nahmen den Vorsatz zum Morde wie das einzige Mittel des Heiles auf. Lorenz beschloß, Thérèse zu töten, weil Thérèse ihn behinderte, ihn mit einem einzigen Wort zugrunde richten konnte und ihm unerträgliche Qualen verursachte, und aus den gleichen Gründen beschloß Thérèse, Lorenz zu töten.

Der festgefaßte Entschluß zum Morde beruhigte sie beide ein wenig. Sie trafen ihre Vorbereitungen. Sie handelten übrigens wie im Fieber, ohne allzuviel Vorsicht; sie dachten nur unbestimmt an die wahrscheinlichen Folgen eines Mordes, welcher begangen wurde, ohne daß Flucht und Straflosigkeit gesichert waren. Sie empfanden das unwiderstehliche Bedürfnis, sich zu töten, und sie gehorchten diesem Bedürfnis wie wütende Tiere. Für ihr erstes Verbrechen, das sie mit soviel Geschicklichkeit versteckt hatten, würden sie sich nie und nimmer ausgeliefert haben, aber sie liefen ruhig Gefahr, für ein zweites auf das Schafott zu kommen, das zu verstecken ihnen nicht einmal in den Sinn kam. Dieses sich widersprechende Benehmen fiel ihnen nicht einmal auf. Sie sagten sich nur, daß, wenn ihnen zu fliehen gelänge, sie ins Ausland gehn und alles Geld mitnehmen wollten. Seit zwei oder drei Wochen hatte Thérèse die einigen tausend Franken abgehoben, die von ihrer Mitgift noch übrig waren. Sie hielt sie in einer Schublade verschlossen, die Lorenz kannte. Nicht einen Augenblick lang fragten sie sich, was aus Frau Raquin werden würde.

Lorenz war einige Wochen früher einem seiner alten Schulkameraden begegnet, der jetzt Assistent bei einem berühmten Chemiker war, welcher sich viel mit Giftkunde beschäftigte. Dieser Kamerad hatte ihn in das Laboratorium mitgenommen, in dem er arbeitete, und hatte ihm die Apparate gezeigt und die verschiedenen Arzeneien namhaft gemacht. Als Lorenz den Mord bereits beschlossen hatte und Thérèse eines Abends in seiner Gegenwart ein Glas Zuckerwasser austrank, entsann er sich, in jenem Laboratorium ein kleines Steinfläschchen mit Blausäure gesehen zu haben. Und indem er daran dachte, was ihm der junge Assistent über die furchtbaren Wirkungen dieses Giftes, das wie der Blitz tötet und nur geringe Spuren zurückläßt, gesagt hatte, meinte er, das gerade sei das Gift, dessen er bedürfe. Am nächsten Tag gelang es ihm, sich fortzustehlen; er besuchte seinen Freund, und während dieser ihm den Rücken zukehrte, stahl er das kleine Steinfläschchen.

Am selben Tage benutzte Thérèse Lorenzens Abwesenheit, um ein großes Küchenmesser schleifen zu lassen, mit dem der Zucker zerschlagen wurde und das ganz schartig geworden war. Sie versteckte das Messer im Eßzimmer in einem Winkel der Anrichte.

32

Am folgenden Donnerstag verlief der Abend bei den Raquins, wie die Gäste das Haus ihrer Wirte zu nennen fortfuhren, in einer ganz besonderen Heiterkeit. Es dauerte bis elfeinhalb Uhr. Als Grivet fortging, erklärte er, niemals angenehmere Stunden verbracht zu haben.

Susanne, welche schwanger war, sprach die ganze Zeit über zu Thérèse von ihren Schmerzen und ihren Freuden.

Thérèse schien ihr mit großer Teilnahme zuzuhören. Mit starren Augen und aufeinandergepreßten Lippen beugte sie manchmal den Kopf herab, und ihre sich neigenden Lider bedeckten ihr ganzes Gesicht mit Schatten. Lorenz seinerseits widmete den Erzählungen des alten Michaud und Oliviers dauernde Aufmerksamkeit. Diese Herren waren unerschöpflich, und Grivet vermochte nur mit großer Mühe zwischen zwei Sätzen des Vaters und des Sohnes auch seinerseits ein Wort anzubringen. Er empfand übrigens eine gewisse Ehrfurcht vor ihnen, denn er fand, daß sie gut sprächen. An diesem Abend ersetzte die Unterhaltung das Spiel, und er rief plötzlich kindlich aus, daß die Gespräche des alten Polizisten ihn fast ebensosehr ergötzten wie eine Partie Domino.

Seit den nahezu vier Jahren, in welchen die Michauds und Grivet ihre Donnerstagabende bei den Raquins verbrachten, waren sie noch nicht ein einziges Mal dieses eintönigen, mit entnervender Regelmäßigkeit wiederkehrenden Zusammenseins überdrüssig geworden. Niemals hatten sie auch nur einen Augenblick lang etwas von dem Drama geahnt, das sich in diesem bei ihrem Eintritt stets so ruhigen und friedlichen Hause abspielte. Olivier sagte gewöhnlich mit einem Polizistenscherz, daß das Eßzimmer nach ehrbaren Leuten röche. Um nicht hinter ihm zurückzustehen, hatte Grivet es den Friedenstempel getauft. In der letzten Zeit hatte Thérèse zwei- oder dreimal die blauen Flecken in ihrem Gesicht vor den Gästen mit einem Fall auf der Treppe erklären müssen. Keiner von ihnen würde übrigens die Abdrücke von Lorenzens Fäusten wiedererkannt haben, denn sie waren überzeugt, daß die Ehe ihrer Wirte eine Musterehe voller Liebe und Zärtlichkeit sei.

Die Gelähmte hatte keinen Versuch mehr unternommen, ihnen die Schändlichkeiten zu enthüllen, welche sich hinter der trüben Stille der Donnerstagabende verbargen. Angesichts der Selbstzerfleischung der Mörder erriet sie die Krisis, welche, herbeigeführt durch die unvermeidliche Verkettung der Ereignisse, eines schönen Tages ausbrechen mußte, und begriff, daß das Verhängnis ihrer nicht mehr bedurfte. Seitdem hielt sie sich zurück und ließ allein die Folgen der Ermordung Kamills wirken, welche ihrerseits die Mörder eines Tages töten mußten. Sie bat nur den Himmel, ihr so lange das Leben zu lassen, bis sie dem geahnten gewaltsamen Ende beigewohnt hatte. Ihr letzter Wunsch bestand darin, ihre Blicke an dem Anblick der höchsten Qualen zu weiden, welche Thérèse und Lorenz vernichten würden.

An diesem Abend setzte sich Grivet neben sie und plauderte lange mit ihr, indem er, wie gewöhnlich, die Fragen stellte und die Antworten gab. Aber er konnte ihr nicht einmal einen Blick entlocken. Als die Uhr elfeinhalb schlug, standen die Geladenen lebhaft auf.

»Man fühlt sich so wohl bei Ihnen«, erklärte Grivet, »daß man niemals daran denkt, nach Hause zu gehen.«

»Tatsache ist«, bekräftigte Michaud, »daß ich bei Ihnen niemals schläfrig werde, während ich doch gewöhnlich um neun Uhr zu Bett gehe.«

Olivier glaubte seinen Witz anbringen zu müssen:

»Sehen Sie«, sagte er, seine gelben Zähne weisend, »es riecht in diesem Zimmer eben nach ehrbaren Leuten: deshalb fühlt man sich so wohl hier.«

Ärgerlich, daß man ihm zuvorgekommen, deklamierte Grivet mit einer pathetischen Gebärde:

»Dieser Raum ist der Tempel des Friedens.«

Währenddessen knüpfte Susanne ihre Hutbänder und sagte zu Thérèse:

»Ich komme morgen früh um neun Uhr.«

»Nein«, beeilte sich die junge Frau zu erwidern. »Kommen Sie erst am Nachmittag . . . Ich werde am Vormittag wahrscheinlich aus sein.«

Sie sprach mit seltsam bedrängter Stimme. Sie begleitete die Gäste bis in die Passage. Auch Lorenz ging mit hinunter, eine Lampe in der Hand. Als sie allein waren, stieß jeder der beiden Ehegatten einen Seufzer der Erleichterung aus. Eine dumpfe Ungeduld mußte beide den ganzen Abend über verzehrt haben. Seit dem vorhergehenden Tage waren sie finsterer und unruhiger voreinander denn je. Jetzt vermieden sie es, sich anzusehen, und gingen schweigend wieder herauf. Ihre Hände waren von einem leichten, krampfartigen Zittern befallen. Lorenz mußte die Lampe auf den Tisch setzen, um sie nicht fallen zu lassen.

Sie hatten die Gewohnheit, bevor sie Frau Raquin zu Bett brachten, das Eßzimmer aufzuräumen, ein Glas Zuckerwasser für die Nacht zurechtzustellen und so um die Gelähmte hin und her zu gehen, bis alles bereit war.

Nachdem sie an diesem Abend wieder heraufgekommen waren, setzten sie sich für einen Augenblick mit unsicheren Augen und blassen Lippen nieder. Es herrschte eine Weile lang Schweigen.

»Gehn wir denn heute nicht schlafen?« fragte Lorenz, der aus einem Traum aufzufahren schien.

»Ja, ja, gehn wir schlafen«, erwiderte Thérèse schauernd, so als ob ihr sehr kalt gewesen wäre.

Sie stand auf und nahm die Wasserflasche.

»Gib«, sagte ihr Mann mit einer Stimme, die er natürlich zu lassen sich anstrengte, »ich werde das Zuckerwasser mischen . . . Besorge du deine Tante.«

Er nahm die Wasserflasche aus den Händen seiner Frau und füllte ein Glas. Dann schüttete er, halb umgewendet, den Inhalt des kleinen Steinfläschchens hinein und warf ein

Stück Zucker dazu. Während dieser Zeit hatte sich Thérèse vor die Anrichte gekauert und das Küchenmesser herausgenommen. Sie versuchte, es in eine der großen Taschen zu stecken, die an ihrem Gürtel hingen.

In diesem Augenblick ließ die seltsame Empfindung, welche die Annäherung einer Gefahr meldet, beide Ehegatten triebhaft den Kopf wenden. Sie blickten sich an. Thérèse sah in Lorenzens Händen das Fläschchen, und Lorenz gewahrte das helle Blinken des Messers, das aus Thérèsens Rockfalten hervorleuchtete. So prüften sie sich einige Sekunden lang stumm und kalt, der Mann am Tisch, die Frau vor der Anrichte kniend. Sie begriffen. Jeder von ihnen war wie zu Eis erstarrt, seine eigene Absicht auch in dem Gefährten zu entdecken. Als sie ihren geheimen Vorsatz gegenseitig auf ihren verstörten Gesichtern gelesen hatten, flößten sie sich Mitleid und Grausen ein.

Frau Raquin fühlte, daß die Lösung nahe sei, und sah sie mit starren, stechenden Augen an.

Und plötzlich brachen Thérèse und Lorenz in Schluchzen aus. Ein höchster Krampf zerschlug sie und warf sie schwach wie Kinder einander in die Arme. Es war ihnen, als erwache etwas Warmes und Weiches in ihrer Brust. Ohne zu sprechen, weinten sie und dachten an das unflätige Leben, das sie geführt hatten und das sie fortführen würden, wenn sie feige genug wären, weiterzuleben. Bei der Erinnerung an die Vergangenheit fühlten sie sich derart müde und von sich selbst angewidert, daß ein unendliches Bedürfnis nach Ruhe und Vergessen in ihnen emporwuchs. Sie wechselten angesichts des Messers und des Giftglases einen letzten Blick, einen Blick voller Dankbarkeit. Und dann nahm Thérèse das Glas, leerte es halb und reichte es Lorenz, der es mit einem Zuge austrank.

Wie vom Blitz getroffen stürzten sie zu Boden, der eine

auf den anderen, und fanden endlich Trost im Tode. Der Mund der jungen Frau suchte und fand auf dem Halse ihres Mannes die Narbe, welche Kamills Zähne darin zurückgelassen hatten.

Verkrampft blieben die beiden Leichen die ganze Nacht über auf der Diele des Eßzimmers liegen, und gelblicher Schein vom Lichte der Lampe, das der Schirm über sie warf, erhellte sie. Und fast zwölf Stunden lang, bis gegen Mittag des folgenden Tages, betrachtete Frau Raquin sie starr und stumm zu ihren Füßen. Sie konnte ihre Augen nicht satt sehen und tötete sie mit ihren schweren Blicken gewissermaßen noch einmal.

Inhalt

Zu dieser Ausgabe

insel taschenbuch 1146
Emile Zola, Thérèse Raquin

Der Text folgt der Ausgabe: Emile Zola, Thérèse Raquin. Übertragen von Ernst Hardt, autorisiert durch Madame Emile Zola und Monsieur Eugène Fasquelle, Paris. München 1925. Mit freundlicher Genehmigung von Frau Nikola Christine Greiff, Berlin.

Entwurf zu Thérèse Raquin: *Un mariage d'amour* in *Le Figaro* vom 24. Dezember 1866. Unter dem gleichen Titel Vorabdruck des Romans in *L'Artiste*, August bis September 1867. Erstausgabe in Buchform unter dem Titel *Thérèse Raquin*: Paris, Dezember 1867.

Umschlagabbildung: Edgar Degas, L'Absinthe. Öl auf Leinwand, 1876. Ausschnitt. Jeu de Paume, Paris.

Französische, spanische, italienische Literatur
im insel taschenbuch

Pietro Aretino: Kurtisanengespräche. Aus dem Italienischen von Ernst Otto Kayser. Mit Anmerkungen des Übersetzers und einem Nachwort von Helmuth Faust. it 948

Honoré de Balzac: Eugénie Grandet. Aus dem Französischen von Gisela Etzel. Herausgegeben von Eberhard Wesemann. it 1127

– Die Frau von dreißig Jahren. Aus dem Französischen übertragen von Werner Blochwitz. it 460

– Das Mädchen mit den Goldaugen. Aus dem Französischen von Ernst Hardt. Mit einem Vorwort von Hugo von Hofmannsthal. Zehn Illustrationen von Marcus Behmer. it 60

– Tolldreiste Geschichten. Aus dem Französichen von Benno Rüttenauer. Mit Illustrationen von Gustave Doré. it 911

– Über die Liebe. Sein Weltbild aus seinen Werken. Zusammengestellt und mit einem Essay herausgegeben von Stefan Zweig. it 715

Giambattista Basile: Das Märchen aller Märchen. ›Der Pentamerone‹. 5 Bde. Deutsch von Felix Liebrecht. Herausgegeben und mit einem Nachwort versehen von Walter Boehlich. it 354

Charles Baudelaire: Die Blumen des Bösen. Übertragen von Carlo Schmid. it 120

Pierre Augustin Caron de Beaumarchais: Die Figaro-Trilogie. Deutsch von Gerda Scheffel. Nachwort von Norbert Miller. Mit zeitgenössischen Illustrationen. it 228

Cesare Beccaria: Über Verbrechen und Strafen. Nach der Ausgabe von 1766. Übersetzt und herausgegeben von Wilhelm Alff. it 1068

Die Wahrheiten des G. G. Belli. Römer, Huren und Prälaten. Eine Auswahl seiner frechen und frommen Verse. Vorgestellt und aus dem Italienischen übertragen von Otto Ernst Rock. it 754

Hector Berlioz: Groteske Musikantengeschichten. Aus dem Französischen von Elly Ellès. it 859

Die Blümlein des heiligen Franziskus von Assisi. Aus dem Italienischen nach der Ausgabe der Tipografia Metastasio, Assisi 1901, von Rudolf G. Binding. Mit Initialen von Carl Weidemeyer. it 48

Boccaccio: Erotische Geschichten. Aus dem Italienischen von Albert Wesselski. Mit einem Aufsatz von Friedrich Schlegel und Zeichnungen von Jakob Schwarzkopf. it 1078

Leben des Benvenuto Cellini florentinischen Goldschmieds und Bildhauers. Von ihm selbst geschrieben, übersetzt und mit einem Anhange herausgegeben von Johann Wolfgang Goethe. Mit einem Nachwort von Harald Keller. it 525

Miguel de Cervantes Saavedra: Die Novellen. Übersetzt von Konrad Thorer. it 1007

152/1/7.88

Französische, spanische, italienische Literatur im insel taschenbuch

Miguel de Cervantes Saavedra: Der scharfsinnige Ritter Don Quixote von der Mancha. Mit einem Essay von Iwan Turgenjew und einem Nachwort von André Jolles. Mit Illustrationen von Gustave Doré. 3 Bde. it 109

George Clémenceau: Claude Monet. Betrachtungen und Erinnerungen eines Freundes. Mit einem Nachwort von Gottfried Boehm. it 1152

Collodi: Pinocchios Abenteuer. Aus dem Italienischen von Nino Erné. Mit farbigen Bildern von Sabine Friedrichson. it 1047

Hernán Cortés: Die Eroberung Mexikos. Drei Berichte von Hernán Cortés an Kaiser Karl V. Mit 112 Federlithographien von Max Slevogt. Übersetzungen von Mario Spiro und C. W. Koppe. Herausgegeben von Claus Litterscheid. it 393

Dante: Die Göttliche Komödie. Mit fünfzig Holzschnitten von Botticelli. Deutsch v. Friedrich Freiherrn von Falkenhausen. 2 Bde. it 94

Alphonse Daudet: Briefe aus meiner Mühle. Aus dem Französichen übertragen von Alice Seiffert. it 446

– Tartarin von Tarascon. Die wunderbaren Abenteuer des Tartarin von Tarascon. Mit 45 Zeichnungen von Emil Preetorius. it 84

Denis Diderot: Erzählungen und Gespräche. Übersetzt von Katharina Scheinfuß. it 554

– Jakob und sein Herr. In der Übersetzung von Mylius. Herausgegeben von Horst Günther. it 772

– Die Nonne. Mit einem Nachwort von Robert Mauzi, die Übersetzung des Nachworts besorgte Margaret Carroux. it 31

– Rameaus Neffe. Le Neveu de Rameau. Ein Dialog. Übersetzt von Goethe. Zweisprachige Ausgabe. Mit Zeichnungen von Antoine Watteau. Herausgegeben und mit einem Nachwort versehen von Horst Günther. it 775

Alexandre Dumas: Die drei Musketiere. Aus dem Französischen von Herbert Bräuning. it 1131

– Der Graf von Monte Christo. 2 Bde. Bearbeitung einer alten Übersetzung von Meinhard Hasenbein. Mit Illustrationen von Pavel Brom und Dagmar Bromova. it 266

– Die Kameliendame. Aus dem Französischen von Walter Hoyer. Mit Illustrationen von Paul Gavarni. it 546

Dominique Fernandez: Süditalienische Reise. Aus dem Französischen von Julia Kirchner. Mit Fotografien von Martin Thomas. it 1076

Gustave Flaubert: Bouvard und Pécuchet. Aus dem Französischen übersetzt von Georg Goyert. Mit Illustrationen von András Karakas. Mit einem Vorwort von Victor Brombert und einem Nachwort von Uwe Japp. it 373

152/2/7.88

Französische, spanische, italienische Literatur im insel taschenbuch

Gustave Flaubert: Drei Erzählungen. Trois contes. Übersetzt und herausgegeben von Cora van Kleffens und André Stoll. it 571

– Lehrjahre des Gefühls. Geschichte eines jungen Mannes. Übertragen von Paul Wiegler. Mit einem Essay und einer Bibliographie von Erich Köhler. it 276

– Madame Bovary. Revidierte Übersetzung aus dem Französischen von Arthur Schurig. it 167

– November. Aus dem Französischen übersetzt von Ernst Sander. Mit einem Nachwort von Monika Bosse. it 411

– Reise in den Orient. Ägypten. Nubien. Palästina. Syrien. Libanon. Aus dem Französischen von Reinhold Werner und André Stoll. Mit Photographien von Maxime Du Camp, einem Register und einem Nachwort. Herausgegeben von André Stoll. it 619

– Salammbô. Herausgegeben und mit einem Nachwort versehen von Monika Bosse und André Stoll. Aus dem Französischen übersetzt von Georg Brustgi. it 342

Anatole France: Blaubarts sieben Frauen und andere Erzählungen. Mit Illustrationen von Lutz Siebert. Aus dem Französischen von Irmgard Nickel. »Die Affäre Crainquebille« wurde von Günther Steinig übersetzt. it 510

Federico García Lorca: Die dramatischen Dichtungen. Deutsch von Enrique Beck. it 3

Edmond und Jules de Goncourt: Germinie Lacerteux. Aus dem Französischen von Curt Noch. it 1054

– Tagebücher. Aufzeichnungen aus den Jahren 1851-1870. Nach der ersten Gesamtausgabe der Académie Goncourt ausgewählt, übertragen und herausgegeben von Justus Franz Wittkop. it 692

Victor Hugo: Notre-Dame von Paris. Aus dem Französischen von Else von Schorn. Mit zeitgenössischen Illustrationen. it 298

Choderlos de Laclos: Schlimme Liebschaften. Mit 14 Kupferstichen. Übertragen und eingeleitet von Heinrich Mann. it 12

Madame de Lafayette: Die Prinzessin von Clèves. Roman. Aus dem Französischen von Julia Kirchner. Mit einem Nachwort von Emile Magne. it 768

Bartolomé de Las Casas: Kurzgefaßter Bericht von der Verwüstung der Westindischen Länder. Herausgegeben von Hans Magnus Enzensberger. Deutsch von D. W. Andreä. it 553

Giacomo Leopardi: Gedichte und Prosa. Ausgewählte Werke. Ausgewählt und übersetzt von Ludwig Wolde. Mit einem Nachwort von Ralph-Rainer Wuthenow. it 104

152/3/7.88

Französische, spanische, italienische Literatur im insel taschenbuch

Alain René Le Sage: Die Geschichte des Gil Blas von Santillana. Aus dem Französichen von Konrad Thorer. Mit Illustrationen von Daniel Chodowiecki. it 949

Pierre Carlet de Marivaux: Die Abenteuer des jungen Brideron. Eine Parodie. Übersetzt und herausgegeben von Gerda Scheffel. it 1035

– Betrachtende Prosa. Aus dem Französischen übertragen und mit einem Nachwort herausgegeben von Gerda Scheffel. it 1049

– Das Spiel von Liebe und Zufall. Und andere Komödien. Aus dem Französischen und mit einem Nachwort von Gerda Scheffel. it 805

Guy de Maupassant: Bel-Ami. Aus dem Französischen von Josef Halperin. Mit zeitgenössischen Illustrationen. it 280

– Die Brüder. Novelle. Deutsch von Ernst Weiß. Mit Illustrationen von Géo Dupuis. it 712

– Das Haus Tellier. Und andere Erzählungen. Ausgewählt und mit einem Nachwort versehen von Werner Berthel. Mit zeitgenössischen Illustrationen. Aus dem Französischen übersetzt von Helmut Bartuschek und Karl Friese. it 248

– Pariser Abenteuer. Und andere Erzählungen. Ausgewählt von Werner Berthel. Mit zeitgenössischen Illustrationen. Aus dem Französischen von Helmut Bartuschek und Karl Friese. it 106

– Unser einsames Herz. Herausgegeben und mit einem Nachwort versehen von Dolf Oehler. Mit zeitgenössischen Illustrationen. Aus dem Französischen von Josef Halperin. it 357

Louis Sébastien Mercier: Mein Bild von Paris. Mit dreiundvierzig Wiedergaben nach Kupferstichen. Übertragen und herausgegeben von Jean Villain. it 374

Prosper Mérimée: Carmen. Mit Zeichnungen von Pablo Picasso. Aus dem Französischen übersetzt von Franz Schnabel. it 361

Jules Michelet: Die Frauen der Revolution. Herausgegeben und übersetzt von Gisela Etzel. Mit zahlreichen Abbildungen. it 726

Honoré-Gabriel Mirabeau: Der gelüftete Vorhang oder Lauras Erziehung. Aus dem Französischen von Eva Moldenhauer. Nachbemerkung von Norbert Miller. it 32

– Preußische Monarchie und Französische Revolution. Herausgegeben von Horst Günther. it 1118

Jean Baptiste Poquelin Molière: Der eingebildete Kranke. Aus dem Französischen von Johanna Walser und Martin Walser. it 1014

– Der Menschenfeind. Nach dem Französischen des Molière von Hans Magnus Enzensberger. it 401

152/4/7.88

152/5/7.88

Französische, spanische, italienische Literatur im insel taschenbuch

George Sand: Lélia. Aus dem Französischen von Anna Wheill. Mit einem Essay von Nike Wagner. it 737

– Lucrezia Floriani. Roman. Aus dem Französischen von Anna Wheill. it 858

– Das Teufelsmoor. Aus dem Französischen von Helene und Herbert Kühn. Mit Illustrationen von Tony Johannot. it 943

Madame de Sévigné: Briefe. Herausgegeben und übersetzt von Theodora von der Mühl. Mit zeitgenössischen Kupferstichen. it 395

Anne Germaine Madame de Staël: Über Deutschland. Vollständige und neu durchgesehene Fassung der deutschen Erstausgabe von 1814 in der Gemeinschaftsübersetzung von Friedrich Buchholz, Samuel Heinrich Catel und Julius Eduard Hitzig. Herausgegeben und mit einem Nachwort versehen von Monika Bosse. it 623

Stendhal: Die Kartause von Parma. Vollständige Ausgabe. Aus dem Französischen übersetzt von Walter Widmer. Mit einem Nachwort von Uwe Japp. it 307

– Rom, Neapel und Florenz im Jahre 1817. Aus dem Französischen von Katharina Scheinfuß und Bernhard Frank. it 1073

– Rot und Schwarz. Vollständige Ausgabe. Aus dem Französischen übersetzt von Walter Widmer. Mit einem Nachwort von Uwe Japp. it 213

– Über die Liebe. Vollständige Ausgabe. Aus dem Französischen und mit einer Einführung von Walter Hoyer. it 124

Eugène Sue: Die Geheimnisse von Paris. 3 Bde. in Kassette. Aus dem Französischen von Helmut Kossodo. Mit zeitgenössischen Illustrationen. it 1080

Paul Verlaine: Galante Feste. Fêtes Galantes. Zweisprachige Ausgabe. Aus dem Französischen von Hans-J. Weitz. Mit Zeichnungen von Robert Pudlich. it 938

François Villon: Sämtliche Dichtungen. Zweisprachige Ausgabe. Aus dem Französischen von Walther Küchler. it 1039

Voltaire: Candide oder der Optimismus. Mit Zeichnungen von Paul Klee. it 11

– Philosophisches Wörterbuch. Nach der Textauswahl von Rudolf Noack. Herausgegeben und eingeleitet von Karlheinz Stierle. Aus dem Französischen von Erich Salewski und Karlheinz Stierle. it 855

– Sämtliche Romane und Erzählungen. Mit einer Einleitung von Victor Klemperer und Stichen von Moreau le jeune. Aus dem Französischen übersetzt von Ilse Lehmann. it 209

52/6/7.88

Französische, spanische, italienische Literatur im insel taschenbuch

Voltaire: Zadig oder das Schicksal. Eine orientalische Erzählung. Aus dem Französischen von Ilse Lehmann. Mit vierzig Radierungen von Marcus Behmer. it 121

Emile Zola: Germinal. Aus dem Französischen von Armin Schwarz. Mit Illustrationen von Renate Sendler-Peters. it 720

– Nana. Aus dem Französischen und mit einem Nachwort versehen von Erich Marx. Illustrationen von Renate Sendler-Peters. it 398

– Thérèse Raquin. Aus dem Französischen von Ernst Hardt. it 1146

152/7/7.88

Englische und amerikanische Literatur im insel taschenbuch

Jane Austen: Die Abtei von Northanger. Aus dem Englischen von Margarete Rauchenberger. Mit Illustrationen von Hugh Thomson. it 931

– Anne Eliot. Aus dem Englischen von Margarete Rauchenberger. Mit Illustrationen von Hugh Thomson. it 1062

– Emma. Aus dem Englischen von Charlotte Gräfin von Klinckowstroem. Mit Illustrationen von Hugh Thomson. it 511

– Stolz und Vorurteil. Aus dem Englischen von Margarete Rauchenberger. Mit Illustrationen von Hugh Thomson und mit einem Essay von Norbert Kohl. it 787

Harriet Beecher-Stowe: Onkel Toms Hütte. In der Bearbeitung einer alten Übersetzung. Herausgegeben und mit einem Nachwort versehen von Wieland Herzfelde. Mit 27 Holzschnitten von Georg Cruikshank aus der englischen Ausgabe von 1852. it 272

Ambrose Bierce: Aus dem Wörterbuch des Teufels. Auswahl, Übersetzung und Nachwort von Dieter E. Zimmer. it 440

– Mein Lieblingsmord. Erzählungen. Mit einem Nachwort von Edouard Roditi. Aus dem Amerikanischen von Gisela Günther. it 39

Anne Brontë: Agnes Grey. Aus dem Englischen von Elisabeth von Arx. it 1093

Charlotte Brontë: Jane Eyre. Eine Autobiographie. Aus dem Englischen von Helmut Kossodo. Mit einem Essay und einer Bibliographie herausgegeben von Norbert Kohl. it 813

– Shirley. Aus dem Englischen von J. Reiher und H. Wolf. it 1145

Emily Brontë: Die Sturmhöhe. Aus dem Englischen von Grete Rambach. it 141

Edward George Bulwer-Lytton: Die letzten Tage von Pompeji. Aus dem Englischen von Friedrich Notter. it 801

Lewis Carroll: Alice hinter den Spiegeln. Mit einundfünfzig Illustrationen von John Tenniel. Übersetzt von Christian Enzensberger. it 97

– Alice im Wunderland. Mit zweiundvierzig Illustrationen von John Tenniel. Übersetzt und mit einem Nachwort von Christian Enzensberger. it 42

– Briefe an kleine Mädchen. Herausgegeben und übersetzt von Klaus Reichert. Erweiterte Ausgabe mit dreißig Fotografien des Autors. it 172

– Geschichten mit Knoten. Herausgegeben und übersetzt von Walter E. Richartz. Mit Illustrationen von Arthur B. Frost. it 302

– Die Jagd nach dem Schnark. Übersetzt und ausgeleitet von Klaus Reichert. Mit Illustrationen von Henry Holiday. it 598

153/1/7.88

153/2/7.88

Englische und amerikanische Literatur im insel taschenbuch

Henry Fielding: Mr. Jonathan Wild der Große. Die Geschichte eines Helden. Aus dem Englischen übersetzt von Horst Höckendorf. it 535

– Tom Jones. Die Geschichte eines Findelkindes. 2 Bde. Mit Illustrationen von Gravelot und Moreau le jeune. Herausgegeben und mit einem Nachwort von Norbert Kohl. it 504

Bret Harte: Goldgräbergeschichten. Aus dem Amerikanischen von Wilhelm Lange. Mit zeitgenössischen Fotografien. it 803

Nathaniel Hawthorne: Der Marmorfaun. Aus dem Englischen von Gisela Günther. Mit Zeichnungen von Michael Schroeder. it 1043

– Der scharlachrote Buchstabe. Aus dem Amerikanischen von Barbara Cramer-Nauhaus. Mit Illustrationen von Renate Sendler-Peters. it 436

Samuel Johnson: Reisen nach den westlichen Inseln bei Schottland. Nach einer anonymen Übertragung aus dem Jahr 1775. Herausgegeben von Volker Wolf und Bernd Zabel. Mit zahlreichen Abbildungen. it 663

James Joyce: Die Katze und der Teufel. Deutsche Übertragung von Fritz Senn. Mit Bildern von Richard Erdoes. Vierfarbendruck. it 2024

Edward Lear: Edward Lears kompletter Nonsens. Limericks, Lieder, Balladen und Geschichten. Ins Deutsche geschmuggelt von Hans Magnus Enzensberger. Mit Illustrationen von Edward Lear. it 1119

Matthew Gregory Lewis: Der Mönch. Aus dem Englischen von Friedrich Polakovics. Mit einem Essay und einer Bibliographie von Norbert Kohl. it 907

Lord Byron. Ein Lesebuch mit Texten, Bildern und Dokumenten. Herausgegeben von Gert Ueding. it 1051

Herman Melville: Moby Dick. 2 Bde. Übertragen von Alice und Hans Seiffert. Mit einem Nachwort von Rudolf Sühnel. Mit Illustrationen. it 233

Samuel Pepys: Das geheime Tagebuch. Herausgegeben von Anselm Schlösser und übertragen von Jutta Schlösser. Mit Abbildungen. it 637

Edgar Allan Poe: Das Geheimnis der Marie Rogêt und andere Erzählungen. Aus dem Amerikanischen von Werner Beyer, Felix Friedrich und anderen. it 783

– Grube und Pendel. Und andere Erzählungen. Mit einem Nachwort von Franz Rottensteiner und Illustrationen von Harry Clarke. Aus dem Amerikanischen von Günther Steinig und Elisabeth Seidel. it 362

153/3/7.88

»Ich habe Gestalten gewählt, die allmächtig von ihren Nerven und ihrem Blute beherrscht werden, keinen freien Willen besitzen und zu jeden Handlungen ihres Lebens von dem Verhängnis ihres Leibes gezwungen werden.«

ISBN 3-458-32846-7 <1400>